掌上明珠 3

文創風 285

月半彎 著

目錄

第五十八章 005
第五十九章 017
第六十章 029
第六十一章 039
第六十二章 049
第六十三章 059
第六十四章 071
第六十五章 083
第六十六章 093
第六十七章 105
第六十八章 115
第六十九章 125
第七十章 137
第七十一章 143
第七十二章 155
第七十三章 167
第七十四章 177
第七十五章 191
第七十六章 203
第七十七章 213
第七十八章 227
第七十九章 239
第八十章 249
第八十一章 259
第八十二章 269
第八十三章 279
第八十四章 289
第八十五章 301
第八十六章 315

第五十八章

「老夫人也跟去了？」

安鈞之站在涼亭裡，看著那輛並不起眼的青布馬車漸漸遠去，狠狠地朝桌子捶了一下，用的力氣大了，殷紅的血順著指縫流出。

原以為老夫人撫養了自己這麼久，怎樣也是有感情的，沒料到竟也是如此狠心。

一個突然冒出來、來歷不明的野種，就這麼堂而皇之進了安府，還妄想奪走屬於自己的東西！

可他憑什麼？自己小心翼翼、如履薄冰，日日夜夜不得安眠，只想著討好那兩個老東西，卻照舊落得個無人疼、無人愛，自己怎麼甘心！

安武親自駕車，後面還跟了幾個精幹的侍衛，一行人徑直往容府而去。

從安府出來，剛拐上上京城最大的興安大街，迎面便碰上一頂八抬大轎，加上眾多的隨從，幾乎把整個街道堵了個嚴嚴實實。

看對方這般威勢，街上的百姓也明白定是某個達官貴人經過，因怕衝撞貴人惹禍上身，忙紛紛退避路旁。

安武駕的馬車卻因為跑得太快，一時不及躲避，正和轎子碰上。

安武慌忙一勒馬頭，車子堪堪停在路中間，正好擋住對方的路，而且停得太急了些，車裡的老夫人心思又是全在寶貝孫子身上，一時沒提防，瞬間朝前栽倒。阿遜愣了一下，忙伸手去扶，奈何自己也行動不便，老夫人竟是一下坐倒。

雖然車子裡鋪了厚厚的軟墊，老夫人卻驚嚇不已，伸手就去摸索坐在對面的阿遜，神情焦灼道：「好孩子，你怎麼樣，有沒有摔到哪裡？」

阿遜愣了一下。明明摔倒的是老夫人，怎麼倒問自己有沒有摔到？

老夫人久久沒有聽到阿遜的聲音，更是惶急得不得了。「好孩子，你說句話呀，是不是很痛？安武安武！」

眼瞧著老夫人趴在地上不停摸索，完全沒有了一點高高在上的貴夫人樣子，那神情完全就是一個擔心孫子的平凡祖母……

阿遜愣怔片刻，下意識把手放在老夫人的手中，老夫人慌忙握住。

「我無事，倒是祖母有沒有摔到？」

「你肯叫我祖母了？」不但叫了自己祖母，還第一次和自己這麼親。老夫人太過激動，竟是緊緊攥住阿遜的手，淚水止不住地就流了下來。

「大膽，竟敢和我家公爺搶道，還不快滾開！」對面的家丁也是囂張慣了的，現在看這不起眼的青布馬車竟敢擋住自家主子的道，上前開始喝罵。

安武已經聽到了車內的聲響，更兼老夫人焦灼呼喚自己的聲音傳來，這會兒自然要先顧著自家主子，哪顧得上搭理旁人？忙跳下馬車，理都不理對方，先飛奔到馬車前。「老夫人、公子，怎麼樣？」

卻一眼看到淚流滿面的老夫人，嚇得魂兒都飛了。「老夫人，安武該死！老夫人是不是摔到哪裡了？」

「喂！快滾開！」

沒想到自己吆喝了這麼久，那車夫彷彿吃錯了藥一般，竟連理都不理自己，那家丁頓時大怒，舉起鞭子朝著安武就抽了過去。「不長眼的東西，真是吃了熊心豹膽！」

只是安武帶的不過寥寥數個隨從，每一個卻是久經沙場、以一敵百的精銳，那惡奴鞭子剛揮出去，就被旁邊的侍衛一下攥住鞭梢，微一用力，就把鞭子奪了過來。反倒是那家丁，用的力氣大了，鞭子雖是被人奪去，自己卻是收勢不住，踉蹌了幾步，一下趴倒在安武的車前。

那八抬大轎裡的人本在閉目養神，聽到外面的吵嚷聲不由張開眼睛，似是完全沒想到真有人敢和自己搶道，還搶得這麼囂張。

其餘隨從也沒想到簡陋馬車上的人如此大膽，一時都呆住了。

而此時，被驚得魂飛魄散的安武終於確定老夫人和少主都無事，而老夫人之所以會流淚，倒不是疼的，而是被少主一聲「祖母」給喊出來的，真是哭笑不得。

剛轉過身來，腳下卻是一軟，正好一腳踩在那倒在車前的家丁身上。

那好不容易爬起來的家丁哎喲一聲又趴在了地上，指著安武怒道：「好好，你給我等著，我這就去稟報公爺！」踉蹌著爬起來，一溜煙往那頂轎子旁跑了過去。

安武心下抱歉，忙一拱手，沈聲道：「這位兄臺對不住，煩請通稟大人，安武給大人見禮了。方才是安武莽撞，安武這就退開，請大人先行。」

「安武？安武算什麼東西！」那家丁邊罵罵咧咧地跑向轎子，添油加醋地把方才的情形述說了一遍，又指了指安武的馬車，神情憤恨。

安武？轎子裡的人卻是輕咦了一聲，忙小心掀開轎簾一角，朝著對面瞧了一眼，動作一頓。

竟然真是日常幾乎寸步不離安雲烈的安家心腹親信安武。

看清安武和其他侍衛守著那輛不起眼馬車時的戒備神色，他心裡一動。馬車雖是普通，但能得安武如此守護的，除了安雲烈，怕是那安鈞之都不曾有過這般殊榮。

「公爺，您看外面這群賤民……」男子的沈默讓一直等著主子發話的家丁有些心急。

「停轎。」男子擺手衝外面道。

難道主子竟是要親自出手懲治這幾個刁民？那家丁頓時大喜，匍匐在地，激動不已，心裡更是躍躍欲試，待會兒等把那些刁民打趴下後，自己好歹要踩上一腳，正想著如何再加把火，哪知自己主子卻是理都不理自己，反而衝著對面溫文一笑。「老夫還道是誰，原來是安武將軍。」

那人甫下轎子，車中的阿遜卻是神情劇震，眼中閃過明顯的厭惡和痛恨，便是呼吸也有些急促。

方才不覺，現在才想到，這般威勢可不是謝府的人所慣有的？而謝府家主謝明揚，無疑也從來不是低調之人。

老夫人雖是眼不能視，也能感覺到孫子情緒的變化，忙低低叫了聲：「乖孫子，是不是哪裡不舒服？」

這般想著，便對擋住了自己去路的對方很是不滿，聽得外面安武客氣的聲音傳來。「原來是謝公爺，方才冒犯了，萬祈恕罪。」

老夫人早年曾隨安老公爺駐守邊疆，練就了爽利的性子，而謝明揚早年也曾去過軍中歷練，又都是世家之人，和老夫人尚算熟識。老夫人這會兒又憂心自己寶貝孫子，便不耐煩和謝明揚在這裡磨嘰，衝著窗外揚聲道：「安武，轉告謝公爺，我們還有事，請他先過去，改日再讓公爺登門致歉。」

謝明揚一下聽出了老夫人的聲音，原也想著既有安武護著，定是重要人物，自己還以為會見到那個傳說中的「安家骨肉」呢，原來是安府老夫人……

忙道：「不敢，還是嫂夫人先請，倒是我管教下人不周，衝撞了老夫人的車駕，改日定把這奴才綁了送交府上謝罪。」

那家丁聽說那輛不起眼的青布馬車是安家的時，就意識到壞了，沒想到自己竟這麼倒楣，安家老夫人還坐在馬車裡，嚇得一下癱在了地上，心裡不住哀嚎：安家的人是不是有毛病啊？明明是和自己主子一樣的身分，幹麼要坐這種再常見不過的青布馬車？若早知道是安家人，就是借給自己三個膽子也不敢啊……

安武也沒想到謝明揚如此客氣，趕緊請謝明揚先行，哪知謝明揚竟是堅決不允，一定要給老夫人讓路。

老夫人在車子裡聽得心煩，便道：「轉告謝大人，這道路尚寬，不如我們各行其道便是。」

車轎交錯而過時，謝明揚命人打開轎簾，衝著馬車一拱手。適逢一陣風吹過，馬車的布幔微微掀起一角，謝明揚正好瞧見閉目養神的阿遜，臉色說不出是震驚還是失望，或者，鬆了一口氣的感覺。

老夫人的馬車裡竟還坐著一名青年男子，雖只是一眼，謝明揚已再無懷疑，定是安錚之的兒子。

一直擔心那所謂的「骨肉」會是阿遜，現在確定不是，謝明揚卻又覺得悵惘。原來，阿遜確然已經離世了……

半晌，他閉上眼，緩緩倚在錦墊上。自家玉兒已然到了適婚年齡，放眼朝中，與這安家倒也匹配……

待那轎子遠去，阿遜終於睜開眼睛，慢慢鬆開緊握的雙拳。

「安公子隨後就到？」聽到十二的稟告，霽雲微微一愣，臉上神情隨即一緩。阿遜既要親自前來，必是已然看出了什麼。

而床上的溪娘也因為李昉救治及時，撿回了一條命。雖然目前還未找到病因所在，卻是不會出人命了；只要溪娘不死，那吳桓自是不會給爹爹定罪。

看李昉長吁一口氣的樣子，霽雲也是心下大定，剛要上前詢問，手忽然一緊，她回頭，卻是老夫人，正笑咪咪地瞧著自己，那模樣真是要多討喜就有多討喜。

「翰兒餓不餓，娘給你做好吃的？」

霽雲哭笑不得，也不忍拒絕，只得蹲下身子哄道：「多謝老夫人，開兒不餓。」

方才離得遠了還不覺，靠得近了，老夫人身上就傳來一陣濃郁的花香，不由吸了吸鼻子。

老夫人這會兒倒聰明得緊，巴巴地解下身上的香囊遞過去，得意地道：「好孩子，香吧？娘把它給你好不好？」

竟是完全沒在意霽雲口中自稱的「開兒」，堅決認定這就是自己的翰兒，顯擺間也充滿了討好。

霽雲剛要去接，一個人影風一樣地衝進來，一把搶過香囊，衝著霽雲厲聲道：「竟然連姑母的香囊也想搶，你這犯上作亂的奴才，眼裡還有沒有主子？」

卻是王芸娘突然闖了進來，握著香囊的手竟有些發抖，看向霽雲的眼神更是充滿了殺意。

卻不防身後的老夫人忽然抬手用力拍了王芸娘一巴掌，厲聲道：「妳這奴才才是犯上作亂，竟敢這般對待自己主子，還真是反了！」

王芸娘被推得險些站立不住，差點撞在桌角上，又有一屋子的人瞧著，更是覺得顏面無光，卻又不敢發作，只得撲通一聲就跪倒在地，紅著眼睛道：「姑母，是姪女兒錯了，都是芸娘不好，您好歹莫要氣壞了身子。」

姪女兒？芸娘？老夫人似是有些清醒，又有些迷糊，王芸娘忙衝一邊的秦嬤嬤使了個眼色，秦嬤嬤忙上前扶起容老夫人。

「我的好主子，坐了這麼久，也累了吧？不然，奴婢扶您回去躺會兒？」說著攙起老夫人，就往門外而去，哪知老夫人起是起來了，卻一把抓住霽雲的手不放，還死活不肯鬆手。

霽雲無奈，只得衝李昉點了點頭，跟了過去。

幾人剛走，王芸娘便走出房間，疾步往院外而去，很快找到了王子堯。

「那小子又去找妳晦氣？」王子堯登時大怒，帶了一幫人就往老夫人的主院而去。「我就不信那狗奴才能待在姑母身邊一輩子，只要他一出主院大門……」

「老夫人，您若是睏了，就睡吧。」看老夫人倦得眼睛都睜不開了，霽雲忙道。

老夫人應了一聲，很聽話地閉上眼睛，卻又快速睜開，待看到霽雲還坐在自己床前，忙又乖乖閉上眼睛，可不過片刻，卻又睜開，一副唯恐霽雲會趁自己不注意離開的模樣。霽雲真是哭笑不得。

如此連番幾次，老夫人終於合上眼睛，睡熟了。

霽雲這才起身，躡手躡腳走了出去。

門外候著的仍是秦嬤嬤，瞧見霽雲出來，眼角瞄了霽雲一眼，鼻子裡意味不明地哼了一聲。

瞧這小模樣，倒是和爺幼時挺像的，可再像有什麼用？草窩裡的野雞，什麼時候也變不成金鳳凰，還敢和芸娘小姐鬥？作夢去吧！

察覺到秦嬤嬤的敵意，霽雲也不理她，徑直往院外而去。哪知剛走出大門，身後便哐噹一聲響，大門被死死地關閉。

不由丈二金剛摸不著頭腦，明明自己和這婦人不過第一次見面，也不知哪裡得罪她了？、轉身便要走，哪知剛轉過一個亭子，走到僻靜的塘邊，斜裡忽然有人冷笑一聲。「臭小子，你就是那個阿開？」

霽雲愕然回頭，卻是王子堯，正領了五、六個人過來。只是那幫人的模樣明顯和容府中人不同，個個打扮粗俗、一副暴發戶的模樣不說，還都一臉的凶相，殺氣騰騰。

這都是些什麼不三不四的人，怎麼就堂而皇之地進了容公府？

卻不知道，這些人全是王子堯在上京新結識的朋友。

王子堯在家中本就嬌生慣養，漸漸就越來越無法無天，在家中便接二連三地惹上禍事，王家父母無奈，又想著現在容文翰聲勢如日中天，讓兒子過去，好歹託容文翰幫著謀個前程。

除此以外，他們還有一個更大的私心，就是想把女兒王芸娘嫁給容文翰為妻。

當初，自家妹妹可不就是因緣巧合成了容文翰的繼母，若不是容家照拂，沒了祖上蔭庇的王家，怕是早已敗落；而現在，容文翰膝下無兒無女，不像妹妹做容父續弦時，已經有了容文翰這個兒子。妹妹又是個不中用的，這麼多年竟是始終無所出，以致對容家的影響還是太小了些。

要是芸娘真能嫁過去，再生個一兒半女，那王家何愁不能再尋回往日的榮光？

王子堯便是肩負著這樣兩個重任，護送了妹子王芸娘到這容府中來的，甚至在王子堯的心目中，自己妹子馬上就可以成為容府夫人，而自己自然也就是響噹噹的「國舅爺」了！因著這般心理，王子堯便很是驕傲地打入上京，甚至藉此招攬了一些上不得檯面的紈袴做幫手……

霽雲越發蹙緊眉頭。老夫人那般好脾性，怎麼娘家人卻是如此不成器？

「是我。你想要如何？」

「如何？」王子堯沒想到都這個時候了，這個阿開還這麼硬氣，不由氣極反笑。「喲呵，倒也有些意思啊。哥兒幾個，瞧這小子細皮嫩肉的，哥哥我還真有些下不去手了！這樣吧，」說著，手一指池塘。「要麼，你自己跳下去；要麼……」

眼睛色迷迷地在霽雲身上上下打量著，撇撇嘴道：「瞧你這小模樣，和我們哥兒幾個昨兒個玩的那個小倌也不差多少，今兒個晚上，你就來伺候吧。」

王子堯說得淫穢，身後那幾個紈袴也都曖昧地笑了起來。

霽雲聽得噁心，怒道：「十一，把這些人都捆了，嘴裡塞上糞，扔到馬廄裡！」

王子堯幾人聽得一愣，心想這小子不會是嚇傻了吧，還十一？

「你還十二呢——」

話音未落，耳旁忽然響起一個陰惻惻的聲音。「爺就是十二。怎麼，有何指教？」

王子堯嚇得驚叫一聲，就往後躲，卻被人一下揪住衣領，如捉小雞一般提了起來。

王子堯回頭，卻是一個身穿黑衣、滿臉煞氣的可怕獨臂男子，嚇得慘叫一聲，還要再喊，十二卻惱他對霽雲太過放肆，點了穴道，抬手就把人扔到了池塘裡。

然後又是一陣撲通撲通，恍如下餃子般的聲音響起，是十一和另幾個暗衛也是如法炮製，把早已嚇呆的那些紈袴都扔到了池塘裡。

「快……救我上來！」驟然落入水塘，王子堯嚇得魂都飛了。「你們知道……我、是誰嗎？你們想死嗎……把我、扔下來，我妹妹、將來……可是、可是要嫁給容……」

十一隨手扔了個石子過去，正砸在王子堯的啞穴上，王子堯嘴不住開合，卻再發不出一點聲音。

「公子，您只管忙自己的。」十一看也不看水裡的一眾紈袴。

那些紈袴眼睜睜瞧著霽雲施施然離開，而方才那宛若神兵天降的黑衣人也忽然沒了行跡。

第五十九章

而此時，溪娘的房間裡，已是劍拔弩張。

方才明明已經好轉的溪娘，這會兒病症又再次加重，便是呼吸也很微弱，幾個有經驗的老嬤嬤忙上前探視，卻是唬得臉色都變了。

溪娘這個樣子，分明已是氣若游絲、病入膏肓，竟是一副隨時隨地都會撒手人寰的模樣。

芸娘握著溪娘的手，神情悲戚。「李昉，你到底什麼居心！我二姊和你李家有何冤仇，先是你爹，現在又是你，一定要害了我二姊才甘心嗎？」

「表小姐快讓開，」李昉急道。「讓在下瞧瞧二小姐現在到底如何！」

「還讓你瞧？」王芸娘猛一拍桌子，厲聲道：「你一定要治死我二姊方肯甘休嗎？」又衝著門外一迭連聲道：「來人，快來人！」

聲音卻忽然梗住，不可置信地瞧著疾步匆匆而來的霽雲。

哥哥不是說一切都交給他嗎？怎麼這小子又回來了？

「怎麼回事？」霽雲也發現情形不對勁，凝聲道。

李昉皺著眉頭，說了溪娘病情突然惡化一事。

「突然就這樣了嗎？其間有沒有人靠近溪娘？」霽雲道。

「沒有其他人。」李昉搖頭，心裡也很是困惑。「除了我之外，就是一個一直侍奉表小姐的貼身丫頭，對了，還有那位表小姐。」

說著，瞄了一眼臉色鐵青的王芸娘。

「你這是什麼意思？」王芸娘狠狠地一拍桌子，冷笑一聲。「想要把髒水潑在別人身上嗎？翠竹可是一直伺候二姊的，對二姊最是忠心。本小姐瞧著，倒是你這奴才，怕是因你爹的事懷恨在心，成心想要害死我二姊吧？」

王芸娘太過盛氣凌人的模樣，讓霽雲很是厭煩，特別是那一口一句奴才叫李昉，更讓霽雲火起，冷哼一聲。「除了李大哥和翠竹外，不是還有妳在表小姐身旁嗎？」

沒想到霽雲竟敢這麼當面和自己嗆聲，再想到方才那個香囊，及老夫人對這小子特別的青睞，甚至自己哥哥特意過去都沒把這小子如何……

王芸娘越發心慌，臉色難看地衝外面道：「都聾了嗎？還不快把這兩個害了我二姊的奴才拖出去？還有那上京令，來了沒有？來了就讓他趕緊進來。」

說話間，外面一陣嘈雜的腳步聲，卻是上京令吳桓去而復返。

府裡老夫人昏昏沈沈，溪娘又生死未明，是大管家容福迎了吳桓進府。

「表小姐，吳大人到了。」

容福心裡卻是愁悶難當。這府裡內務一向由表小姐掌管，一向打理得井井有條，怎麼就突然病倒了呢？現在這位小姐，雖是身分相同，卻太沈不住氣，以容家的威勢，竟是一而再驚動官府，傳出去外人豈不要說容府沒規矩？

更兼李奇父子，自己也是相交多年，都是醫術奇高，這位表小姐倒好，要立威拿誰作筏子（注）不可，偏要對李家父子開刀。

這般想著，瞧王芸娘的神情便很是不樂。

王芸娘暗暗咬牙，心裡恨道：等我做了這容府夫人，一定要把這些不聽話的東西全攆出去！

「吳桓見過小姐。」吳桓忙上前見禮。

王芸娘指了指旁邊的霽雲和李昉兩個，邊拭眼睛，邊道：「方才二姊病情已然好轉，偏這奴才定要出手為二姊診治，以致二姊病情瞬間危重。這起子黑心的奴才，定是要害了我二姊，謀奪了容府才甘心啊！」

謀奪容府？這般指控太過嚴重，吳桓也不得不重視，揮手便要命人上前緝拿李昉、霽雲二人。

王芸娘冷眼旁觀，心裡暗自得意，只是那笑意尚未散開，又一陣急促的聲音傳來，卻是林克浩聞訊趕來，看眾官兵果然要對霽雲二人動手，忙上前勸止。「吳大人，不可。」

「林將軍有何指教？」吳桓一愣，忙回禮。

王芸娘冷笑一聲。「林將軍，你可是我表哥帳下聽令，現在這般向著外人，到底是何居心？」

林克浩不理會她，只是急道：「吳大人，此案到底如何，切不可聽信一面之詞，很快就會有貴人幫我們解疑，還請吳大人稍候片刻。」

注：作筏子，比喻抓住某事當作藉口，借題發揮。

貴人？吳桓一愣。林克浩本就是容帥心腹，他口中的貴人又是何方神聖？

王芸娘更是嗤之以鼻。「貴人？竟要拉大旗作虎皮（注）嗎？吳大人，莫要聽他胡說八道，什麼貴人，再貴還能貴過我們容府不成？」

「容府是容府，表小姐是表小姐，妳也不過是客居容府罷了，還真當就能一手遮天不成？」霽雲冷聲道。

「你這奴才！」王芸娘一下被戳到痛處，頓時怒極。

霽雲卻是嗤笑一聲，慢慢道：「貴人馬上就到，還請吳大人稍候。至於那名不正言不順卻偏要插手容府事務的人，吳大人還是莫要太過相信才好。」

這少年又是誰？再一細瞧霽雲的相貌，吳桓不由倒抽了口冷氣。怎麼和容大人如此相像？

旁邊的容福更是驚喜。那天自己便驚了一下，多日不見，現在瞧著，這孩子不只容貌，便是氣度也和主子神似……

王芸娘沒想到，吳桓竟果真會聽一個小廝的話，揮手令那群差人先退了出去，恨聲道：「好好好，本小姐倒要看看，你口裡所說的貴人是何方神聖！」

話音一落，便聽下人回稟說有客來訪。

霽雲忙快步下了臺階，李昉也跟著上前相迎。

王芸娘探頭一瞧，竟是一輛再普通不過的青布馬車，提著的心終於放了下來。真是可笑，還以為是什麼了不起的大人物呢！果然自己太高看他們了，兩個奴才罷了，會有什麼高貴的朋友？

當下冷冷一笑。「大膽！還真把我們容府當菜市場了，竟然什麼人都敢放進來，還不快給我打了出去！」

「不可！」容福卻急叫道，說著衝對方恭敬一禮。「竟是安兄大駕光臨，不克遠迎，真是失禮。」

此時吳桓也快步上前，神情恭敬無比。「我還道這位小哥口中的貴人會是哪位，原來是安將軍。」

這安武雖是安府家將，年輕時屢次跟著老公爺南征北戰，也是有功名爵位在身，再者他是安雲烈最為信任之人，朝內重臣無論官職高低，都不敢怠慢。

竟然是位將軍？王芸娘有些心慌，只是如今騎虎難下，箭在弦上，再要退回去，是萬萬不能，而且憑他是誰，王芸娘也不認為可以高貴超過表哥去。

當下冷哼一聲，雖然面色難看至極，卻終不敢再口出惡言。

安武忙與眾人一一見禮，然後又衝著霽雲深施一禮道：「當初多蒙公子施以援手，現在聽說貴府表小姐病重，在下特意帶了貴人來給表小姐瞧病。」

安武此言一出，所有人都是一愣，下意識瞧向霽雲。憑安武的身分，在座怕沒有哪一個能受得起安武這一禮，沒想到他卻對一個稚氣少年行這般重禮，而且話中的涵義讓人太過費解，不過一名小廝罷了，如何能對安武施以援手？

還有安武說車上的才是貴人，能被安武稱作貴人的，又是哪位？

注：拉大旗作虎皮，比喻打著某種旗號以張聲勢，來嚇唬人、矇騙人。

王芸娘愣了一下，氣得差點把銀牙咬碎。放著她這正經主子不拜，卻拜一個小廝，什麼施以援手？瞧這分明就是要給自己難堪，同時替那小廝撐腰吧，真是豈有此理！

這般想著，瞧向安武的眼神越發不善。

容福則是不住瞄向霽雲，眼中掠過一抹深思。

安武卻是不管眾人，反正自己的目的已經達到，就是要告訴他們，誰敢欺負容公子，還要看安府答應不答應！

至於下面的，就要看少主的了。

安武從車後取出了輪椅放下來，才打開車子，小心扶了阿遜下車。畢竟老夫人身分太過貴重，這樣貿然來訪怕是不妥，老夫人還是堅持把寶貝孫子送到容府門前，才戀戀不捨地離開。

看安武攙著阿遜下車，又小心地把人安坐在輪椅上，所有人又是一驚。

貴人竟是不良於行嗎？

阿遜已經在輪椅上坐好，抬起頭來衝著霽雲微微一笑。

王芸娘眼前一亮，旋即又暗了一下。這人生得倒是一副好相貌，可惜卻是個癱的！

吳桓和容福齊齊大驚失色，神情瞬間震驚無比。

吳桓震驚又敬畏。早聽說安家尋回早年流落在民間的骨肉，從前只當是傳聞，並不知真假，現在瞧見阿遜酷似安錚之的容貌，馬上明白，安家雖未明言，可眼前這貴人必然就是傳說中的安家血脈。

「你們要做什麼？」瞧見霽雲推著輪椅，安武護侍著，徑直要往溪娘房間而去，王芸娘伸手就攔住了幾人。「哪個准許你們進這道門？」

「自然是為表小姐診病。」霽雲瞥了一眼明顯有些心虛的王芸娘。「我回來時已然得到太夫人的應允，准許我等為表小姐診治。妳若不信，自可馬上派人去詢問老夫人。」頓了頓，又道：「阿開卻是有一件事不明，聽說現在，表小姐病情已是危在旦夕，怎麼妳非但不著急，反而還一而再、再而三阻止我們救治，是何道理？」

「你……胡說什麼！」王芸娘臉一陣紅一陣白的，只是想想李奇那樣的名醫尚且看不出個所以然來，自己就不信這麼個年紀輕輕的癱子，能有什麼出奇手段。

當下冷冷一笑，讓開身子，恨聲道：「你們不過欺我表哥如今不在府中，便這般無禮。只是吳大人也在，若你們勘察病因，不但未查出個所以然來，反而令我二姊不治……我不管你們是從哪裡來，吳大人都要給我一個說法，不然，我表哥回來……」

說著，威脅地瞧了吳桓一眼。

吳桓有些為難，下意識瞧向阿遜。官場上的人可都是人精，已經揣測出阿遜的真正身分，這會兒自然就不敢輕易答應。畢竟容府惹不起，安府也同樣不好惹！

而那貴人十有八九是安家的正經主子，至於這頤指氣使的女子，則不過是客居容府罷了。

阿遜瞟了王芸娘一眼，神情冰冷，芸娘腳下猛一踉蹌，竟是吶吶著不敢再說。

阿遜收回眼神，瞟了左右為難的吳桓一眼，淡然一笑。「吳大人，若是如她所言，延誤了那位表小姐的病情，我和安武自會親自到府衙領罰。」
吳桓一愣，還未開口說什麼，霽雲已經推著阿遜進了房間。
房間裡，自己在藥渣裡隱約聞到的花香更加濃郁了，特別是溪娘床榻周圍。
「這房間裡有邪氣。」阿遜忽然道。
「邪氣？」王芸娘嚇了一跳。「休要胡說八道！我二姊可是從前就住在這個房間裡，一直都是好好的。」
「是啊。」其他人也附和道。「這裡雖冷清了些，卻是表小姐自己選的，說是環境清幽，她很喜歡，住了這麼久，也從未出過事啊。」
阿遜尚未答話，杏兒匆匆捧了碗藥而來，把藥碗遞給芸娘。「小姐，藥熬好了。」
王芸娘接過來，作勢就要餵溪娘喝下去，卻聽阿遜厲聲道：「把那碗藥拿過來！」
「啊？」王芸娘被驚了一下，手一抖，差點把藥碗打翻。
安武卻極快上前，伸手取了藥過來。
「你這是什麼意思？」王芸娘怒極。「懷疑我在藥裡下毒？既如此，你現在就可以驗！」
嘴裡說著，順手拔掉頭上的銀簪，噹啷一聲摔在地上，咬牙衝著門外道：「容福，你身為府中大管家，竟是眼睜睜瞧著別人欺負到府中來嗎？」
其他人看向阿遜的眼神也都充滿疑慮。親妹妹會害自己姊姊，不可能吧？
唯有霽雲，神情始終是淡淡的，卻又有著一種別樣的執著。無論阿遜說出什麼驚駭的話來，她也不會有半點猶豫。

阿遜輕輕捏了捏霽雲的手。無論什麼時候，無論自己做什麼，也只有雲兒，總是全心相信自己。

接過藥，深吸了一口氣，果然再次嗅出裡面的花香來，轉手遞給李昉。「拿好。」然後命人請容福進來，吩咐道：「現在，找幾個信得過的強壯僕婦，把表小姐抬到另外房間沐浴更衣，然後我再開一劑藥來，最多半個時辰，表小姐就可以醒過來。」

「當真？」容福大喜。

「不行。」王芸娘臉色慘白，神情悲憤。「我二姊已經這般模樣了，你們竟還要折騰於她，真以為表哥不在，你們這些黑心賊就可以在府中為所欲為了嗎？」

「黑心的是妳。」吳桓在外面，房間內的下人也趕了出去，唯有阿遜和霽雲及容福、王芸娘主僕在，阿遜便不再避諱，一字一字道：「我方才說有邪氣，並非這房間裡鬧鬼，是有人比厲鬼還要可怕。」

「你言下之意，二姊這個樣子，是我下毒謀害了？」王芸娘冷笑一聲。「我不管你是什麼來頭，可這是容府，在我這容府中想要胡作非為，你休想！」

容福也是面有難色。「公子，兩位表小姐是親叔伯姊妹，公子是否誤會什麼了？剛才我也試了那藥，委實無毒。」

「自然無毒。」阿遜瞟了眼明顯鬆了口氣的王芸娘，聲音諷刺。「表小姐現在的症狀也不是因毒而起，而是花香使然。表小姐的妹妹，我的話可對？」

正自得意的王芸娘嚇得猛一哆嗦，不敢置信地瞧著阿遜，腦袋裡嗡地一下，腦中只有一句話——完了，竟然這麼快就被識破！

畢竟沒經過多少風浪，王芸娘身子一軟，癱在了地上……

不到半個時辰，被挪到另一個房間的溪娘終於轉醒，卻是默默流淚良久，終於艱難地撐起身子，黯然向阿遜道謝。

「不用謝我，我不是為了妳。」阿遜的話太過直截了當，即便是自以為見多識廣的王溪娘也不由訝異，怎麼眼前這公子竟是這般不通人情世故？

「小女明白。」王溪娘苦笑一聲。「只是公子畢竟沒有把我妹子交給官府，我也好，姑母也好，都是感激不盡。」

若真讓王芸娘被官府帶走，以弒殺親姊的罪名治罪，那非但娘家再無名譽可言。試想，教出那般狼心狗肺女子的家族，以後還有哪家再敢求娶？

「我方才已經說過，不是為了妳。」阿遜已然不耐煩。

自己才懶得為不相干的人精心謀劃，只是既然事關霽雲，自當例外。這世上值得自己用心謀劃的，也就雲兒一個罷了。

一而再地碰壁，饒是沈靜如溪娘，面子也有些掛不住，卻還是再次展顏一笑。「那溪娘多謝兩位公子大恩。」

說著，衝著阿遜和霽雲鄭重福了一福。

霽雲一愣。這女子，好生聰慧。

她點了點頭，便要和阿遜一塊兒離開，哪知剛轉過身去，溪娘的聲音再一次響起。「小公子得閒了，可要多來陪陪老夫人。」

霽雲腳步頓了一下，便是阿遜也有些驚異。

這表小姐的語氣，怎麼好像甚是篤定？難道她真的知道了什麼？

眾人離開不久，一個蒼老的身影悄悄潛入溪娘原先住著的，現在囚禁了王芸娘的房間。

「妳說什麼？」王芸娘驚呼一聲，卻又旋即沒了聲音。半晌，那蒼老人影再次離開，王芸娘則是傻子般喃喃自語。「那明明就是個小廝……怎麼可能會是容府小主子？騙我的，一定是騙我的！」

「妹妹，她說的是真的。」隔壁房間裡傳來一個虛弱的聲音，然後又是一陣嘔吐聲。

「哥？」王芸娘愣了一下，忙去拍打牆壁，神情惶急。「哥，快救我出來，我們回家，我們現在就回家！」

隔壁的嘔吐聲終於停住，王子堯的聲音更加虛弱。「妹子，人家是天上的雲，咱就是、咱就是……地上的爛泥巴。咱們得罪了容府少主，哥哥瞧著，就是姑母清醒過來，只要那少主不發話，怕也救不了咱們……」

打擊太大了，王芸娘再也支持不住，終於兩眼一閉，昏了過去，嘴裡喃喃著：「這房間，果然有邪氣……」

第六十章

「突然病倒了？」已經準備好車駕要送王家兄妹離開，卻沒料到兩人竟同時病倒。李昉親自診治後，也向霽雲諫言，兩人此時確實不宜長途跋涉。

「怎麼這般巧？」霽雲皺眉，也未放在心上。經此一事，兩人即便再有什麼心思，也翻不出什麼大浪來。

霽雲很快把這件事丟開來，因為有另一件天大的喜訊傳來。已有確切消息，頂多月餘，爹爹的大軍便要從邊關班師回朝。

和自己記憶中不同，這場戰爭足足提前了兩年結束。更重要的是，爹爹身上也未背負任何血債。現在，得知爹爹即將歸來的消息，即便穩重如她也不禁雀躍不已。

又想到一事，阿遜自那日處置過芸娘，到現在已是數日之久，李奇說安公子只需多運動，很快便能康復。自己雖是擔心，也知道以目前身分，實在不宜貿然跑去安府。

好在旬日後，終於有了阿遜的消息。

卻是安家遍發請柬，宣佈找回遺落在民間的嫡親孫子安彌遜，要在數日後大宴賓客。而宴請的名單中，排在第一位的便是容家。

安家尋回嫡孫的消息一出，上京一片沸騰，一打聽到安家嫡孫已是弱冠之年，卻至今未有婚配，那些家有適齡女兒的貴族都是心頭大熱。

就目前形勢，上京最受大家矚目的乘龍快婿人選，也上升至三位了。

排在第一位的自然是目前聖眷最隆的昭王爺，這位沒有母族扶持，原先所有人都看不上眼的小霸王，短短幾年內卻宛若脫胎換骨一般，不只見識遠大更兼屢建奇功。如今的上京朝堂，影響力可謂舉足輕重。

第二位則是即將凱旋的侯爺高岳的長子高嵐。高嵐本就文武全才，現在又攜乃父聲威，熱度便直線上升。

只是安家找回嫡孫的消息一出來，雖無人見過其廬山真面目，但比起前面兩位，態勢甚至還有隱然居上之勢。

原因無他，所謂樹大招風，昭王爺可是太子殿下的死敵，除非將來太子被廢……這話誰也不敢說出來，只敢在肚子裡掂量掂量。

當然，危機越大，回報也越大，還是有眾多希冀富貴之人想要借楚昭的東風謀取更大的利益。

至於高家，畢竟屬於新貴，根基未穩，哪裡比得上安家？

安家可是大楚三大世家之一，早已是根深葉茂，若能和安家結親，既可獲得莫大的利益，又不用擔心將來有朝一日會被新君清算。換句話說，無論誰做了皇帝，首要做的都是要和三大世家搞好關係。

因此即便這時，並未有人見過安彌遜的真容，安家嫡孫的名頭卻已經傳遍了整個上京——

「安彌遜？」謝明揚不由一怔。怎麼這般巧，這安家嫡孫的名字也叫彌遜？若非自己前些日子機緣巧合見過那安家小子，怕還真會以為……

很快又釋然。

想想也是，「彌遜」這個名字本就是悠然所取，現在想來，該是安錚之按照族譜而定。

他旋即重重哼了聲。竟然沾惹了自己妹妹不算，還有其他女人，當年，安錚之也死得太便宜了些！

「爹，真要把妹妹給了那安彌遜嗎？」長子謝莞輕聲道。

按理說，以自家的門第，玉兒的夫婿即便不在皇室中，也須是安家這般門庭。奈何那安彌遜流落在民間這麼久，也不知是怎樣的憊賴人物，自己那妹妹眼界又高……

「是。」謝明揚點頭，神情明顯有些疲憊。「現在京中的形勢你也明白，咱們謝家，外人看著雖是沒什麼不同，但能依仗的外力還是太少了，否則，你弟弟就不會死。」

說著，一時咬牙切齒。幼子謝蘅自朔州失蹤後，現在已確知命喪他人之手，若不是太子派出宮中精銳，把朔州謝簡一家及翼城方家盡數滅口，恐怕整個謝氏家族都要被楚昭和容文翰血淋淋撕掉一大塊肉！

饒是如此，謝家也因年前力主容文翰撤軍一事，遭遇了有史以來最為嚴重的口誅筆伐，甚至有人背地裡說，那場大地震，便是因為上京以謝家為首的奸臣使得上天震怒，人間才會有此慘禍……

謝家穩立於朝中這數百年來，還是第一次遭遇這般危機。

若是能和安家結親，情勢便會立即改觀。

「我知道了，爹。」聽謝明揚說到謝蘅，謝莞也是黯然神傷，又想起什麼。「那安鈞之……」

「一如既往。」

平日裡只道那安鈞之不過是個迂腐書生罷了，和尚武的安家相比，大相徑庭，可這幾日瞧著，也不是個簡單的……

和上京貴人擠破腦袋想要安家一張請柬不可得相比，容家卻是獨得了兩張。一張是送與容老夫人的，此外還有一張是單送於恩公李奇的。

李奇的院子裡頓時熱鬧起來。

其實熱鬧也不是這幾天，確切地說，是自從老夫人認定霽雲是她的翰兒那天開始，這個院子就一日比一日更喧鬧。

先是老夫人無論清醒或者糊塗，每日定要讓人攙著到李家晃一圈，然後容福找李奇喝酒的次數明顯增多，只說是來找李奇喝酒，每次卻是止不住要問問有關霽雲的事；到最後，甚至一向端嚴的表小姐也和李夫人、李蘶明顯熟稔了起來。

「聽說，安家要連擺三天的流水宴呢。」容福一口喝乾杯子裡的酒，重重地把杯子一放。「叫我說，等咱們小主子回來，咱就擺六天的流水宴！」

說著，可憐巴巴地瞧著李奇。「李兄，你說咱們小主子什麼時候回來？」

李奇實在被纏得狠了，只得道：「咱們爺這麼好的人，小主子也一定福澤深厚，我瞧著，說不得咱們爺回來，小主子也會回來了。」

「此言當真？」容福終於得了句實在話，喜得一下蹦了起來。「我不吃了，我得去安排一下相關事宜！」

竟是轉身就跑，嘴裡還盡是唸唸有詞。「小主子要住哪個院子呢？還有那些吃的喝的用的……對了！」忽然一轉頭又跑了回來。「不然明天借你的阿開用一下啊，讓你家阿開到我們小主子的院子裡住一段時日，好教我們提前練練手，將來就可以把小主子伺候得更舒服些。」

說著也不等李奇反應，人已經跑得沒有影了。

伺候小主子也可以借個人來練的？李奇頓時錯愕不已。

這個容福也是人老成精的，八成是猜到了什麼。

第二天一早，容府門前就擺開了太夫人的盛大儀仗。

太夫人的身體自是無法出席酒宴，當家容文翰又不在家，便由王溪娘代表容府來賀。

霽雲和李奇坐在後面不甚顯眼的馬車裡，心裡喜悅至極。怪不得這幾日未見到阿遜，原來要給自己這麼大的驚喜。

安家既是要大擺筵席，那豈不是意味著阿遜身體已然痊癒？

「來，遜兒，見過王大人。」

安雲烈身後跟著長相俊秀的安鈞之和英武帥氣的安彌遜，開懷之外又有些傷感。若是兒子錚之還在……

這「王大人」叫王安元，容文翰不在朝中，他便是文人中的翹楚，所到之處也是眾人爭相巴結的對象。

「王大人安好。」阿遜一拱手，淡淡的神情中自有一抹傲然。

王安元出身寒微，最是瞧不得這般自詡為貴族的紈袴子弟，現在瞧阿遜這般態度，神情中便有些不快。

一番比較，倒是在太學讀書的安鈞之談吐文雅，讓人看了更舒服。

和王安元一般想法的自然不在少數，在眾人挑剔的目光中，阿遜儼然就是運氣好到爆的土包子罷了。

「只是這般年紀了，不只繼承老公爺衣缽習練武技而不可得，便是想學那鈞之公子，於文事上出人頭地也太晚了。如此文不成武不就，便是有個安家嫡孫的名頭，怕也……」

有人暗暗犯嘀咕。如此瞧著，這安家家主的位置，這位嫡孫想要坐上怕是不大容易。這樣一想，瞧向阿遜的眼神便未免有些輕慢。

「公爺，」安武匆匆進來，附在安雲烈耳邊道。「府外林將軍護佑著容太夫人的車駕到了。」

說是容太夫人的車駕，兩人都明白，重要人物是那容家小公子。

瞧著安家三代人竟是齊齊迎了出去，其他已然在座的賓客不由大為詫異。以安家的地位，還有誰有這般臉面，擔得起安雲烈如此厚遇？

便有那好事之人，忙向其他人打聽。

府門外，李奇和霽雲已然下車，垂首立於轎子右側，林克浩則手持長槍護衛在王溪娘大轎左邊。

這邊車隊剛剛停穩，遠遠，又一列車轎緩緩而來。

那盛大的程度比起容家來，竟是一般無二，後面跟的車轎卻明顯更加奢華大氣。

霽雲了然，怕是謝家的人。

因前面容府的車馬尚未進府，後面的謝家行進速度明顯慢了些。

「是哪家擋住了咱們的道？」打扮精緻美麗的謝玉微微打開一點轎簾，皺著眉頭問。

旁邊的丫鬟忙上前打聽情況，然後又很快跑回來。「稟小姐，前面是容公府的車駕。車裡坐的，聽說是容府那位出自宮中的表小姐，王溪娘。」

「王溪娘？」謝玉冷哼了一聲。「不過是個宮中賤婢罷了，現在也敢仗著容家的威風，不把我們放在眼裡。」

謝玉和謝蘅感情最好，自從得知謝蘅的死訊，便恨上了楚昭和容家，尤其是對容家，說恨之入骨也不為過。

若不是那容文翰一力扶持，楚昭焉有今日之聲勢？阿蘅也不會死！

容家人該死，所有和容家有牽連的人也全都該死！

此時，安府大門轟然大開，安雲烈帶著嗣子安鈞之、嫡孫安彌遜大踏步從府中迎了出來。

霽雲一眼瞧到身著紫色錦袍，外披同色精美雲紋的鶴氅，頭束金冠，腰懸玉珮，長身玉立的阿遜，只覺心裡暖暖的，竟有一種吾家阿遜初長成的驕傲。

阿遜的眉梢眼角也頓時堆滿了笑意，身上的冷凝氣息一掃而空。

此種變化，不只安雲烈，便是旁邊的安鈞之也明顯感覺到，順著阿遜眼神瞧去，一眼看到了和李昉並排站著的青衣少年。

安鈞之眼中閃過一抹譏諷之意。還真是恩愛情深啊，竟在這般重要日子，還不忘把自己的相好也請來，只是安雲烈若知道那容府中青衣小廝竟是自己寶貝孫子的枕邊人，也不知會是怎樣精采的表情？

安雲烈依舊站在原地，安鈞之和阿遜則迎了上去。

同一時間，一點亮光突然急似流星自斜裡飛出，眾人還來不及反應，那暗箭已穿透王溪娘的大轎，最後更是直接釘在謝玉車轅中的白馬屁股上。

那白馬吃痛不住，長嘶一聲，竟是撒開四蹄，朝著霽雲就狂奔而來。

「不好！」安雲烈大驚，距離如此之近，那容公子怕是會首當其衝。

和安家只有阿遜這一點血脈一般，容家也是只有這麼一個兒子罷了，要真是出了事……

竟是不顧身體老邁，朝著霽雲的方向便狂奔而去。

只是他的動作快，阿遜的動作則更快，全身的功力瞬間提升至極致，整個人如一隻矯捷的蒼鷹，以風馳電掣的速度奔至霽雲身邊。

阿遜一把將霽雲攬到懷裡，同時推開李奇，然後單手朝著那匹攜萬仞之勢狂奔而來的驚馬狠狠一掌劈了下去。

聽得喀嚓一聲脆響，那白馬的馬頭一下飛出去很遠，一腔熱血頓時噴灑得滿地都是，其他幾匹馬被那股凜然的殺氣嚇得同時腿一軟，前蹄趴跪在地上。

車裡的謝玉猝不及防，頓時從車上滾落地面。好在車速已是幾乎停滯，謝玉並未受傷，只是那般趴在地上的模樣卻是狼狽不堪。

謝玉大腦裡頓時一片空白，只覺又愧又氣，下意識瞧向方才那如天神般從天而降的英俊男子，眼中不自覺閃過一抹希冀。哪知對方瞧也不瞧她，只抱緊懷裡的青衣小廝，竟是丟下自己轉身要走。

而同一時刻，安鈞之大步上前，一把扶起謝玉。

「這位小姐，可有傷到哪裡？」更是側著身形，體貼地阻斷了安府門前不知什麼時候聚集的大批客人的視線。

林克浩等疾步上前接過霽雲，阿遜則飛身朝發出冷箭的西南方向而去。

不管是有意還是無意，只要意圖傷害雲兒的，全都得死！

只是方才畢竟耽擱了會兒，哪裡還有半點賊人蹤跡？

阿遜又搜尋了一圈，仍舊是一無所得，這才轉身回府。

那些聞訊齊聚在大門外的客人忽地讓開一條路，看著阿遜的神情俱是震驚而又敬畏，再不復原先的質疑和輕慢。

果然是天佑安家嗎？怎麼隨隨便便找來個孫子便有這般厲害身手？不但遠強於當年這般年紀的安錚之，便是比起現在的安雲烈來，怕也不遑多讓。

只是這人腦子是不是奇怪了點？放著謝家大小姐不去攙扶，竟是對個小廝那般緊張？

第六十一章

沒想到竟有人如此大膽，敢攪鬧安家的認孫喜宴。

阿遜只要霽雲無恙，對所有事情便無可無不可，安雲烈卻是怒火滿腔。

真不知何人吃了熊心豹膽，竟敢做出這般事來！當下便派出精銳人馬前往搜捕，又忙忙地禮讓兩府人馬進府中去。

好在雖是受了驚嚇，王溪娘也好，謝玉也罷，身體倒是都無恙。

兩人被快速請入內宅後，和臉色蒼白的王溪娘相比，謝玉的神情是矜持裡多了分不自覺的期盼。

實在是方才安彌遜從天而降的情景太過唯美又震撼，謝玉一方面惱怒對方未在第一時間對自己施以援手，另一方面，卻又忘不了那個無比霸氣的瀟灑身影……

又想到來時，娘親隱隱透露父兄有意讓自己和這安公子結親之事，謝玉因心高氣傲，本還有些抵觸，這會兒再想著，心裡竟是甜滋滋的。

也只有這般世間少有的奇男子，才配做自己的夫君。

「那容府小廝究竟生的何種模樣？」趁著四下無人，謝玉終究問出了口。

想到自己心儀，而且極有可能會和自己婚配之人，竟是對別個男子那般維護，謝玉心裡真是百般不是滋味。

那丫鬟也是個機靈的，平日裡陪在小姐身邊，也不止一次遇見過那風流多情的公子哥兒，小姐從來都是不屑一顧，這般羞答答、欲語還休還是第一次，明顯是動了春心。

當下抿嘴一笑。「我的好小姐，且不說安公子雖是安府嫡孫，卻是初來乍到，頭一次見到這麼多王公貴族，怕是多些小心也是有的。再加上我家小姐這般美若天仙，便是嚇也嚇得傻了，至於對那小廝，哪有這許多顧忌？自然是說救便救了。」

謝玉心裡一動。對呀，這安公子既是流落在民間，對上京貴族怕是一無所知，又何從知道自己是謝家小姐？

心頭巨石頓時放下，斜了丫鬟一眼。「貴人也是妳一個小丫頭可議論的？再要混說，信不信我撕了妳的嘴？」

那丫鬟看謝玉粉面含春，知道自己的話定是說到小姐心坎裡去了，正要再說，忽然瞥到旁邊涼亭後，兩個人正一前一後匆匆而來，不由一愣，忙輕輕推了一下謝玉。

「小姐。」

謝玉也是一愣，心裡頓時大喜。果然是有緣嗎？剛一想到那人，哪承想一轉過頭來，就正好碰著。

卻是安彌遜正帶著安武大踏步而來。

阿遜也明顯看到了小徑上的謝玉，不覺微微蹙起眉頭。

原以為那主僕兩人會讓開，沒想到謝玉竟迎著自己走了過來。

「奴家多謝公子救命之恩。若沒有公子，那奴家今日……」

謝玉今日穿了件繡著大朵牡丹花的十二幅裙子，臂上纏繞著宛若碧靄般的軟煙羅，再配上因方才受了驚嚇而嬌喘微微的神情，襯得整個人益發美麗柔弱，那般盈盈一拜，怕是任何一個正常的男人看了都會心旌搖曳……

阿遜卻皺起了眉頭，只覺昔日那般跋扈囂張的謝玉，突然做出這種嬌嬌弱弱的小女兒姿態，太過匪夷所思。

只是無論怎樣，他仍是對謝玉半點好感欠奉。

當下側身，淡淡嗯了一聲，嘴裡勉強擠出兩個字「不謝」，轉身便想離開。

謝玉大急。這人怎麼這般不解風情？忙衝旁邊的丫鬟使了個眼色。

「公子，」丫鬟忙上前一步，攔住阿遜的去路，刻意提高聲音道：「奴婢秋棠見過公子，奴婢是謝公爺謝府的，那是我們家小姐，因是第一次來安府，一時迷了路徑，不知哪裡通往老夫人的後宅，不知公子是否方便……」

謝玉垂了頭，做出羞赧的模樣，心裡卻是得意。這人若知曉自己竟是堂堂謝家的嫡女，定然不會再如方才一般冷冷冰冰，待會兒那公子陪著自己往後宅去時，自己倒是要說些什麼才好……

正自胡思亂想，哪知安彌遜卻似是根本沒聽懂謝公府三個字意味著什麼，只淡淡吩咐了一聲：「安武，你去處理。」

別說主動幫謝玉帶路了，竟然連聲招呼都沒打，便徑直大踏步離開。

直到那人的影子再也看不到半點，謝玉才緩過神來，氣得狠狠跺了下腳。這男人是塊木頭嗎？竟然一而再、再而三地這般對待自己！

謝玉的性子自來喜歡爭強好勝，什麼事都要爭個頭籌，這也是之前表哥謝彌遜儘管俊美無儔，謝玉卻是從沒看進眼裡的原因。

那麼一個父不詳的卑賤身分，還想高攀自己這公府小姐，當真是癡心妄想。自己即便無法如謝家之前的小姐嫁入皇宮風光為后，也絕對無法忍受嫁給謝彌遜那麼一個身分低賤的人。

之後，當謝彌遜身亡的消息傳回來時，謝玉不只一分惆悵也無，甚至還有大大鬆了一口氣的感覺。

而現在的安彌遜不只身負絕世武學，更是安家唯一嫡孫，當仁不讓的安家未來當家人。方才府門外那一幕，自己可是看得清楚，那麼多朝中顯貴，還不是得在年紀輕輕的安公子面前低下頭來？

將來自己若嫁了安彌遜，自然便是安家公夫人，其顯赫威風便是比起後宮妃子，怕也不差多少。

更要緊的是，安彌遜越是這般不把自己放在眼裡，越是激起了自己的好勝心。長這麼大，還從沒人對自己這般冷淡過，那些王孫公子，哪個不是想盡千方百計一睹自己容顏？這無知小子，竟是這般對待自己！越是這樣，自己就越要安彌遜也拜倒在自己石榴裙下，方才甘心。

「阿遜？你不在前面招待客人，怎麼跑這裡來了？」

霽雲正斜倚在榻上閉目小憩。被阿遜護得那麼緊，自己根本就來不及受驚嚇，偏偏阿遜緊張得不得了，非要押著自己到這兒躺著不可。

她正在思考那放暗箭的人到底是誰，目的又是為何，手卻忽然被人握住，忙睜開眼，果然是阿遜正跪在榻前，緊張地瞧著自己。

看霽雲要起來，阿遜忙伸手按住。「可有哪裡不舒服？我已經讓人熬了安神的藥物，很快就會送來。」

安神的藥物？瞧著阿遜緊張兮兮的模樣，霽雲不由嘆氣。怕是該吃安神藥物的不是自己，而是眼前這個人吧？

想要嘆氣的又何止霽雲，便是外面的安武，也是愁容滿面。

這場宴席可是老公爺為了少主而設，現在倒好，宴席馬上就要開始，正主兒卻不見了。方才少主護住容府小廝的事情，已經惹得眾人紛紛側目，就怕有人會到老公爺面前嚼舌根。老公爺有多愛這個突然冒出來的孫兒，別人不知道，自己可是最清楚不過，要是公爺真信了少爺好男風這件事……

回頭正看到自家少主瞧稀罕寶貝似的看著容公子的眼神，頓時淚流滿面。

少爺分明就是個情種啊，只是天下那麼多好女子，怎麼偏要招惹個男人啊？招惹男人也就算了，還偏要招惹容家的男人，還是容文翰的兒子！

要是到時候真東窗事發，老公爺興許下不了狠心，那容文翰可不是吃素的……

他卻又不敢催促，實在是少主之所以願意聽憑老公爺安排，把自己安家嫡孫身分公布於天下的原因，還不就是為了能匹配容家小子。

可是我的小祖宗，便是身分再匹配又如何？你們可都是男人，男人啊！身分再匹配，能和男人成親嗎？

正自思索，一個家丁匆匆跑來，看見安武，神情大喜。「少爺可在？皇上派來賀喜的特使就要到了。」

霽雲也聽到了外面的對話，忙一推阿遜。

「你快去吧，莫要讓公爺著急，我也不能多待。方才十一來報，說老夫人一個勁兒地吵著要見我，我正尋思著讓人跟你說一聲呢。」

阿遜無奈，雖是不捨，也只得起身，叮囑道：「待會兒我讓安武送妳。」

「慢著。」卻是阿遜的金冠因來時跑得急了，有些歪，霽雲忙下地找了把梳子。「低頭。」

阿遜有些迷糊，仍是乖乖地俯下身。

霽雲伸手拔掉那金冠，然後極快地幫阿遜把頭髮重新綰好，又將金冠扶正，這才鬆口氣，滿意道：「嗯，我家阿遜可真是玉樹臨風。」

「妳，喜歡嗎？」阿遜低低道。

「嗯。」霽雲重重地點頭，滿意道：「那是自然。快走吧，這般玉樹臨風的阿遜，怨不得老公爺和老夫人稀罕……」卻一下止了聲。

突然被一雙熱熱的唇給堵住嘴，都是無法說話的吧？

阿遜也是直到吻上那雙殷紅的唇，才意識到自己做了什麼，嚇得猛一後退，哐噹一聲就撞翻了身後的几案，心裡頓時懊惱不已。雲兒還這般小，定然要被自己的唐突給嚇到了，又不知該如何解釋，半晌臉憋得通紅，期期艾艾道：「那個……上面有些灰……」

「少爺！」安武正自發呆，卻見阿遜如風一般衝出來，逃也似的往前廳而去，不由嚇了一跳。

忙要跟上去，阿遜卻又站住，急急道：「雲兒要走，你親自護著回府。」

安武只得又回來。到了房間，才發現霽雲正兩眼無神地瞧著自己，心裡頓時一緊。瞧這模樣，果然是受了驚嚇，看來是得囑咐李奇回去再幫容公子多熬幾服安神藥才好。

「公子？容公子？」

「啊？」霽雲終於回神。

雖然明知道阿遜的心性，方才那一幕必無任何人瞧到，仍是臉色暴紅，竟是被阿遜那一吻攪得完全亂了心神。再想到阿遜胡說八道的什麼上面有灰，更是氣得咬牙。這個壞小子，定是去了哪些不正經的地方，不然怎麼會……

半晌才定定神道：「我無事。」

安武奉命護送霽雲、李奇二人回府，雖然霽雲一再拒絕，還是堅持把人送到了府中，方才回轉。

霽雲剛進府門，迎面便碰上一臉焦灼的容福。「唉呀，好阿開，你可回來了。方才老夫人找不見你，就一直哭天兒抹淚的……」

「老夫人現在在哪裡？」霽雲忙道。「我去看她。」

「方才在表小姐原先的宅子旁，這會兒也不知……」

話還沒說完，霽雲就跑了出去。

前面是王溪娘原先住的松雅居，她在轉角處看見一個青色的背影一閃。

霽雲不覺站住腳。

「怎麼了？」跟在後面的十一忙順著霽雲目光看過去，也愣了一下。方才那背影，和小主子好像。

「唉呀，娘的好翰兒。」旁邊一個蒼老卻充滿喜悅的聲音響起，霽雲回頭，正是容福所說哭天兒抹淚的老夫人。

老夫人一把抓住霽雲的手腕。

「這下抓住了，看你還跟娘捉迷藏。」

捉迷藏？霽雲苦笑，自己明明剛到好不好？卻也知道老夫人定是又糊塗了，忙扶住老夫人。「阿開餓了，咱們去用些東西好不好？」

聽說阿開餓了，老夫人也忘了要興師問罪，忙一迭連聲吩咐旁邊丫鬟。「快去準備好吃的來。」

霽雲又是感動又是窩心，想著要是爹爹真回來了，祖母不知要高興成什麼樣呢！又瞥一眼那烏沈沈的松雅居。待會兒等溪娘回來，好歹要暗示她儘早打發禁足在裡面的王家兄妹。

「公爺，前面已是真州城了。」

容寬把一個水囊遞給即便滿身風塵也掩不了清雅之氣的容文翰。

「再有兩日日程，咱們便可回至上京了——」

第六十二章

「安容兩家後人相交匪淺，謝家有意把嫡女謝玉嫁於安家嫡孫安彌遜為妻。」

寬闊的文華殿中，一身明黃龍袍的楚琮獨自一人坐在高大的龍椅上，靜靜看著手裡這張薄薄的信箋。

不過寥寥幾字，楚琮卻是看了足有一個時辰之久。

三大世家乃是大楚建朝的根基，其影響有多大，沒有人比楚琮更加清楚。

謝家想要把謝玉嫁入安家，楚琮倒沒有放在心上。女人固然能加強家族之間的聯繫，卻無法從根本改變一個家族的既定之路。

而謝家的日趨式微，也是楚琮不願意看到的。畢竟三大家族並立，才能互為制約，而且謝家是自己的外家，便是看在太后面上，楚琮也不願見到謝家落得太過悽慘。

容家和安家則不同。

容文翰本已是天下文人領袖，現在又立此不世功勳，容家威勢早已是如日中天、無人能及。

至於安家，每一代均有出類拔萃的良將，大楚建國數百年間，每一代家主必會有陪葬昭陵的殊榮，早已是天下武將心目中的定海神針。

雖然安錚之當初是為救自己而亡，但沒人知道，自己感喟懷念之餘，既傷感朝廷再無良將，同時卻又有些小小的慶幸。

安錚之已死，怕是安家的將星之路便到此為止了。可據安家宴席上，安彌遜的表現看來，分明更是一個奇才，安家在他手裡，會比以往更加輝煌。

安、容兩家家主，以往歷朝歷代都不過是淡淡之交，倒也未嘗不可，偏生此次……若是安、容兩家聯合，要做什麼的話，自己一眾皇兒之中，怕沒有任何一個可以制得住他們。

那一夜，文華殿的燭光亮了整整一宿……

第二日朝堂之上，楚琮甫一上朝便頒下旨令，言說三日後容公便凱旋回朝，命太子著手安排郊迎之事，並宣佈屆時，自己將親率滿朝文武、王公貴族至十里長亭迎接。

此詔令一出，滿朝官員頓時譁然。

當即便有御史犯言直諫，以為容公功勞不可謂不大，但這般功勛前人已有建者，郊迎也好、賞賜也罷，依循舊例即可，如此過於恩寵，恐催生民眾僥倖心思。

「混帳東西，真是一派胡言！」楚琮勃然大怒。「若非容公，汝等今日說不定已是他人階下之囚，莫說朕親自郊迎，便是再大的賞賜，又有何不可！」

當即命侍衛剝了該御史的官袍，將人叉出去了事。

滿朝文武登時沒人再敢說一句話，旨意很快傳遍朝野。

「三日後爹爹便可歸來？此話當真？」

實在是太大的驚喜，霽雲激動得臉都紅了。

「自然是真的，現在朝野都傳遍了。」林克浩興奮地不住傻笑，一想到能見到當日同生共死浴血沙場的那些袍澤弟兄，笑意便怎麼也止不住。

「林大哥，都是我拖累了你，不然三日後，你便可和爹爹一般……」霽雲表情歉然。若非要護自己回京，那三日後，林克浩自然可以和其他將領一樣，享受作為功臣被夾道歡迎的殊榮。

「少爺太客氣了。」看霽雲說得誠摯，林克浩也很是感動。少時的孤苦無依，使得林克浩最盼望的便是擁有一個屬於自己的家，自己何幸，先有待自己如徒如子的容帥，後有從沒有把自己當外人、處處為自己著想的少爺。「克浩是粗人，但也知道知恩圖報，若沒有大帥，克浩早不知死到哪裡去了。大帥是相信我，才會讓我跟著少爺，別人求還求不來呢。」

自那日隨著大帥一路疾奔，護送少爺到昭王爺那裡，林克浩便明白，大帥心裡，少爺是比性命還更重要的；把看得重逾性命的少爺交給自己，恰恰是大帥待自己親厚的表示。

也是從那一日起，林克浩便發誓，一定會用自己的性命來回報大帥的這份信任。

覺得兩人對話有些沈悶，林克浩忙轉移話題。「對了，少爺，您還不知道吧？還有一件大喜事呢，皇上已經下旨，說是要帶領滿朝文武百官親自到十里長亭迎接，人們都說，這可是大楚建國以來從沒有過的殊榮呢！」

又神秘兮兮地加了一句。「還有人說，大帥如此功高，皇上說不定會封王呢！」

「封王？」霽雲一怔，臉色頓時變得慘白。

林克浩頓時大惑不解。皇上親迎大帥回朝，這麼大的喜事，怎麼少爺聽了卻似很是不喜？便是那封王之說，更是光宗耀祖的天大喜事啊！

卻不知霽雲心裡翻起了驚濤駭浪。

上一世，容家雖有百年根基，卻會那麼快敗亡，自己種下的禍根固然是其中之一，更重要的還是皇帝的意思。

爹爹雖然從不曾說過一句皇上不是，仍不止一次在睡夢中囈語：君心難測。

自己這一世細細回想，才發現其中蹊蹺。

以容家之渾厚根基，若沒有皇上在背後撐腰，容家又如何會短時間之內，摧枯拉朽般地被人推倒？

所謂鳥盡弓藏、兔死狗烹是也。

當初容家未倒之時，自己尚在方府之中，便聽說因爹爹政績斐然、屢立大功，皇上甚至有封王之意，再沒想到，短短數月後不只封王之事擱淺，容家也徹底被連根拔除。

看皇帝現在模樣，是要如上世一般賞殺容家嗎？

這般一想，頓時冷汗濕透重衣。

原以為自己重活一世，已是掌握了事情的先機，自然可以把一切悲劇消弭於無形，便如這次戰爭，不只要讓爹爹勝得漂亮，還要爹爹再不會受良心的折磨。沒料到前兩點是達成了，結果卻是提前將容家置於險惡的境地。

霽雲埋頭苦思了半宿，竟是無論如何也想不出化解之法，不由苦笑。自己也就只占了前世先知的便宜罷了，當真碰到重大事情，仍舊毫無頭緒。

嘆了口氣，把一疊紙塞進信封裡封好。

希望爹爹能明白自己的意思，能想出萬全之法來。

當即喚來林克浩，把信交給他，又囑咐了幾句，最後叮囑。「林大哥，你明日一早便出城，一定要趕在爹爹到上京之前攔住他，然後把這封信交到爹爹手裡。若是爹爹問起，你只管把我方才言語盡數轉述。」

一番話說得林克浩更加莫名其妙。大帥馬上就要回來了，少爺怎麼又巴巴地送什麼信啊？況且既是要明日一早送信，又為何深更半夜地把信給自己不說，還說那般莫名其妙的話。

「林大哥，拜託了。」霽雲銜著林克浩深深一揖。

霽雲這般作派，林克浩便是再遲鈍，也知道定是有什麼大事要發生了，忙重重點頭。

「少爺放心，克浩一定不負所託。」

天剛拂曉，林克浩便輕騎出城。

霽雲則讓李昉請來了容福到自己這兒。

聽說是霽雲找自己，容福就跑了過來，且是一瞧見霽雲就開心得合不攏嘴。

霽雲心頭一熱。不過短短幾天，祖母也好，容福也罷，包括李昉一家，都待自己極好，自己怎麼忍心看著他們仰賴的容府一夕之間傾頹，成為人口市上任人買賣的奴隸？

本想著等爹爹回來，才好名正言順地公開自己身分，現在看來，卻已是刻不容緩。

她從懷裡摸出一方印信遞給容福。「福伯。」

容福只看了一眼，便即跪倒在地，瞧著霽雲熱淚盈眶，嘴裡喃喃道：「我就說定是小主子回來了，容福給小主子磕頭了……」

雙手舉高，奉還那枚家主印信。

「福伯，快快起來。」霽雲心裡也是酸酸的，忙伸手攙起容福。「本來爹爹的意思是等他回來再做主張，不過這般非常時刻，雲兒也顧不得了。煩請福伯速速傳令各處管事，爹爹未回府的這幾日，必得約束各自手下，一是除非不得已，否則不要再出府門，二是若是出府辦事，絕不許任何人做出什麼不合時宜的張狂之舉，若有人膽敢違反，即便發賣，絕不輕饒。」

看容福很是疑惑地瞧著自己，忙解釋道：「倒不是我這般想，實是爹爹的意思。爹爹常說，他朝中為官也好、邊疆殺敵也罷，都是臣子本分罷了，分內之事又有什麼好說嘴炫耀？咱們容府自來只知忠君報國，可別因為做了點分內之事，就得意忘形，失了容府的體面。」想了想又特意囑咐。「表小姐若是問起，福伯只說是克浩將軍臨走時吩咐便罷。」

容福不住點頭。「老奴曉得了，小主子放心，老奴這就去安排。」

送走容福，霽雲終於覺得心穩了些，所謂盡人事聽天命，能做的，自己都已經做了，剩下的，只能在這兒等了，希望爹爹能想出對策來……

下朝回府，謝明揚一臉愉悅，旁邊的謝莞卻是神情沈重。

謝玉看爹爹和兄長回來，忙讓丫鬟沏了茶水跟著自己送過去，待看到兩人明顯有些不大對勁的臉色，又在門口站住，想了想接過托盤，打發丫鬟下去。

「爹爹，你怎麼還笑得出來？」謝莞終於忍不住開口道。

自己可是要愁死了，容家本已根深葉茂，想要撼動著實困難，今日朝堂上看來，皇上對容家的寵信又更上一層樓，竟是容不得有人說容家半句壞話。

「莞兒，你果然還需磨練。」謝明揚心情大好，也不忍心過於責備兒子。「你以為皇上這般賞賜容家，真就是件好事嗎？」

「難道不是嗎？」謝莞更加不懂。「皇上這般恩德，可是多少人家作夢都求不來的！」

「莞兒，你來看。」謝明揚隨手拿起水壺，對著案頭上的一盆花開始澆水。那花兒一開始歡天喜地拚命吸吮，漸漸無法再吸，水越來越多，終至淹沒了整株花，方才還嬌豔無比的花瓣悽慘地漂浮在水面上。

謝明揚緩緩放下水壺。

「莞兒，你說，明日裡，這花的命運會如何？」

謝莞先是疑惑，繼而大喜。「爹，您的意思是，皇上其實是疑了容家？」

謝明揚冷笑一聲。「希望容家這段時間會稱了皇上的意，再囂張些才好。」

容家要倒楣了？謝玉頓時大喜。那豈不是說，二哥的大仇很快就可以報了？

還有那個容家的小廝，等容家倒了，自己一定要買過來，讓人狠狠蹂躪。安彌遜注定是自己的，既然如此，無論是他喜歡的還是喜歡他的，自己都要他們消失！

第二天正午時分，林克浩終於迎上了一路疾行的容文翰等人。

「克浩，你怎麼來了？」

沒想到林克浩會出現在這裡，容文翰大吃一驚，緊接著心裡一緊。「是不是雲兒？」

知道容文翰誤會了，林克浩忙搖頭。「不是。」

話音未落，身後卻響起一聲馬的哀鳴，卻是晝夜不停一路趕來，那馬竟是力竭倒斃。

「紮營。」容文翰回頭吩咐道。

待兩人來至帳中，容文翰才道：「說吧，到底出了什麼事？」

林克浩忙把懷裡的信拿出來，遞給容文翰。「少爺讓我務必在大帥回上京之前，送上這信箋。」

容文翰心裡狐疑，忙接過打開來，隨即驚噫一聲，忙叫住輕手輕腳要退出帳篷的林克浩。「克浩，回來，把你來之前和少爺的對話說給我聽，一點也不要遺漏。」

「是。」林克浩忙應道，心裡卻是對霽雲佩服無比。離府時，少爺吩咐得明白，讓自己記住方才說的每一句話，大帥問起，便轉述給他聽。

自己還想著，大帥那般日理萬機，怎麼會有時間管這些許小事？哪想竟讓少爺給料著了，大帥竟果然有此一問。

「……少爺聽說之後，就馬上寫了這封信來。啊呀對了，」又想起一事，林克浩忙道：

「對了，少爺把信給我時，已是半夜時分，天上明明連顆星星都沒有，少爺卻說，這般暗沈沈的，一點光也看不見，倒剛剛好。如那鮮花著錦、烈火烹油，不免太嘈雜了些，不如這般安然享受寧靜時光……」

容文翰揮手讓林克浩下去，卻是背著手在帳裡默默站了良久。

少年相知，多年相交，原以為以自己和皇上的淵源，定可譜就世上難得君臣遇合的佳話，沒想到仍是步了前人後塵嗎？

這，就是帝王之心嗎？

輕輕撫著信箋，容文翰凝重的表情中多了幾許溫柔和欣慰。

自己何幸，竟有這麼個聰慧而又懂事的女兒。

韜光養晦，女兒分明是在暗示自己，要韜光養晦。

都說巾幗不讓鬚眉，自己看著，寶貝女兒更勝別家十個兒子。

自從找到雲兒，又得知雲兒竟然一力支撐起萱草商號，自己就有意將來把容家交給女兒，卻又擔心女兒畢竟年幼，或許有些急智，眼界胸懷還有待培養，現在看來，卻是自己迂腐了。

雲兒，值得這世上最好的東西。

容文翰起身，珍而重之地把那封信納到了懷裡，再出營帳時，已是精神抖擻。

「傳令下去，馬上拔營，務必在明天之前趕回上京。」

其他人倒沒什麼，林克浩卻是一怔。明明皇上說要在後天率文武大臣郊迎，怎麼大帥卻說明天之前到京？

旁邊的高岳卻是朗朗一笑。

「容兄，我也有此意，離家這麼久，也不知我那幾個小子都怎麼樣了。」

兩人相視而笑。

第六十三章

「容文翰容公爺回來了，現就跪在午門外等候萬歲爺召見。」楚琮已然下朝，內監卻突然匆匆趕來。

「不是明日到嗎？」太過震驚了，楚琮一下從龍椅上站了起來。「之前所有驛使不是都稟報說，明日才會到嗎？」

太監嚇了一跳，忙跪倒。「奴才不敢欺瞞皇上，確是容公爺回朝了。」

楚琮也終於回過神來，忙道：「快宣——罷了，朕要親自去接。」

來至午門外，果然見容文翰最前，然後是高岳，後面還跪了一地的將領。

楚琮眼睛閃了閃，快步上前扶起容文翰，臉上神情悲喜交加。

「文翰，真的是你嗎？朕，不是作夢吧？」

「皇上，」容文翰也是百感交集，恭恭敬敬在地上磕了個頭道：「臣容文翰幸不辱命，今日終得凱旋而歸，這是虎符和帥令，請皇上查驗。」

沒想到容文翰甫一回來，就忙著上交兵權，楚琮緊繃的神情明顯舒緩許多，親自伸手去攙容文翰。「文翰，你受苦了。各位將軍，朕替大楚萬萬百姓向你們致謝。」

容文翰慌忙和其他將領同時伏在地上不住磕頭。

「皇上言重，全賴皇上洪福齊天，才有今日大勝之局，皇上萬歲萬萬歲！」

午門外頓時一片山呼萬歲之聲。

又有百姓聽說是容帥和各位將領凱旋，也都是激動不已，高呼「皇上洪福齊天」之聲頓時此起彼伏。

此情此景，令得楚琮也是激動不已，忙命各位將軍先行休息，獨拉著容文翰的手進了文華殿。

「文翰，這四年多，苦了你了。」雖是對容文翰心有猜忌，楚琮這句話卻是發自內心。這幾年仗打得如何艱苦，楚琮也清楚，沒想到容文翰這般清貴公子不但吃得了這許多苦楚，最後還取得了這麼大的勝利。

且從文翰行事看來，依然同以往一般，不曾有絲毫居功自傲，難道安、容兩家後人交好一事是自己太過杯弓蛇影了嗎？

只是，祖宗傳到自己手裡的這大楚王朝，卻是絕不容許有半分閃失啊……

「皇上，若說苦，您比臣更苦，若不是您在後方調度有方，臣又焉能取得這般大捷？」

「好了。」楚琮不禁一笑，嘆息道：「文翰莫要和朕客氣了。你是咱們大楚的功臣，朕本來準備明日率領群臣郊迎，讓你享受作為功臣應有的榮耀，沒想到你卻是今日就趕了回來。說吧，你想要什麼，這裡就只我們兩個，你但有所求，朕無不應允。」

「皇上此言當真？」容文翰眼睛頓時一亮。

「自然。」楚琮神情和煦。「文翰不聞君無戲言之語嗎？」

「多謝皇上。」容文翰翻身跪倒在地，神情懇切。「臣委實有一件為難之事，請皇上定奪，若然皇上能允了臣之所求，臣願意用此次大功獲得的所有賞賜去換。」

聽容文翰如此說，楚琮眼中微微有些冷意，卻是爽快點頭。「你說。」

「是。」容文翰又磕了個頭。「臣這次要求的恩德，並非為了臣一人，而是為了臣的孩兒。」

「孩兒？」楚琮故作驚詫。「果然大喜啊，先是安家尋回嫡孫，你容家竟也找回了骨肉嗎？」

「是。」容文翰點頭，眼睛微微有些濕潤。「臣，終於找回了失蹤八年之久的女兒，容霽雲。」

「女兒？」楚琮明顯怔了一下，卻又很快點頭。「文翰想為令千金討何封賞，但說無妨。」

「臣謝過皇上。」容文翰又磕了個頭。「臣想為女兒，請封容府世女！」

「什麼？」楚琮再沒想到，容文翰的要求竟是這個，一下愣住了。

若立女兒為世女，那豈不是意味著，起碼容家下一代絕不會涉足楚國權力中心……

離開皇宮，容寬和林克浩還在午門外候著，看到容文翰出來，兩人同時迎了上去。

「大帥。」

「主子。」

「我們走。」容文翰飛身上馬，早已是歸心似箭。「咱們回家。」

卻不知容府中，此時也正上演一齣鬧劇。

「二姊、姑母，求妳們不要送我走……」王芸娘跪在地上，直哭得上氣不接下氣。「芸娘知道錯了，可芸娘不能走啊！」

「不能走？」王溪娘皺了下眉頭。「妹妹又說混話，這容府豈是妳想走就走，要留便留的嗎？」

老夫人這會兒神志倒是清醒，冷哼一聲。「沒臉沒皮的東西，自己做出那般誅心之事，這會兒還想留下來？快去收拾行李，明日一早便上路。我也乏了，妳們該怎麼著就怎麼著吧，實在不行，就讓人捆了，直接塞到轎中。」

說著，起身就要離開。

「姑母，」沒想到姑母竟是如此決絕，王芸娘愣了一下，忽然冷笑一聲，拭乾淚水，慢慢起身。「姑母、二姊，妳們都想趕我走，我就知道妳們分明是想要獨霸這容府富貴，可惜，妳們的如意算盤要落空了。」

老夫人一愣，看著表情詭異的王芸娘。「妳這話什麼意思？」

王芸娘的手慢慢撫向小腹。「好孩子，你身分尊貴，娘可不許任何人錯待了你。」眼睛慢慢轉向兩人，神情得意至極。「你們作夢也不會想到，我已經懷有身孕，孩子的爹正是容府少主，容雲開。我們早已兩情相悅，阿開已經答應我，他一定會娶我做他的夫人。」

「妳說妳肚裡有了我的孩子？」霽雲忽然推門而入，逼視著王芸娘。

「阿開，」王芸娘眼睛一亮，便想朝著霽雲身上偎過去。「你可來了。」

霽雲頓時一愣。王芸娘這般純然的歡喜，絲毫不似作假，忽然憶起前日從安府回來時，在關押王芸娘的松雅居看到的那個酷似自己的背影，心裡頓時警覺。

到底是王芸娘自編自演，還是真有人假扮自己？更重要的是，他們到底是怎麼知道自己身分的，竟然一門心思地要壞了自己的名聲！

實在是王芸娘說出的話驚世駭俗，容太夫人和王溪娘都呆住了。

尤其是王溪娘，雖是老姑娘了，仍是小姑獨處、雲英未嫁，聽了這話更是又羞又氣，狠狠啐了一口。「不成器的東西，妳這是要找死啊，還有臉說嘴！妳不要臉面，要鬧得整個王家也同妳一樣見不得人嗎？」

又失望地看了阿開一眼，神情中滿是指責，卻隱隱有些擔憂。「阿開。」

霽雲剛想開口說話，一個冷冷的聲音響起。

「全都是骯髒東西！妳王家雖是比不得容家，但也算有頭有臉，竟這般自甘墮落的委身低賤小廝，真真是羞也羞死了！」

霽雲愕然抬頭。

方才本是一個府中小廝跑過來，說是老夫人有請，自己才匆匆忙忙過來，哪知正好在門外聽到王芸娘的一番話，又驚又怒之下，便直接推門而入，根本就沒注意到房間裡還有其他人。

這會兒才發現，老夫人左下首還坐著個美麗華貴的中年女子，正怒氣沖沖地瞪著自己，看霽雲抬頭，一拍桌子道：「還有你這狗奴才！以為長得像我阿弟，就可以來冒充容府少主嗎？真是吃了熊心豹膽！你當人人都是和這府裡其他人一般糊塗嗎？想打容府的算盤，真是作夢！」

阿弟？霽雲愣了下，頓時記起，爹爹曾經提過，家裡還有兩個庶出的姑姑，大小姐容清韻，二小姐容清蓮，容清韻因生得尤其美麗，最終嫁了爹爹舅舅家的嫡次子為妻，現在看著，應該就是眼前這位了。

只得上前施禮。「阿開見過夫人。」

「怎麼，現在不說自己是容府少主了？」容清韻冷笑一聲，上上下下打量著霽雲，越看越是心驚，果然生得和自家阿弟好生相像，只是那信中說得清楚，這人乃是冒充，存了先入為主的念頭，越看霽雲越不順眼。

「敢冒充貴人家眷，還是我們容府的，你就是有八條命也不夠死的！不想被打的話，現在就說，誰指使你這樣做的？」

「冒充容府少主？」本是得意洋洋的王芸娘一下懵了，惡狠狠地盯著容清韻。「妳胡說八道什麼？妳是誰？憑什麼說我家阿開是冒充的？」

「賤人！」容清韻本來就是個火爆性子，聞言大怒，抬手就給了王芸娘狠狠一巴掌。「做下這等浸豬籠的醜事，還敢在我面前囂張，真是不想活了！」

王芸娘被關了這許久，身子本就有些弱，再加上懷有身孕，被打得一個踉蹌，一下坐倒在地，頓時抱著肚子呻吟起來。

了的大事。

「住手！」霽雲臉色一變，如此非常時期，要是府裡真出了人命，說不定就會變成不得

看王芸娘神情痛苦，衝著外面厲聲道：「十二，快去請李奇到這裡來。」

王溪娘也忙過去探看，急急道：「芸娘，妳現在怎麼樣？」

「讓李奇幫她診治？」容清韻簡直要氣壞了。「好你個狗奴才，還真是好大的口氣！真當這容府是你家的了？」轉頭衝著外面道：「來人，把這奴才先給我捆了送交官府！」

聽說要捆阿開，老夫人頓時大驚。

她嫁入容府時，容清韻已經是快要出嫁的年紀了，彼此間一直沒有多親，加上容清韻婆家也是公侯之家，雖然比不得容家清貴，也是上京數一數二的，是以，並不把自己放在眼裡，但是這丫頭對翰兒，卻還是真心維護，忙出聲阻攔道：「韻丫頭，莫要衝動，這事怕是有些蹊蹺，至於把開兒送交官府一事，萬萬不可！」

這之前，老夫人每次同容清韻說話都是和顏悅色，這麼疾言厲色還是第一次。

容清韻錯愕之後，更加惱火。

自己早勸阿弟再娶一房妻室來，可阿弟就是不聽，現在倒好，一個老邁昏庸，一個年輕糊塗，生生把容公府弄到了這般不堪境地不說，自己都已經指出是騙子了，還要這般死命維護！

當下冷冷一笑。「母親年齡大了，阿弟回來前，這容府就交由我管著吧。」

說著，就讓丫鬟進來，要扶老夫人離開。

「清韻妳！」老夫人大怒，對著進來的丫鬟怒聲道：「滾出去！我容府的事情，還沒有要外人插手的道理。」

沒想到老夫人發這麼大火，兩個丫鬟嚇了一跳，也不敢再上前。

知道老夫人是在說給自己聽，容清韻臉色變了下，卻還是揚聲吩咐道：「去叫容福來，讓他帶些人以容府的名義把這奴才送去官府。」

很快，門外響起了容福和李奇齊齊告進的聲音。

容清韻皺了下眉頭。容福來了倒在情理之中，卻沒想到平日宮中貴人都敢怠慢的李奇這會兒也這麼聽話，勉強衝李奇點了點頭。「李奇先去外面坐片刻。容福，」一指霽雲。「馬上讓人捆了這狗奴才送交官府！」

「什麼？」一聽容清韻如此說，李奇也好，容福也好，都是大驚失色。

地上的王芸娘呻吟得更大聲。王溪娘抱著她的頭，卻在看到地上的一灘血跡時，變了臉色。

「李奇，快來瞧瞧表小姐！」

李奇剛要上前，卻被容清韻攔住。「那個賤人死了更好，不用管她！」

李奇頓時為難，忙看向霽雲。霽雲點了點頭。「李伯伯，你快去幫她瞧瞧，無論如何，一定要保住她的性命。」

容清韻沒想到都這時候了，這奴才還敢跟自己唱對臺戲，頓時勃然變色。

「李奇，不許看！容福，讓你把人捆了送交官府，還愣著做什麼？」

「大小姐，」容福卻是不動，反而懇求道：「這裡面怕是真有什麼誤會……」

李奇也已快步走向王芸娘。

沒想到竟是連容福也好李奇也罷，全都不聽自己的吩咐，容清韻氣得渾身發抖。「好！好你個容福，好歹我還是容府大小姐，你竟然連我的話都不聽！我阿弟平時待人親厚，竟是寵出一幫不把主子放在眼裡的奴才來！我看著，你這個大管家也是時候該換一下了！」

竟然起身，便要去喚候在外面的自家奴才。

霽雲沒想到，這個姑姑竟是這般潑辣作派，頭疼之餘忙上前一步。「且慢！」

「知道怕了？」容清韻冷笑一聲。「可惜，晚了！」

霽雲搖頭。自己一直瞞著身分，就是怕有人會藉自己在容府生事，沒想到千防萬防，還是出了這檔子事。事已至此，再要隱瞞身分已經沒有意義，那些人擺明是要針對自己，當下從懷裡摸出容府家主印信，放在掌心上。

「姑母息怒，不是容福他們故意要違拗，您看，這是什麼？」

「誰是你姑母？」容清韻怒斥道，待看清霽雲掌心的東西，神情劇震。「我們容府家主印？你到底是誰，這家主印怎麼會在你手裡？」

「老身就知道，開兒一定是文翰的兒子，是我的孫子！」老夫人早已笑得見牙不見眼，自己老早就覺得這孩子投自己緣，原來果然是翰兒的孩子，自己的寶貝金孫！

王溪娘神情則是有些複雜，默默地望了霽雲一眼，又很快專心看顧地上的王芸娘。

倒是王芸娘，本是面如死灰，這會兒卻彷彿又活了過來，掙扎著道：「妳們……都聽見了吧？我早說過，阿開……他是……容府少主！」又眼巴巴地瞧著霽雲。「阿開，他們欺負我……和孩子，你一定要為我們作主啊！哎喲……」

「我容府會有這麼不成器的少主？」容清韻本來有些狐疑，這會兒卻又氣惱無比，逼視著霽雲道：「說，你手裡的印信是不是偷來的？」

容府少主會這麼沒有腦子，和那樣一個論輩分也要叫一聲小姑母的賤人攪成一團？

「怎麼會？」霽雲無奈，只得解釋。「這乃是爹爹親手交給我的。姑母您想，我若是騙子，都這會兒了還不趕緊跑？還留在這裡等爹爹凱旋拿我祭刀嗎？至於那女子，您休聽她一片胡言，不管她懷孕是真是假，都絕不會和我有一絲關係。」

「阿開，你怎麼這般說話！」王芸娘神情驚恐。「我腹裡的孩兒明明是你的，你不是說等表哥回來，就會娶我嗎？你還說這些年你流浪在外，絕不教我們的孩兒也承受你這些年沒有父親照顧的苦楚。你還說表哥欠你良多，別說是娶我，便是天上的星星，只要你開口，表哥都會給你摘下來！」

「要星星我阿弟也會摘給你？」容清韻狠狠啐了一口。「我呸！」

且不說阿弟自來性子清冷，少有所求，便是平時和人相處，也從來都是端肅凝然，冷靜自持，怎麼可能生出這般放蕩無形的孩兒？還有那容府私印，沒有人比自己更清楚，當初爹爹有多寵愛阿弟，可饒是如此，也是臨終時才迫不得已把家主印信傳了阿弟。

而現在，阿弟正當盛年又是功勳卓著，別說這少年不是阿弟親子，即便是，阿弟也定然在他成年後，才會把私印給他，怎麼可能現在就把這麼重要的物事交給一個半大少年？

「膽敢偷竊容府私印，又冒充阿弟親子，壞我容府名聲，還想讓我阿弟給你摘星星摘月亮？我看，你還是去牢裡作夢吧！」

她一把拉開門，卻是如木偶一樣僵立在門口。

房外，正站著一個一身白袍，外罩金甲的高華男子。

「大姊，妳錯了。」容文翰眉梢眼角是怎麼也掩不住的喜悅，眼睛掠過眾人，最後定在霽雲身上。「只要阿弟能做到，雲兒要星星，我會給她星星，要月亮，我便會為她摘月。我家雲兒，值得最好的！」

就只是自己的寶貝雲兒太懂事了，自己可以給她的，只怕太少……

「爹。」霽雲彷彿傻了一樣，眼裡除了爹爹，再也沒有其他人，想要跑過去，腳下卻有千斤重，無論如何邁不動一步。「我是在作夢嗎？」

容文翰大步上前，張開雙臂就把女兒攏在了懷裡。

「雲兒，不是夢，是爹真的回來了。有爹在，絕不讓任何人欺侮了妳去。」

第六十四章

「爺，真的是爺回來了！」

一旁的容福呆呆地瞧著身上多了幾分滄桑的容文翰，頓時喜極而泣。

「阿弟。」容清韻也懵了，上前一步怔怔瞧著容文翰，忽然拿手絹掩了面嗚咽起來。

雖然兩人並非嫡親姊弟，卻是自來感情親厚，乍然見到離家四年多之久的容文翰，再也無法自已。

容文翰輕輕拍了下容清韻的背，然後緩緩轉身，衝著太夫人跪了下來。

「母親，兒子回來了，給您請安。」

「雲兒見過祖母。」霽雲也跟著跪下，大聲道。

看到跪在膝下的兒孫，太夫人不停拭淚。「好孩子，沒想到，我老婆子還有這福氣，又有兒子又有孫子，還俱是這般孝順。起來，你們快起來。」

說著，一把拉起霽雲摟到自己懷裡，怎麼瞧也瞧不夠。

這般美滿時刻，偏有人要大殺風景。

看到霽雲這麼受寵，那邊王芸娘歡喜得跟什麼似的，一想到自己很快就會成為容府少夫人，甚至小腹間傳來的陣陣疼痛，都可以忽略不計了。

「阿開，阿開！」

那邊嬌嗲的嗓音，刺激得霽雲渾身一顫，雞皮疙瘩頓時掉了一地。

容文翰隨著眾人的眼睛看過去，待看到癱在地上的王芸娘，神情一頓。

王芸娘這會兒終於看清了容文翰的模樣，也是一愣。這個表哥生得可真是好，特別是那骨子裡由內而外透出來的優雅，讓人禁不住為之傾倒。

不過王芸娘很明白自己這會兒要的是什麼，當下也顧不得羞恥，翻身跪倒。

「我腹中已經有了……阿開的骨肉，還請您成全。」

一直扶著芸娘的溪娘也沒想到，自己妹妹竟是臉皮厚到這般程度，只羞愧得恨不得找個地洞鑽進去。

容太夫人看著自家不成器的姪女兒，也險些沒氣暈過去。

容清韻頓時從剛見到弟弟的喜悅中清醒過來，瞧著霽雲的模樣又是擔心，又是氣惱。瞧弟弟的模樣，這少年竟果真是弟弟的骨肉，據阿弟這麼早就把家主令授給他可知，還是異常寵愛。本來容家有後是件天大的喜事，偏生這個兒子怎就這麼不成器？怎麼會瞧上王芸娘那般好不要臉的女子！

致使閨閣小姐未婚先孕，這事傳出去，還有哪家大家閨秀肯嫁進容家的門？

只是既然有了容家骨肉，那也只能留下來了，總不能眼睜睜瞧著容家後人流落在外……

當下慍聲道：「還不把人扶起來送入客房，這個樣子傳出去，成什麼體統？」

王芸娘嘴角浮起一縷得意的笑容，示威似的瞧了溪娘一眼。「還不快扶著我——」

話音未落，卻被容文翰打斷。「慢著。」轉頭望著霽雲。「雲兒，這件事，妳認為該當如何？」

容清韻撇了撇嘴。那還用問，事都做下了，這小子肯定巴不得馬上弄回自己屋裡。

「是，爹爹。」霽雲應道，再轉向王芸娘，笑得甚是和煦。「王芸娘，誰告訴妳我是容府少主？」

王芸娘神情頓時有些驚恐，強撐著道：「不是你來尋我，然後又親口告訴我的嗎？」

「是嗎？」霽雲神情漸漸冰冷，懶洋洋道：「一個連實話都不願意跟我說的女人，我娶來何用？李奇，你開服藥來，胎兒打掉；容福，套上馬車，馬上把人送回去。」

「啊？」王芸娘險些沒嚇暈過去，哭叫道：「阿開，你怎麼這般狠心？那可是我們的孩兒啊……」

霽雲冷斥一聲。「一個不和我一條心的女人，要來何用？」

說完攙住容老夫人。「祖母，我和爹爹扶您去歇著。」

看三人真的轉身要走，李奇已經低頭開始寫方子，王芸娘終於意識到，霽雲根本不是說來嚇嚇自己罷了，若自己不按他說的做，那自己腹中孩兒……

她嚇得一把抱住霽雲的腿，哀哀道：「好阿開，我說、我說！是秦嬤嬤，姑母身邊的秦嬤嬤告訴我的！」

當時自己被關在那幽冷的宅子裡，本已萬念俱灰，卻沒想到秦嬤嬤趕了來，告訴自己，其實阿開的真正身分是容家子，而且聽他言詞，似是對自己頗有情意……

然後那天傍晚，阿開就來了自己房間……

「秦嬤嬤？」老夫人大怒，氣得拿手裡的枴棍用力在地上搗了起來。「真是反了，快去拿了秦嬤嬤來！」

「祖母莫慌。」霽雲忙搖頭。「已經有人去了，秦嬤嬤很快就會被帶過來對質。」

說著，拿了旁邊筆墨紙硯在臉色慘白的王芸娘面前放好。

「把有關事情經過一字不落地寫下來，待會兒再跟秦嬤嬤對質。」

王芸娘連番受驚嚇，早已是六神無主，又不敢得罪這個小祖宗，怕要是惹惱了他，說不定真會拂袖而去，只得邊哭邊把事情的前因後果寫了下來。

派去帶秦嬤嬤的暗衛很快回轉，對霽雲和容文翰小聲稟告著什麼。

兩人臉色同時沈了下來。

暗衛趕到時，那秦嬤嬤竟已懸梁自盡。

霽雲沈默片刻，仍是招了容福來。

「找輛車，尋可靠的人，馬上把表小姐送回去。」

王芸娘頓時大喜。「阿開，那你什麼時候來娶我？」

「我不會娶妳。」霽雲淡淡搖頭。

「不娶我？」王芸娘一把抓住門框，差點崩潰。「為什麼？」自己都這麼聽話了，這小祖宗怎麼還是說不娶自己？

「那怎麼行？」容清韻也道，眼神中很是不贊成。容家本就人丁單薄，既是已然有孕，即便王芸娘上不了大雅之堂，納來為側室還是可以的，當下皺了眉頭道：「阿弟，便是你再寵著孩子，也不能聽憑他這般任性。」

霽雲也不說話，抬手揭去帽子，一頭青絲披滿了肩頭，衝著容清韻展顏一笑。

「姑母，同是女子，我又怎能使她受孕？」

容清韻一下張大了嘴巴。老夫人先是不解，很快又歡歡喜喜。怪不得翰兒口口聲聲喊她雲兒，原來竟是自己早年抱在懷裡的小丫頭回來了！

李奇早已知曉，神情倒還平靜，卻是苦了容福，乍聞自己一直言聽計從的少爺突然變成了嬌滴滴的小姐，一屁股坐倒在地，半天沒爬起來。

「不，這不可能！」王芸娘呆滯地瞧著霽雲那張明媚的小臉，眼睜睜看著眼前翩翩少年忽然變成了明麗少女。「快走開，你不是阿開，不是，把我的阿開還給我！」

氣怒交加之下，終於支撐不住，昏倒在地。

「表哥。」旁邊的王溪娘哭著跪倒。「是溪娘教妹無方，溪娘也無顏再留在府裡，就請表哥把我一起送回去吧！」

「表妹這是何苦？」容文翰道。「我朝早已廢棄連坐之法，怎麼能因為妳阿妹犯錯，就怪到妳頭上呢?府中之事，妳只管照舊協助母親打理，其他事不必放在心上。」

奈何王溪娘卻是愧疚之下，堅決不願。看她意志堅決，容文翰也只得作罷。

待送走老夫人和溪娘，房間裡便只剩下霽雲和容文翰、容清韻三人。

「這府裡沒個女主人也終是不成事。」容清韻性情直爽，雖是當著霽雲的面，也是毫不避諱。「阿弟，咱們容府終歸是要有個後的，你現在身分又這般了得，我看還是趕緊續娶一房妻子，生個兒子，一來府裡內務有人打理，二來咱們容家也算是後繼有人了。」

容文翰抬頭，瞧了一眼默默低著頭的霽雲。「大姊說的哪裡話，我不是已經有了雲兒嗎？」

容清韻沒想到，容文翰會是這般死腦筋，再加上對霽雲印象並不如何好，不由急道：「雲兒再怎麼說也不過是個丫頭罷了，早晚也是人家的人，咱們容府終歸要有個男娃支撐門戶——」

卻被容文翰打斷。

「大姊，我知道妳也是替咱們容府著想，阿弟也不瞞妳，這容府，我已經決意要交給雲兒，無論是府內的女主人也罷，還是府外事務也好，雲兒都可以全權作主。」

頓了頓，說出了一句把容清韻魂都嚇飛了的話。「我已經向皇上請旨，請他允准容府立雲兒為世女，聖旨應該不出幾日就會頒下。」

「爹爹，你——」此言一出，不只容清韻完全呆住，便是霽雲也以為自己聽錯了。

自古以來，都是男兒繼承家業，現在爹爹竟然說，要請皇上下旨，敕封自己為容府世女？

送走了驚嚇過度、連路都差點走不成的容清韻，霽雲旋即明白，這就是爹爹的韜光養晦之法。

向皇上表明，容家下一代會交到女兒手裡，自古女人不入朝為官，即便自己這個世女身分尊貴，可以做的事很多，卻也是和官場無緣，自然也就不會再累積容府的力量。只是這麼大的容府……

邊幫容文翰捏肩，邊有些猶豫道：「爹，女兒畢竟是女子，焉能勝任得了世女這個位置？」

「雲兒。」容文翰拍了拍女兒的手，傲然道：「妳是我容文翰的女兒，我的女兒若是生為男兒，所建功勛定會超過爹爹。只是官場險惡，爹爹倒寧願妳遠離官場，做個安閒自在的富家翁，就只怕婚事上會有波折……」

把自己手中容家的勢力完全交付到女兒手中，足可保雲兒一生一世平安無虞，唯有婚姻上，既然立為世女，自然要承祧容家香火，手中雖是擁有更多他人求也求不到的特權，卻也必然會在婚姻上遇到更大的阻力。

霽雲自然明白爹爹的意思，但未放在心上。自己身為長女又自幼喪母，本就在五不娶之列，之後更是流落在外多年，即便自己不是世女，那些公侯之家怕也是避之唯恐不及。

這樣想著，眼前不知為何突然閃過阿遜的面容，臉頓時就有些發熱……

「文翰請旨立失而復得的女兒為世女？」聽了容清韻的話，剛剛回府的官居禮部郎中的夫君趙德銘也是一愣。

聽說文翰得勝回朝，好多家有待嫁女兒的權貴都託到自己跟前，希望身兼姊夫和表哥二職於一身的自己，能幫他們美言幾句。

容文翰如此大功，此番封侯拜相已是勢在必然，兼且長相瀟灑俊逸，即便不論背後的容家，也是眾人垂涎的乘龍快婿人選。

「你說我阿弟怎麼這般糊塗？怎麼能把大好的容家，就這樣交到一個稚齡女子手裡？我觀她行事也就爾爾，阿弟一向心思縝密，這次委實太過荒唐。」

容清韻本就對當初來歷不明的孔玉茹很是厭煩，連帶著對孔玉茹所出的霽雲也並不放在心上，現在看在容文翰面上，好歹和顏悅色了些，卻又突然聽到這麼一個消息，登時就被氣昏了頭。

若是容家連世女之位都定了，還有哪家權貴願意把女兒嫁過去？

容府已經有繼承人了，再生多少個也是枉然，沒了盼頭，阿弟便是本身條件再好，又有何用？

那豈不是意味著，想要阿弟再續娶一房妻室的願望只能沒了？

「妳且歇息，這事再不要同任何人說起。」趙德銘叮囑了句，便即匆匆往父親房間而去。

家裡有長兄更有老父，這類棘手事，趙德銘自來不需煩惱，一律上交了事。

趙家也是上京名門，曾祖父也曾出任本朝左相，到了兒孫輩，雖是開拓不足，但因生性謹慎，守成還是可以做到的，也算是清貴名門。

趙家現在的當家人正是容文翰的舅父、官居禮部侍郎的趙如海。

「……爹，您瞧這事？」

聽了兒子的稟告，趙如海沈吟片刻，只吩咐道：「我知道了。你下去吧。」

趙德銘剛要走，卻又被趙如海給叫住。「告訴你媳婦兒，明日備上重禮，送去容府。」

一直到趙德銘離開，趙如海才長吁一口氣，終於能放下心來。

這幾日朝中對翰兒的風評呈一面倒的叫好趨勢，殊不知越是如此，情形反而越加不妙。甚至老於官場的趙德銘能感覺到，這樣的局面怕是某些人一力推波助瀾而成。

本來大楚好戰，自來建功立業的人也多了，可那些人要麼出身寒門，要麼身為武將，如翰兒這般以文臣出身卻建此功勛的卻是第一個，某些心懷叵測之人，怕是就想在這件事上賭一把。

只要能度過此劫，消了皇上的猜忌之心，容家自會日益鼎盛；若是這顆猜忌的種子真的在皇上心中埋下，那容家的富貴怕是不能長久……

只是不知那個丫頭資質如何？這般風口浪尖之上，可能扛得住？

持此疑慮的遠不只趙家。

容府眾多下人也是興奮之餘，又有些惶惑。

一大早就聽說府裡要換新主子了，表小姐不再掌管府中財物，而要全部交給公爺剛剛找回來的小姐！

「這是府裡的帳本，這是莊子……」

幾日不見，王溪娘明顯憔悴了不少，人瘦得幾乎脫了形，只是端莊嚴肅的面容卻是絲毫未變。

切。

把府裡一干事務一一交接完畢，王溪娘又拿出庫房的鑰匙，全都交到霽雲手上，神情懇

「雲兒，這些年所有的帳本及相關帳目往來全都在此，妳且先查驗一番。」

霽雲點頭。「這些年有勞姑姑了。姑姑且放心將養身子，等大好了，雲兒還指望姑姑再幫把手呢。」

王溪娘勉強笑道：「雲兒但有哪裡不懂，便可派人來問，溪娘但凡知道的，定然知無不言。至於管家一事，我怕是幫不上忙了。能在這容府有個容身之處，溪娘已經感激不盡。」

說著，便即起身告辭。

霽雲親自送了出去，回到房間裡剛坐定，外面又一陣嘈雜的聲音，卻是老夫人坐了軟轎過來。

看到坐在高大座椅上的纖細少女，老夫人心疼得跟什麼似的，又是讓人拿參湯，又是讓人捏腿捶背，甚至最後，自己也拿著個帳本有模有樣地嚷嚷幫著看，只是待霽雲一回頭，老夫人卻是拿著帳本歪在靠椅上睡著了。

霽雲忙叫來丫鬟，又把老太太放到軟轎上抬了回去。

再回身，看到忙亂之間掉在地上的帳本，彎腰拾起來，看了幾眼，神情一怔。

那天，霽雲一直把自己關在房間裡看帳本，甚至一日三餐都是讓人直接送到房間裡。

「爺，要不，我找幾個管帳的去幫幫小姐？」容福一直惴惴的，想到小姐那麼小的年齡，那麼多帳本怎麼看得過來？這要熬壞了身子可怎麼好？

容文翰呷了口茶，神情卻很閒適，半晌搖頭。「無妨。」

自己的女兒，那麼大的萱草商號都管了，這容府又算得了什麼？

只是雖如此說，還是很心疼。不過這個時候，正是女兒立威的時刻，要是自己真插手，怕雲兒以後管理府裡會有諸多阻礙。

第六十五章

許是前一天累到了，霽雲第二日起得並不早，饒是如此，給太夫人和容文翰請安時，臉上明顯還有些疲累。

甩手掌櫃當的時間久了，反應果然就慢了些，那麼多帳本，若是阿虎，想必一個上午就可以看完，傅三哥的話，說不得會更快。

前段時間，她已經捎信讓他們一同趕往上京會合，順便把萱草商號——經歷過前次波折，萱草商號現已更名為順興——轉移回上京。等他們都回來了，自己就又可以輕鬆當甩手掌櫃了。

「小姐，到了。」看霽雲似是有些走神，丫鬟翠鈿忙小聲提醒，已經到了太夫人的房間外。

霽雲剛進屋，就被老太太拉到懷裡，看見她眼下隱隱約約的疲憊，頓時心疼得不得了，又賞了很多好吃的好玩的，才放霽雲去給容文翰請安，臨走時還一再叮囑，待會兒一定要回來陪自己用飯。

還未走到容文翰住的院子，遠遠就瞧見一個丫鬟正伸著頭往這邊觀望，待看到霽雲的身影，又慌慌張張跑了回去，隱約還能聽見一迭連聲的吩咐。

「快快快，告訴主子，小姐來了。」

霽雲忙加快了步子。剛進院裡，便有丫鬟、僕婦迎了上來，一大群人簇擁著送進了容文翰的房間。

霽雲進去房間時，容文翰已經在中間的位置上坐得筆直，神情焦灼中又充滿了喜悅。

「爹爹，雲兒給您請安了。」霽雲笑咪咪地跪下，只覺心裡幸福無比。

重活一世，曾無數次夢想過，什麼時候父女相守，自己也不敢希冀太多，唯願老父平安康泰，自己能每日裡進房請安，日日端茶奉水，和老父相伴，便已足矣。

「雲兒。」雙手忽然被緊緊握住，卻是容文翰快步走下座位，一把攙起霽雲，上上下下打量半晌，終於覺得一顆心慢慢安穩。

「爹，」霽雲剛要說什麼，忽然看到容文翰眼下的黑眼圈，不由一愣。「您昨日可是沒休息好？」

看著霽雲擔心的眼神，容文翰覺得心裡一會兒酸一會兒甜，更多的還有一分失落。雲兒小的時候，自己每每把她抱在懷裡，再大些，又握著她的小手教她走路，然後牙牙學語，或者把著手教她寫字……可不過一轉眼，女兒就長得這麼大了……

而這其間，自己卻整整錯失了八年陪伴女兒的時光。

要是雲兒知道，自己只是躺在床上，一想到天光大亮時，最愛的小女兒就會來請安，怎麼也睡不著，八成會笑話自己吧？

「沒事。」看霽雲還在關切地瞧著自己，容文翰搖頭。「處理了些事情。對了，我已讓人準備了早膳，妳和我一塊兒用吧。」

霽雲也想留下來，可是想到來時老夫人一再交代過，讓務必回去陪她用飯，只得搖頭。「方才祖母吩咐說，讓雲兒去她那兒用飯。」

又實在想和爹爹一起，她晃了晃容文翰的胳膊。「爹爹，不如我們今早上一塊兒陪祖母用飯？」

容文翰愣了一下，忙點頭。「也好。」

只是一頓飯吃完，霽雲卻是後悔不已。倒不是府裡的飯不好吃，而是爹爹和祖母的熱情太可怕了，只要自己的眼睛往哪盤菜上瞧一眼，爹爹馬上就會為自己挾到碗裡來，祖母更是喜笑顏開，凡是自己用得多些的菜，馬上讓人重賞做了這道菜的廚子，爹爹隨後也命人給了賞錢。

倒是容福聽說此事，心頓時放了下來。

他明白，這是老夫人和爺變相給小姐撐腰呢，意思很明顯，以後，小姐就是容府板上釘釘的主子，只要是能討得小姐歡心，便有重賞。當然，若是敢欺負小姐，那可要好好掂掂自己的分量夠不夠……

府裡的下人也都是人精，早上用膳時的情景很快傳遍了整個容府，大家都明白，別看小姐流落在外多年，分明是主子的眼珠子啊！

有哪些心思活絡的就開始思忖，小孩子最是好哄，說不得多尋些稀罕玩意兒，就能把小姐哄得開開心心的，到時候想要什麼那還不是一句話的事？

那些老實本分的則是下定決心，要學那肥嘟嘟的廚子，好好做自己分內的事，不只公爺、老夫人喜歡，還會重重有賞，說不好小姐高興了也會賞一份呢。

是以，霽雲走進正堂時，正看到這麼一副興奮不已、竊竊私語的場面。

容福咳嗽了一聲，場面立時安靜了下來，所有人都不敢抬頭，卻偷瞧著霽雲。

霽雲今日穿了一件煙霞色長裙，裙裾下襬飾以絢爛繁複的彩霞雲紋，又有流雲狀的花紋延伸至腰際，一條繡有大朵雍容華貴牡丹的同色寬腰帶將那不盈一握的纖纖楚腰束住，隨著蓮步輕移，恍若一朵紫色的流雲從眼前滑過，舉手投足間便有清貴高華之氣自然流露出。

眾人頓時屏息，神情俱是恭敬無比。不愧是容府嫡出小姐，即是這分氣度，便再也無人能及。

霽雲在中間椅子上坐下，淡淡瞥了眼下面侍立的一眾管事，隨手拿起其中一個帳本。

「沿河縣的那處莊子是誰管的？」

一個四、五十歲的管事忙出來磕頭，神情很是惴惴不安。「小人李和，是沿河縣的莊頭。」

不怪李和緊張，沿河縣那處莊子是有上千畝的良田，可是今年拿回府裡的進項比起往年來，卻是大大不如。若是災年也就罷了，偏偏今年風調雨順……

其他人瞧著李和，有的很是同情，有的則幸災樂禍。看小姐的樣子是要發作李和了，俗話說殺雞駭猴，誰讓他運氣不好呢？李和這隻雞，注定要成為小姐立威的憑藉了。

容福卻是心有不忍。這李和是個老實人，沿河縣今年之所以送來的東西會少些，實在是靠近莊子的那一段河堤因年久失修，突然垮塌，以致河水漫出，淹沒良田，東西雖少了些，也在情理之中。

李和已經跪倒在地，神情惶恐。「請小姐明察，實在是當時河堤突然垮塌，沖毀了大片良田……」

這個李和果真太過老實，其他人不由暗暗咂嘴，腦子也太轉不過彎了，小姐既是擺明了要立威，認下就是，還要和小姐理論，不是下了小姐的臉面嗎？

小姐要是面上不好看，以公爺和老夫人那般護短的模樣，怕是就要大為不喜；那兩位要是不高興，那李和的莊頭也就算到頭了……

「據你報稱，當時千畝良田將近半數都被洪水淹沒，此言可真？」

霽雲情緒卻是絲毫沒受影響，平靜淡然。

「是。」李和磕了個頭，道：「當時被淹沒的良田數共計三百八十九畝。」

容府主子自來寬仁，聽說此事後，當即傳令蠲免四百畝良田所出。原以為事情已經過去了，卻不料小姐的模樣竟是要翻舊帳。

果然，霽雲蹙了眉頭。「這繳納的糧食數目卻是和剩餘田畝數並不一致，卻是有將近三百石的出入，究竟是為何？」

「三百石？」李和愣了一下，老老實實道：「淹沒的三百八十九畝中又有一百畝本是上好水田，小人待水退些，便和莊戶一塊兒又補上穀苗，雖是長勢差了些，卻還是有些收成的……」

「府裡不是已經免了那數百畝田地所出嗎？便是又有些收成，也是全賴你之力罷了，何須再上繳？」

霽雲聲音仍是不高，眾人卻均是一凜，震驚之餘又個個恐懼。

難道小姐竟是神人嗎？這才多大點年紀，那麼多帳本，上千畝的良田出入，小姐竟然一眼瞧出問題？便是戶部的查帳老手，怕也做不到這般老到。

「那怎麼成？」李和忙搖頭。「主子菩薩心腸，糧食減收，不但沒怪罪，還免去受災良田所出，小人和莊中百姓已經感激不盡，又怎麼能再貪占主子的東西？」

容福也是恍然。當時只說東西比往年少了許多，倒是根本沒細算，沒料到還有這層隱情。

「這般忠心，當真可嘉。」霽雲讓李和起來，轉頭對容福道：「眼看天氣將暖，你去府庫中取上好的細布十疋，並從我帳上支取五十兩白銀，一併賞於李和。」

「小姐。」李和眼圈一下紅了，忙又跪倒，喃喃道：「良田被淹，主子不責罰，小人已經感激不盡，怎麼能再厚著臉皮要主子的賞？小人不過做了自己分內的事罷了，這賞賜是萬萬要不得的。」

「快起來吧。」霽雲越發和顏悅色，掃視眾人一眼，微微抬高聲音道：「賞你東西，取的就是你這份忠心。只要能本分做事，本分做人，自然就該賞，任何時候，我容府都不會虧待那些忠心為主的人。」

「小姐明察秋毫，還不快向小姐磕頭謝恩？」容福也道，心裡真是對霽雲佩服，這般仁厚心腸更兼賞罰分明，跟了這樣的主子，真是容府的福氣啊。

堂上眾人也是頻頻點頭，再沒有任何人敢生出小瞧霽雲的心思。

賞了李和，霽雲又轉向管事中一個形貌精幹的管事。「你是張才？」

那管事忙也出來跪倒，笑嘻嘻道：「小人張才見過小姐。」聲音洪亮，中氣十足。

張才管著容家在上京中的所有店鋪，大抵珠寶綢緞酒樓等不一而足，張才是容家的家生子，倒也是個經商好手，容家經濟上自來寬裕，這張才委實功不可沒。

現在聽霽雲點了自己的名，當即歡歡喜喜出列，想著李和那樣的，都得了主子的賞，自己必然更會大大有臉面。

霽雲頷首。「你手裡店鋪經營情況如何？」

「託主子的福，情形還好。」張才很是躊躇滿志，說話上倒還謙虛。「倒是有些盈餘，都在帳本上記著呢，小姐得空了不妨慢慢看。」

其他人看向張才的神情頓時充滿了羨慕。管事中，張才一向以能人自居，凡是交到他手裡的生意沒有不賺錢的，便是公爺也多次嘉獎，今兒看來，又要在小姐面前大大地露臉了。

方才李和已經得了賞，怕是張才會得到更豐厚的賞賜。

「是嗎？」哪知霽雲微微一笑，抬頭瞄了張才一眼。「帳本我全看了，你確實經營得很好，只是隆福大街的那兩處店鋪……」

張才一下苦了臉。小姐是神仙吧？那麼多店鋪都是賺錢的，唯獨這兩間店鋪，只要不賠，已經是阿彌陀佛了！

還以為小姐看不出來，沒想到還是一針見血地指了出來。

「小姐英明。」張才沮喪至極，跪下磕了個頭，硬著頭皮道：「隆福大街的店鋪，的確是經常賠錢的。」

此言一出，所有人的神情已經不是震驚可以形容的了。小姐真的是十二歲，而不是二十二歲？

小姐到底生了怎樣一雙慧眼，能在堆積如山的帳冊中一下把情形看穿？到這般時候，所有人早把先前對霽雲的一絲輕慢拋到了九霄雲外。

若說李和的事不過是事出偶然，小姐瞎貓撞上個死耗子，那張才的事，就怎麼也不可能還是意外吧？

那些抱了異樣心思的俱皆道一聲好險，幸虧方才只是想想，並沒有去做，不然怕是非但沾不上什麼香，連現有的都會失去吧？

以致所有人看向霽雲的眼神都又是佩服又是崇拜，再沒有人敢把霽雲當無知懵懂女子看待。

「那裡不是上京最繁華的街道嗎？怎麼會不賺反賠？」霽雲皺眉，這也是她當初看帳本時百思不得其解的地方。

「啟稟小姐，」張才愁容更甚。「咱們隆福大街的店鋪旁邊，緊挨著的乃是謝家的幾處鋪子。」

謝家是皇親國戚，雖然政事上無甚作為，倒是經商相當厲害。特別是謝家現在的大管事周發，向來被譽為商界的鬼才，凡是他經手的生意，從沒有賺不了錢的。

而且，和容家對經商並不放在心上不同，謝家對家裡的生意那是相當看重，甚至有時，家中貴人都會幫著拆解，附近的其他店鋪，早被擠兌得都快開不下去了，容府的兩處店鋪倒還好些，張才勉力支撐著，好歹還不至於關門大吉。

「謝家？」霽雲冷哼一聲。「那兩間店鋪交給我吧，你只管負責其他店鋪就好。」

謝家人當初敢動自家萱草商號的主意，甚至不惜派出人暗殺，目前雖然還無法動得了謝家，但不如拿他們家比較看重的生意玩玩，好歹也要出些惡氣。

「是。」張才痛快地答應了。

「你方才說，附近還有經營不下去的店鋪，也一併買下來。」霽雲又道。既然要把萱草商號搬過來，兩間商鋪怕是不夠。

「啊？」張才一愣，能把兩間商鋪盤活就不錯了，小姐怎麼還要買別人的啊？

還沒反應過來，又有下人匆匆而入，給霽雲磕了個頭道：「啟稟小姐，門外來了姓傅的客人，說要拜見小姐。」

「三哥、四哥他們到了？」霽雲大喜，忙命人散去，自己快步迎了出來。

第六十六章

「這裡……真是少爺的家？」瞧著面前巍峨大氣、富麗堂皇的府邸，李虎看得眼睛都直了。

李虎年紀雖小，也不是沒見過世面之人，早年也曾隨著阿遜見過不少豪華宅院，但不比不知道，現在一瞧見軒敞氣派的容府，才知道其他宅子統統都是垃圾。

傅青軒和傅青川畢竟年紀大些，嘴裡未說話，心中卻同樣震撼不已。

三人正自發愣，只見一個管家模樣的人匆匆從府裡出來，看到幾人忙熱情地迎了上來，上上下下打量了傅家兄弟一番。

「可是傅公子到了？」

卻是容福奉了霽雲吩咐大步接了出來。

三人和容福素未謀面，頓時奇怪容福怎麼一眼就可以認出他們。

容福很是自豪地笑道：「我家小主子的三哥、四哥，自然都是人中龍鳳，看幾位樣貌便知不凡，快同我一起進府吧，小主子已經在等著了。」

容福並非拍馬屁之輩，這般言詞實在是發自肺腑。今天自己算見識了，自己的小主子分明就是天才，能被自己小主子認作兄長的，又豈是凡夫俗子？

聽容福此言，傅青川和傅青軒的心終於放下來了些。兩人自從霽雲失蹤便備受煎熬，好不容易得到消息，說霽雲被劫持去翼城，兩人又慌忙轉道往翼城而去，哪知行到半路，楚昭又派人來，說是已經著人護送回上京容府。

兩人雖是心裡稍安，卻又擔心，容家那般高貴門第，霽雲可會受苦？竟是日日裡寢食難安，坐臥不寧，是以一接到霽雲飛鴿傳書，讓他們著手把萱草商號遷往上京的消息，便馬不停蹄在最快時間內趕了來。

現在瞧著這大管家如此恭敬的樣子，自家妹子該是沒受什麼苦楚吧？

剛轉過一道月亮門，迎面一行人簇擁著一名衣著華貴的少女快步而來，三人以為是府中貴客，忙站住腳，不敢去看。

哪知人群卻在三人面前停下。

「三哥，四哥，阿虎！」

華貴少女正是霽雲。看到形容憔悴、一臉風塵的三人，霽雲眼睛頓時一熱。

三人猝然抬頭。

李虎的嘴巴一下張得老大，瞧得眼睛都直了，狐疑道：「妳是阿開？」

雖然已經知道小少爺其實是小姐了，可第一次看到身著女裝的霽雲，李虎還是有些被嚇到了。

「雲兒。」傅青川眼睛也是一熱，想問問霽雲有沒有受委屈，過得可好，可有什麼不適，有沒有人給她苦頭吃……

千言萬語湧上心頭，卻是堵在喉嚨口，一個字也吐不出來。

傅青軒則是微微一頓，定定瞧著她的黑眼圈，好看的眉峰一下蹙了起來。

「沒睡好？很累？」

「不是。」霽雲眼中含著淚，卻又止不住想笑。

「那怎麼會有黑眼圈？」傅青軒卻是不肯甘休，神情中全是緊張。

「昨兒個看了一天帳本。」霽雲只得老老實實道。

「帳本？」三人都是一驚。傅青川和傅青軒的模樣更是心疼無比。雲兒還這麼小，正是要吃好睡好長身體的時候，怎麼能這樣勞累？

「妳還這麼小，怎麼能熬夜？以後拿給我看。」傅青軒終於道。

「喔。」看三人這麼緊張，霽雲只覺心裡暖暖的。「三哥、四哥、阿虎，你們來了真好，只是三哥、四哥的樣子怎麼都這麼憔悴，病了嗎？」

傅青軒本就瘦弱，現在看著更是瘦得脫了形，至於傅青川，也是滿臉滄桑。

「少爺，啊，不是，小姐，我們可不可以先吃些東西？」傅家兄弟還沒有開口，一旁的李虎卻可憐巴巴道：「我們已經好多天沒有吃過一口熱飯了。」

傅青川和傅青軒一接到霽雲的飛鴿傳書，便以最快速度處理好萱草商號的相關事務，然後一路馬不停蹄從朔州而來，一路上風餐露宿，硬生生把最快也要一個月的路程縮短了整整十天。

「三哥、四哥，你們這麼趕路，身子怎麼吃得消？特別是三哥，你身子骨本就有病，怎麼禁得起這般奔波，我不是讓你們就當遊山玩水，慢慢來嗎？」霽雲頓時擔心不已，瞧著傅青軒二人，神情中充滿埋怨。

兩人看霽雲神清氣爽，又看那些下人恭敬無比，心中的大石頭全放了下來，任霽雲忙前忙後不停嘮叨，兩人卻覺心中安適，只管跟著自己這失而復得的妹子轉。

霽雲一面忙讓人準備吃食，又讓人請來李昉幫傅青軒診斷，好在兩人雖是瘦弱了些，身體倒還無事。

三人本來說，等吃了飯便要去安排順興的相關事務，霽雲卻是堅決不允。

「錢財那些東西不過是身外之物，哪有哥哥們的身體重要？」

晚間容文翰回府，聽說是傅家兄弟到了，便親自大擺筵席。

兩人的身分，霽雲自然早就告訴他，只說傅家兄弟的二哥於自己有救命之恩，甚至為自己而死，至於這兩位兄長，一個才華不凡，一個是經商奇才，幫著自己打理商號。

哪知容文翰聽了，卻是半晌無言。

霽雲愣了一下，這才想起，這件事情爹爹並不知曉，自己怎麼一時興奮，全都說了出來？

看爹爹怔怔地瞧著自己，又是自責、又是心痛、又是難過的模樣，霽雲忙擺手。「爹爹莫擔心，都過去了。」

容文翰伸出手，慢慢擁住女兒，聲音粗嗄。「雲兒，以後有爹在，妳可以無理取鬧，可以驕縱蠻橫，就是不能再受一點委屈。」

別家的千金小姐，哪個不是享盡榮華、高高在上，唯有自己的女兒，卻是為了自己流落江湖，受盡折磨。

想到這一點，即使懷裡擁著女兒，容文翰心裡仍是一抽一抽的痛。這般懂事的寶貝，自己怎麼忍心再拘著她？只想著，怎樣才能把這之前欠她的百倍千倍補過來才好。

「爹。」霽雲又是好笑、又是感動。哪有當人老爹的這麼教導女兒，那不是擺明讓自己當個紈袴嗎？

不得不說人和人的緣分是天注定的，容文翰和傅青川雖是第一次見面，竟是一見如故。很快，容文翰便拍板，先送傅青川到太學中就讀。

本來兩人的意思是見了霽雲一面，就要離開，卻硬是被霽雲押著在府內又歇了三天，看兩人恢復了元氣、神清氣爽，方才讓兩個人出府做事。

上輩子也好、這輩子也罷，霽雲還沒有遊過上京城，這日裡便也扮了男裝，和三人一起往隆福大街的鋪子而去。

不愧是三朝名都，千年古城，上京的繁華自然不是其他地方可比，皇城內街道全是寬闊的青色條石墁成，大街之上，行人如織，好不熱鬧。

加上容文翰此次大勝而歸，人們心裡安定之餘，更是因為解除了祈梁的威脅，人人都面帶喜悅。

很快，三人便來到隆福大街。遠遠就看見商鋪前，張才正在跟一個人吹鬍子瞪眼。

一大早得知小姐今日要來查看商鋪的消息，張才就忙趕了來，哪知剛下馬，正好撞上同樣來巡商號的謝府大管家周發。

周發早就有心把張才手裡的容家鋪子給吃下，哪知這個張才也是個強的，明明已經被自己擠兌得快站不住腳了，卻還是不肯認輸。這會兒看見張才，便哼了聲道：「哎喲，我道是誰呢，原來是張管事啊？今天來得倒早，只是……嘖嘖。」

瞧著門可羅雀的容家兩處鋪子，不住搖頭嘆息，聲音中又是諷刺又是揶揄。

「你們的貨物還沒補過來嗎？你說說這可怎麼好？待會兒我們要的上好的貨又有幾車要送過來，不然，分幾件給你們？」

因隆福大街最是繁華，來往客人多為京中權貴，那些上不了檯面的東西自然賣得不好。

張才雖是有頭腦，但怎麼也架不住謝家有門路，能找到的貨源自然有限，府裡主子又不在府中；便是回了府，以容文翰的性子，也不會因為這些許小事便動用自己的關係。至於表小姐，也就在府內聽著就好，出了府，卻是算不得什麼。

張才只能眼睜睜瞧著旁邊的謝家日進斗金，自己這邊卻是冷冷清清，幾近倒閉。

只是見識了小姐的厲害，又知道小姐馬上就要來接手商號，平日裡被冷嘲熱諷，忍忍也就罷了，這會兒卻是再不願忍下去，哼了聲道：「是嗎？周管事，還是看好自己那些東西吧，我只怕再過會兒，你那東西怕是來不了，你來我們這邊哭鬧呢！」

「哈哈哈！」周發笑得猖狂，抬頭看看天，對旁邊的隨從道：「這天亮了吧？怎麼有人這會兒還沒睡醒，在作白日夢呢？」

「你！」張才氣惱無比，抬頭正好看見霽雲一行，便不再說話，丟下周發，忙迎著霽雲而去。

看著幾乎等於落荒而逃的張才，周發這才冷笑一聲，得意洋洋地轉身進了鋪子。

霽雲瞥了眼小跑著來到跟前的張才。

「剛才那是？」

「他就是謝府管事周發。」張才神情羞愧。「都是奴才無能，請主子責罰。」

「無事。」霽雲擺手。一個小小的管事罷了，自己還不放在心上。

幾人這便轉身往前走，身後又一陣馬蹄聲傳來，霽雲回頭，卻是阿遜正匆匆而來。

看到霽雲等人，阿遜緊繃著的神經頓時一鬆，臉上已是笑意盎然。

傅青軒等人卻是有些奇怪。這馬上男子看來如此陌生，怎麼雲兒卻是一副無比熟識的模樣？

阿遜來至幾人身邊，甩手把馬韁繩丟給隨從，飛身下馬，衝著霽雲微微一笑。

「雲兒。」

聽到阿遜的聲音，李虎一下蹦了起來，聲音都是抖的。「你是……大少爺？」

「阿遜?!」傅青軒和傅青川也馬上明白過來。

「可是大少爺的臉……」李虎圍著阿遜轉了幾圈，還是忍不住道。

明明大少爺之前的臉更好看，為什麼要換一張？

傅青軒瞟了阿遜一眼，微微皺了下眉頭。

傅青川一愣，頓了下道：「阿遜的臉傷到了嗎？」

阿遜沒作聲，似是根本不關心自己的臉是什麼模樣。

倒是霽雲神情黯然，勉強說道：「當初為了救我，從山崖上跌下來，阿遜的臉……」又旋即抬起頭，深深地瞧了阿遜一眼，長吁一口氣。「可是，我覺得老天已經待我很仁慈了……」

那麼高的山崖，阿遜不過是傷到臉罷了，好歹，老天讓他又回到了自己身邊。

阿遜靜靜站著，回望霽雲，眼中是淺淺的純粹笑意。

「小、主子。」張才氣喘吁吁地跑過來，待看到霽雲身旁站立的幾人，不由一愣。

那新來的公子不知是哪個，餘下幾位，自己這幾日在府中卻是見過的，不正是小姐的結義兄長嗎？難道小姐的意思是要把鋪子交給這幾個人管理？不由擔心，小姐是天才，也不知她這兩位兄長到底如何？那謝家可不是好惹的，門路又廣……

霽雲也看出了張才的疑慮，只作不知，指了下傅青軒道：「以後這邊的鋪子交給我三哥就行。」

又指了指旁邊的李虎。「有什麼事你只管告訴他，他決斷不了的，會告訴三哥。」

「啊？」張才驚得嘴巴一下張得老大。不是吧，小姐要把鋪子交給這兩個人管理？

一個長得倒是好看，就是女人裡，自己也沒見過那麼漂亮的，可那身子瞧著也太弱些了吧？

另一個更好，分明就是個十四、五歲的半大小子！

只是小姐已經說得明白，卻也不好質疑，只得苦著臉應下，心裡卻暗暗擔憂，小姐這美人兒三哥，和那個半大小子不會被那周發給吃了吧？

眾人舉步要往不遠處的自家店鋪去，一個婦人突然從旁邊的鋪子裡衝了出來，驚慌失措地攔在眾人面前。「各位大爺，求求你們，快救救我家老爺！」說著，趴在地上不住磕頭。

「林太太，這是怎麼了？」張才瞧了一眼，倒是認得的，正是這金安鋪子林金安的屋裡人。林家兩口子也都是厚道人，和張才一向熟識，怎麼這會兒這麼狼狽？

「張大哥。」林太太明顯有些昏頭了，聽了張才的話，這才認出人，頓時嚎啕大哭起來。「張大哥，快救救我家老爺啊！」

張才愣了一下，忙看向霽雲。

霽雲點了點頭，一行人趕緊跟著林太太進了鋪子。剛進房間，赫然看到林金安正臉色青紫地躺在地上，脖子上還耷拉著一截白綾。他的身前，兩個稚齡孩童正跪在地上哭得悽慘，看情形著實可憐。

「林掌櫃這是怎麼了？」張才大驚，忙上前要去扶。

卻被霽雲伸手攔住，轉頭道：「阿遜，你瞧瞧人還有救嗎？」

阿遜點頭，從懷裡拿出銀針，朝著林金安的穴道就扎了下去。

良久，本已氣絕的林金安終於緩緩睜開了眼睛。

旁邊的林太太顧不得給霽雲幾個道謝，撲上前去扶林金安。

「老爺，你怎麼這麼想不開啊……你要是真有個三長兩短，我和兩個孩子可怎麼活啊?!」

林金安呆呆地瞧著淚如雨下的妻子，神情木然，半晌長嘆一口氣。

「祖宗的家業都守不住，我活著，還有什麼意思啊？還不如死了算了！」

看這家人的模樣，似是有什麼難言之隱。霽雲並不喜歡攪和到別人的事情中，好在林金安的命也救回來了，轉身便想離開。

「主子。」張才跟著走了幾步，卻又站住腳，很是小心地問道：「前兒主子說，想在這附近再買幾間鋪子，還作不作得準啊？」

霽雲點頭。「怎麼，找到合適的鋪子了？」

張才本來並不抱什麼希望的。隆福大街位置雖好，奈何有謝家把持，一是鋪子裡的東西很難比得上謝家的，更重要的一點是，但凡誰家的生意好些，便會隔三差五地有官府的人來找麻煩。

也因此，這隆福大街可以說是謝家一家獨大。

想著小姐看到這種情形，興許就會打退堂鼓，不會再購置商鋪了，卻又看著林家著實可憐，便只管大著膽子問了一下，沒想到霽雲竟說還要買，心裡頓時一喜，轉頭一溜煙地跑了回去。

霽雲哭笑不得，沒想到張才是個這麼急性子的人，只得跟著又回到林家鋪子。

「啊？」聽張才說霽雲願意接手商鋪，林金安一下停止了哭泣，呆愣愣地瞧著霽雲，一時有些反應不過來。

去求張才，也並不抱多大希望，畢竟容家是和謝家比肩的公侯之家，人家可不靠生意吃飯，而且即便是容家的那兩間鋪子，不是也被謝家人給弄得生意慘澹？

林妻卻已經認出霽雲，便是方才開口救自己丈夫的人，忙跟著跪下磕了個頭道：「方才，多謝恩公出手相救，不然，我這當家的……」

林金安這才明白過來，自己死裡逃生也是全賴面前這小公子之力，愣怔半晌，給霽雲磕了個頭，趴在地上哭泣道：「小人給恩公磕頭了。按理說恩公想買，理應先儘著恩公才是，只是小人這鋪子，一般人怕是經營不下去。恩公已經救了小人一條命，小人怎麼能忍心再拿這間鋪子連累恩公？」

謝家家大勢大，恩公若是買了去，也定然落得個和自家一樣的下場。

「林掌櫃，你莫怕，但說一個合適的價錢給張才便是。」霽雲一笑，轉身吩咐張才。「你去同林掌櫃談吧，若有合適的鋪子，再買幾間也是使得的。」

「是。」張才恭敬地應了聲，衝著一邊看得目瞪口呆的林金安一家道：「不知林掌櫃想要多少銀子把貴商號出手？」

林金安卻是惶恐地瞧著霽雲，半晌又看向張才。自己記得沒錯的話，張才不是容家的下人嗎？怎麼對這位小公子這般恭敬？

張才看出了林金安的疑惑，笑了下道：「林掌櫃莫要擔心，有我家小主子在，憑他是誰又能如何？」

「你家小主子？」林金安膝蓋一軟，再次跪倒在地。張才的小主子，那不就是──

「容少爺?!」

真沒想到，這小公子竟是天大的貴人！

很快，雙方就談妥了價錢，以一萬一千兩的價格成交，甚至最後，聽說霽雲還有意再買兩個鋪子，林金安又介紹了同樣被謝家弄得開不下去的兩間鋪子。

霽雲和傅青軒、阿遜相看了一番，最後拍板，全部買了下來。

聽說霽雲願意要，那兩家掌櫃也是千恩萬謝，感激不盡，甚至表示若是霽雲銀子緊張的話，便是再推遲些時日付錢也是使得的。

「無妨。」霽雲搖頭，當下便命人取了銀票過來。

林金安等三家也忙拿來地契等一併東西，剛要交予霽雲，門外卻響起一陣冷笑。

「林掌櫃、王掌櫃、金掌櫃，明明之前，你們已經把鋪子許於我們謝府了，怎麼又和別人談起了生意？」

第六十七章

周發氣哼哼地瞧著張才。幸好自己來得早，不然謀劃了這麼久的事，怕是要全都被他攪和了。

這幾家商鋪不只地理位置好，更都是老字型大小，只要拿到手裡，稍微整理一下，一準日進斗金。

本來自己還想再磨磨這幾家的性子，照自己估計，只需再過個十天半月，一家一千兩銀子定然能將這些商戶給打發了。

只是聽夫人的意思，要趕緊購置幾個商鋪，以備給小姐添嫁妝之用。自己私下裡也聽府中下人議論，說是那日安家筵席上，安家老夫人似是對小姐很是喜歡，聽府中主人的意思，說不好小姐就會許配安家。

夫人便緊著吩咐自己，要在近期內買幾個鋪子進去。

自己相看了一番，這三家鋪子倒是合適；夫人小姐看了後，也很是滿意，好不容易自己使出渾身解數，逼得這些人求到自己門下，哪承想，方才手下卻來報說，有人上門要把那三家商鋪買了！

自己辛苦了這麼久，竟是要為別人作嫁？想都別想。

看到林金安等三人依舊捏在手心裡的地契，周發終於鬆了口氣，狠狠地剜了張才一眼。

定然是這狗日的張才跟自己作對，故意找了人來噁心自己。

只是沒辦法，誰讓人家是容府的管事呢！論身分，並不比自己低，周發自然拿張才毫無辦法，卻轉頭陰沈沈地瞧著霽雲幾個。

張才自己沒辦法，可其他人還不是想怎麼收拾就怎麼收拾。

這樣想著，周發旁若無人地帶了一群人進了房間，早有手下拉了張椅子過來。

周發坐下，正對著霽雲等人，撩了下眼皮懶洋洋道：「爺是謝府的大管事。謝府，聽說過吧？這些鋪子，我們謝府要了，你們打哪兒來回哪兒去吧。」

聽周發如此說，那金掌櫃雙腿一軟，差點坐倒在地，神情絕望地瞧著霽雲等人。

「公子……」

心裡卻明白周發既如此說，自家鋪子是死活都賣不出去了。以謝府的地位，這世上有哪家敢和他們槓上？

王掌櫃則是抱了頭蹲在地上，饒是一向沈著的林金安，這會兒也有些發慌。

怎麼到哪兒都有這麼自以為是的人？

霽雲打了個呵欠，看看天色將近正午，就轉頭對安彌遜等人笑道：「三哥、四哥，我們去找個地方用午飯如何？」

又眼巴巴地瞧著阿遜。「阿遜，我和三哥、四哥還沒逛過上京呢，你知不知道這京城哪一家的飯菜好吃，我們去嚐嚐怎麼樣？」

阿遜點頭，神情中很是歉然。回上京這麼久，雲兒每日裡跑來跑去地伺候自己，從未閒過一日。

「以後我每日帶妳遊玩一處可好？咱們這會兒先去醉仙樓吧。」

醉仙樓乃是上京最大的酒樓，那兒的飯菜最是花樣百出，鮮美至極。

「醉仙樓？」今日跟在阿遜身邊伺候的是安武家的兩個小子，安志、安堅，聽阿遜如此說，忙道：「主子喜歡坐什麼樣的位置？我們馬上去安排。」

阿遜愣了下，這才憶起，醉仙樓因生意極好，想去用餐的話，一般需提前數日預訂，眼看日已正午，這會兒別說雅間了，便是空的位子也沒有了，衝著霽雲歉然一笑。

「我倒忘了，這會兒醉仙樓怕是沒什麼好位置了，不然咱們換個地方？」

話音一落，安堅就笑了。「主子說笑了，別人去沒位子，少爺要去的話，任何時候都是有位子的。」說著頓了一下，低聲稟道：「那酒樓的掌櫃是劉管事的兒子。」

換句話說，醉仙樓的後臺就是安家。平日裡生意再好，也會留下幾個上好的雅間供安家人使用。

看自家小主子的模樣，根本對安家少主的身分就沒上心吧？

幾人轉身要走，周發得意至極，金掌櫃等人卻是面如土色。林金安也有些心灰意冷。看容公子的模樣，也一樣不敢得罪謝府嗎？

「對了，」霽雲忽然站住腳，轉頭對張才道。「把林掌櫃三家的地契收好，把銀兩交割了，你再去醉仙樓尋我們便好。」

張才應了一聲，上前把準備好的銀票交到三家掌櫃的手裡，準備等他們查驗完銀票後，便接收地契。

三家掌櫃頓時喜極而泣，忙顫抖著手去點手中的銀票，張才則意有所指道——

「莫慌、莫慌，可要點準了，待會兒再說錯了，我可是不依的。」

自己說是謝府的人，這些人耳朵聾了嗎？張才也就罷了，怎麼所有人一個個都是沒聽到的樣子？周發竟一時沒有反應過來，等回過味來，頓時怒極。

前兒個可是已經在夫人面前誇下海口，拍著胸脯擔保說能把商鋪拿下來，現在眼睜睜地瞧著被別人拿了去，自己還怎麼有臉去見主子？而且堂堂謝府管事，卻被人在家門口欺負了，不是平白給主子添堵嗎？

只是周發也不是傻子，看張才的模樣就知道，方才那群人定然也是有背景的，不過估摸著也就是容府的親戚罷了。沒聽那年紀最小的小子說嘛，他們還是第一次到上京來，也不知哪兒鑽出來的土包子，以為仗著容府的勢力就可以什麼都不怕了嗎？

自家主子可是皇親國戚，別說是容家的親戚，就是容家正經主子，也得掂量掂量和謝家正面對上的代價。

只是話雖如此，卻是不敢直接對著霽雲等人，一揮手，讓人把林金安等人圍了起來，陰沈沈道：「平日瞧你們一個個看來老實，沒想到卻是內裡奸猾，一間鋪子竟要賣給兩家？騙錢騙到謝府頭上，是不是真以為有人撐腰就治不了你們啊？」

正在查驗銀票的林金安三個手一哆嗦，手裡的銀票差點滑了。謝府勢大，真要對付他們這些升斗小民，怕是家人會連渣渣都不剩啊！

幾人撲通一聲跪倒，不住磕頭。

「周爺，我們怎麼敢坑騙謝府？實在是我等並不曾說過要把鋪子賣與府上啊，求周爺放我們一條生路吧！」

周發冷笑一聲。「既不敢坑騙，那還不把地契要回來賣與我謝府？再遲得片刻，哼哼，怕後果不是你們承擔得起的！」

阿遜同霽雲等人本已走到門口，看那周發如此猖狂，竟是一副要強買強賣的架勢，頓時大怒。

霽雲尚未開口，阿遜已經回身對安志道：「把房間裡幾個胡攪蠻纏的東西全給我打出去。」

安志也是個有眼色的，早就瞧出少主對那小公子很是稀罕，想搶那位小公子的鋪子，不是明擺著和少主過不去嗎？

加上阿遜回歸之日，飛身救霽雲時露的那一手高深武功，早讓安家兄弟佩服得五體投地，直把阿遜看得如神人一般。方才瞧著周發猖狂就已經暗暗憤恨、摩拳擦掌，這會兒聽阿遜如此說，正中下懷，帶了幾個手下就衝了進去。

「阿遜。」霽雲忙開口攔阻。自己要變成皇帝希望的「紈袴」，阿遜卻大可不必。

哪知阿遜卻哈哈一笑。「雲兒不是總問我，從前在上京時什麼模樣嗎？喏，就是如此。」

若論起尋釁滋事、打架鬥毆，這世上還有誰能比得上當初被列為上京一害的小霸王？

「可你畢竟……」霽雲還是有些擔心。當前之計，自己越是囂張不成器，皇家對爹爹的忌憚自然會越低。阿遜卻不同，身為安家唯一的嫡系血脈，若是名頭壞了，安爺爺怕會……

「傻雲兒，」阿遜心裡一熱，也只有雲兒，會替自己考慮這麼多。「妳以為安家就讓那位安心嗎？」

自然，安心不安心和自己卻是無一點關係。這世上除了雲兒，又有哪些人值得自己看顧？既然雲兒要做紈袴小姐，自己不變成惡霸公子，怎麼和她相配？

「哎喲！」周發的慘叫聲從房間裡傳來。「混帳東西，你們敢打我？知不知道我是誰？」

「你是誰？」安志冷笑一聲。「我管你是哪根雜毛！」嘴裡說著，掄起胳膊就是一巴掌搧了過去，周發身體一下飛了出來，正躺在阿遜腳下。

安堅跟著追了出來，拽著周發的腿就扔到了一邊。

周發只覺腦袋嗡嗡嗡直響，又覺得臉上黏糊糊的，伸手一抹，紅豔豔的全是血，嚇得頓時號哭起來。

「快來人啊，殺人了！」

「殺人？」安堅揪住周發的衣襟，獰笑一聲，抽出寶劍高高舉起。「你這麼想死啊？爺成全你，這就送你回姥姥家！」

眼看那寶劍呼嘯而來，周發瞳孔猛地睜大，頭一歪，就徹底昏死了過去。

「嘖嘖，真是不禁嚇。」安堅把寶劍收回去，一鬆手，周發肥胖的身軀就如死豬一般躺倒在地。

很快，餘下的幾個隨從也全被打倒，橫七豎八躺了一片。

「好！」

旁邊忽然響起一陣轟然叫好，接著就響起了雷鳴般的掌聲，甚至還有人放起了鞭炮。

卻是隆福大街的眾多商戶，平時早被周發等人欺負得狠了，一個個都恨得牙癢癢，奈何人家來頭大，也只能敢怒不敢言。

方才剛開打時，唯恐連累自己，都縮在店鋪裡不敢出來，這會兒看對方下手可是真的狠，也是真不怕周發，就全都從鋪子裡湧出來。那興奮的樣子，簡直比過節還要熱鬧，甚至還有人端來美酒果蔬犒勞安志幾人。

安志、安堅沒想到，跟著少主打個架也會被人當成英雄般崇拜，頓時飄飄然，得意洋洋地不住衝周圍人拱手。

「承讓，承讓。」

謝家鋪子的人遠遠也看到了這邊的情形，奈何對方悍勇，那些平日裡任他們宰割的商戶也像打了雞血般，對著他們的方向吆五喝六，那樣子說不定馬上就會衝過來，嚇得咚的一聲關上商鋪大門，縮在裡面，大氣都不敢出。

張才一旁瞧得眼都直了。小姐的這朋友是什麼來頭啊，怎麼這麼厲害！不過看周發這副狼狽樣子，自己心裡可真是爽！

一直待霽雲等人完全看不到影子了，謝家商鋪中的那些下人才敢一擁而上，搶了周發等人回去。

其他正看熱鬧的商戶，看謝家如狼似虎的模樣也都嚇壞了，慌忙回了各自店裡，有那膽小的就關上店門，決定歇業一天。

謝家吃了那麼大虧，肯定是會報復！

也有那仗義些的，忙悄悄跑去給張才報信。

張才謝過眾人，卻也不慌張，照舊該開門開門，該營業營業，什麼都安排好了，這才施施然往醉仙樓稟告去了。

周發很快醒了過來，只是自當了謝家管事，每回都是自己欺負別人，被別人打成這麼狼狽的樣子，還是破天荒頭一次，疼倒在其次，更重要的是這個臉面可丟不起呀！

「大管事。」一個夥計畏畏縮縮地走過來，拿了件衣服。「您先換件衣服。」

周發一個耳光就搧了過去。

「這會兒獻的哪門子殷勤？爺方才被打時，你們都躲哪兒去了？」

說完起身就要走。自己就拖著這狼狽樣去找公子，就不信了，看到自己被打成這樣，公子會不替自己出頭！

那夥計捂著臉，幾乎要哭出來了。「大管事，您還是先換換衣服再出去吧！」

周發也是站起來，才覺得褲襠裡怎麼濕漉漉的，甚至還有一陣腥臊味傳過來，頓時又羞又氣。

怪不得老聞到一股尿騷味，原來自己方才竟是被嚇得尿了一褲嗎？

他劈手奪過夥計手裡的衣服，又賞了一腳過去，那夥計一下被踹翻，卻是不敢說一句話。

周發換好衣服，剛出鋪子，迎面正好碰見從馬車上下來的謝玉。

謝玉也看到了周發的模樣，頓時大為驚詫。

「周發，你的臉？」

原來周發的臉本就又圓又胖，現在更直接變成豬頭了！

「小姐。」周發撲通一聲就跪倒在地，一把鼻涕一把淚地道：「您可要為小的做主啊！小的本來奉了夫人的命，再給府裡買幾間鋪子，哪想到……」

說著，添油加醋把方才的情形給說了一遍。「那些人實在是欺人太甚，不但插手把奴才打成這個模樣，連帶著那幾間商鋪也搶了去。可憐奴才受些委屈倒沒什麼，就是那幾間鋪子，可是夫人一早就看中的，奴才辦事不力，請小姐責罰！」

「搶了我們的鋪子還打人？」謝玉簡直以為自己聽錯了，這可是上京城，竟有人敢公然挑釁謝家的威嚴？還有那些鋪子，娘不止一次暗示自己，說是特意看好的，將來就給自己當嫁妝，讓自己即便做人媳婦兒了，也有自己的體己錢，不致受婆家拿捏，自己也很是滿意的，現在倒好，竟打了自己的人不說，連帶著自己那份嫁妝也給搶走了？

頓時柳眉倒豎。「是哪家混帳東西？敢是活膩了不成？」

周發等的就是這句話，趕緊又磕了個頭。

「那些人面生得緊，奴才卻是不識，只是那做中間人的倒認識，乃是容府的管事張才。

對了，他們打了奴才搶了店鋪後，就跑去醉仙樓喝酒慶祝了。」

「我當是哪家豪門呢！」謝玉重重哼了一聲。那日聽爹爹的意思，皇上對容家很是不喜，要是他們縮著脖子、夾著尾巴小心做人，說不得還有一線生機，卻沒想到還敢在自己面前這麼囂張？想要找死，那自己就送他們一程好了！

「待會兒，我讓他們好好慶祝一番！」

她當即對周發道：「你去喚來市令官，對了，再去府衙通知謝芾，讓他偕同上京令吳桓一塊兒去醉仙樓。」

謝芾也是謝家子弟，正在吳桓手下任職。

周發頓時大喜，忙忙地應了，一想到很快就能把方才吃的虧給討回來，身上的傷好像也沒那麼痛了。

第六十八章

「這就是醉仙樓？」

霽雲勒住馬頭。不愧是京城第一酒樓，果然富麗堂皇，氣派無比。

阿遜微微一笑，當先下了馬，然後又回身扶霽雲下來。

本來正準備伺候霽雲的容府下人愣了下，不由咧了咧嘴。

幸好這位公子一瞧就是出身大家，不然，真會以為是不是來搶自己差事？

正自發呆，酒樓的劉掌櫃劉全已經一路小跑地迎了出來，大老遠就對阿遜等人點頭哈腰。「少主，快請。」

「少主？」傅青軒幾個神情明顯有些詫異。

霽雲一笑，對著阿遜眨了眨眼睛。「安少爺，今日可要叨擾了。」

安少爺？其他幾人越發不解，怎麼阿遜不只臉變了一個樣，連姓都給變了？

霽雲笑了笑。「三哥、四哥還不知道吧？阿遜已經認祖歸宗了，他本來姓安。」

安？傅青川突然憶起，前些時日確曾收到消息，說是安家少爺認祖歸宗，原來竟是阿遜嗎？

傅青軒卻先是皺了下眉頭。從謝家表少爺到安家嫡脈，身分自然不可同日而語，也不知他對雲兒……

卻一錯眼間，正好瞧見阿遜凝視霽雲的眼神，旋即釋然。自己擔個什麼心？現在瞧著，阿遜對妹子怕是早已情根深種，倒是妹子怕還渾然不覺。

「少主，」劉全邊禮讓幾人，邊小聲回稟。「方才，二爺也領了些朋友來，直接占了天字一號的雅間，少主瞧著……」

阿遜倒是不甚在意。「無妨，頂好臨窗的就行。」

「好嘞。」劉全一顆心頓時放到了肚裡，暗暗讚嘆，少主不愧是安家嫡脈，瞧瞧這分磊落氣度。哪像安鈞之，每日來時都是端不完的譜，甚至自己還親耳聽見他同朋友說什麼自己一看就是生意人，一身的銅臭味！只是既然一副清高的模樣，又嫌棄自己這生意人，卻還每每領了朋友來醉仙樓大吃大喝。

眾人跟著劉全來到地字型大小的雅間，房間內佈置雅致，人一進去，只覺神清氣爽。霽雲暗暗點頭。怪不得醉仙樓號稱上京第一，沒想到是這般舒服的所在。

劉全雖不知道這些人都是什麼來頭，但既然是少主的朋友，那就是貴客，竟然親自在一旁伺候起來。

只是伺候了沒多久，一個小二卻是跑上來，湊到劉全耳邊說了句什麼。劉全愣了一下，旋即笑嘻嘻道：「少主，您和各位爺先用著，我去去就來。」

阿遜揮了揮手，示意他可以自便。

劉全小心地退出來，這才看旁邊的小二。「到底有什麼事，沒看到我這兒伺候貴客嗎？」

「掌櫃的，」那小二哭喪著臉道。「小的知道，只是天字房的客人點名讓您去伺候。」

天字房？劉全愣了一下，不就是安鈞之那幫人嗎？雖是無奈，卻也不敢不去。只得小跑著到了天字雅間。

戰戰兢兢地推開門，正好瞧見安鈞之正舉了酒杯勸酒。

「幾位兄臺，來，乾了這一杯。」

待他們喝完杯中的酒，劉全才湊過去，陪笑道：「二爺，您喚小的，可有什麼事吩咐？」

哪知連問了幾聲，安鈞之卻是眼皮都不抬，劉全頓時尷尬無比，心知八成這位又看自己不順眼了，若是往常也就罷了，可今日少主第一次來，自己還要趕過去伺候呢！

忙陪了個笑臉道：「二爺要是無事吩咐，小的先告退。」

安鈞之臉色突然一變，手中的杯子猛地往桌上一放，怒聲道：「果然是狗眼看人低的東西，不把我放在眼裡也就罷了，我這席上的貴客可不是你能怠慢得起的。」

貴客？劉全眼睛閃了閃，忙向席上眾人團團一揖，陪笑道：「劉全眼拙，若有怠慢之處，還望各位看在二爺的面上多多包涵。」

心裡卻早已不耐煩，貴客什麼的，和自己有什麼相干？自己還得趕緊回去伺候少主。

看出劉全的敷衍之意，安鈞之頓時大怒，手裡杯子忽然朝著劉全就砸了過去。

「你是什麼東西？貴人面前也敢這麼托大？罷了，快滾出去吧，沒得看到你，讓我連飯都吃不下去。」

說著，同旁邊衣飾華貴明顯很是高傲的男子道：「淩兄，別讓這些沒長眼的東西擾了雅興，咱們繼續喝。」

心裡卻更加憋氣。這些時日，因姪兒的強勢回歸，使得自己在太學裡也是嘗盡炎涼，倒是這淩遠志，之前見了自己也並不十分親近，近期倒是對自己很是客氣，令他黯然的心情終於好轉了些。

淩遠志的爺爺可是當朝太師，太子殿下是他嫡親表兄。

因此到了醉仙樓，安鈞之便領著淩遠志直接進了天字一號雅間。

安老公爺一般很少到酒樓中來，這天字雅間幾乎成了安鈞之呼朋喚友的專屬地方。

本來說既有貴客，自得讓劉全親自來伺候，哪裡想到自己吩咐小二時，才知道，劉全竟然主動跑去地字雅間伺候了。

再聽那小二支支吾吾說，地字雅間的不是旁人，正是安彌遜和他的一幫朋友，安鈞之的火氣騰地一下就起來了。

論輩分，自己是長輩，安彌遜是晚輩；論地位，自己雖然還沒有官職，但好歹也是前程遠大的太學學生，至於安彌遜，則純粹一介粗魯武夫，除了會幾手拳腳，什麼都不是，更不要說自己的客人可是皇上身邊炙手可熱的太師親孫子！

劉全退出房門，旁邊的小二忙遞了條帕子過去。

「掌櫃，您的頭。」

劉全不但被潑了一頭的酒，就是額角處，也被砸出了血。

劉全苦笑，又暗暗慶幸，幸虧少主回來了，不然安府真是到了二爺的手裡，自己怕這輩子都沒有好果子吃。

正要轉身再往地字雅間去，樓梯處卻傳來一陣咚咚的急促腳步聲。

劉全一愣，忙抬頭看去，卻是一隊官兵正氣勢洶洶地衝上來，不由嚇了一跳。這京城中，還少有人不知道醉仙樓其實是安家的產業，今兒官府吃錯藥了還是怎麼著？竟然敢到醉仙樓來鬧事？

還沒反應過來，又有幾人跟著上了樓。

跑在最前面的是一個大胖子，一張胖臉赤橙青藍紫，真是和開了染坊一樣，還偏是做出一副咬牙切齒、凶神惡煞的模樣，不是謝府的商號管事周發，又是哪個？再看到後邊三人，心裡卻是一凜。

中間人身著官服，赫然是上京令吳桓。他右邊是一位神情倨傲的公子，雖然從官服看來，品級明顯是在吳桓之下，偏是比吳桓還傲氣。

只是最讓劉全忌憚的並不是他們兩個，而是吳桓左邊衣著華貴的少女。

隔著一頂若隱若現的軟帽，仍能瞧出少女非同一般的美麗容顏，而且那通身的貴重氣派，必是貴族之女。

而且敢這麼大刺刺和吳桓並肩而行，明顯出身非同一般的高貴。

劉全忙迎上去，衝著吳桓不住作揖。

「哎喲，原來是吳大人大駕光臨，小人劉全，見過吳大人和各位官爺。不知大人有何吩咐？」

「劉掌櫃的，」周發上前陰陰一笑。「方才，小二告訴我們說，容府管事張才來了樓上雅間，我只問你，他去了哪一間？」

又描述了阿遜等人的模樣。「這些人在哪個房間？」

「張才？」劉全頓時一愣。張才自己是認得，也知道他正是去了少主所在的地字雅間，只是既是少主的客人，自己可不好隨便告訴旁人。當下仍是陪了笑臉。「我方才一直在天字房間伺候，倒是不知此事。」

哪想到天字房間一下拉開，安鈞之和淩遠志大步出來。「劉全，你好大膽！竟然連官府也敢糊弄？」

說著忙衝吳桓一拱手。「原來是吳大人，鈞之有禮了。」眼睛卻是不自覺落在謝玉身上。安鈞之已經認出，這華貴少女正是謝府千金謝玉。那日府中一見，安鈞之便對謝玉再也難以忘懷，這會兒竟會在酒樓遇到，神情頓時又驚又喜。

淩遠志瞟了吳桓、謝芾一眼。

「吳大人，謝芾兄，竟然煩勞你們二位親自前來，必是有人犯了大案，敢問可有需要遠志效勞的地方？」

嘴裡這般說，眼睛卻瞧著謝玉，明顯也認出了謝玉的身分。

謝玉抿嘴微微一笑。

謝芾也忙還禮。「原來淩兄也在這裡。倒也不是什麼大案，只是有人狗膽包天，竟然敢毒打這位周發管事不說，還強買強賣，搶了別人的鋪子就走。我等既是吃朝廷俸祿，自當為皇上分憂，怎容這天子腳下有此等惡賊橫行？」

「是嗎？」淩遠志倒是配合，皺眉道：「竟有這等事情？爺爺往日裡經常說起人心險惡，囑咐我多留意百姓生計，我今兒便同謝兄一塊見識一番，看到底是何等窮凶極惡之輩，也好回去同爺爺說道說道。」

此言一出，吳桓的冷汗刷地下來了。淩遠志這不輕不重的一句話，明顯是在向自己施壓啊！

「這樓上雅間，也就這天字大小同對面的地字大小雅間尚有客人。我們天字雅間的人盡皆在此，周管事只管辨認，可有那惡人？」安鈞之假惺惺道。

周發頓時心領神會，擺了擺手，一轉身，帶頭就往地字雅間衝過去，卻被守在外面的容府侍衛給攔住。

「站住，你們要做什麼？」

周發一眼認出，這兩人可不就是那強買了商鋪的小子的手下嗎？一瞪眼，惡狠狠道：「這群惡人，果然在這裡！說，那個敢搶我們鋪子的小王八蛋在哪裡？」

小王八蛋？容府侍衛愣了一下，才明白對方罵的竟是自家小姐，頓時火冒三丈。

「敢罵我家主子，你好大的狗膽！」左邊的容五抬起腳來朝著周發肥嘟嘟的肚子就是一腳，周發的獰笑還在臉上，人已經被踢飛了出去，撲通一聲重重落在謝芾腳下，頓時發出殺豬一樣的嚎叫。

謝芾也沒想到，那看著不起眼的下人竟有這麼好的功夫，半晌才反應過來，氣得臉都扭曲了。

「真是反了，竟敢和官府作對！信不信我奏明皇上，把你主子連同你們這群狗奴才的九族全給誅了！」

「誅九族？」房間裡的人明顯也聽到了外面的動靜，拉開門來，站在最前面的正是不怒而威的霽雲。「敢誅我的九族，還真是好大的口氣，也不怕風大閃了舌頭。」

「你說誰風大閃了舌頭？」瞧見這膽敢冒犯自己的人竟不過是個少年，謝芾臉色頓時一沈。

「自然是說你。」霽雲卻是絲毫不懼，神情也充滿了諷刺。「果然聞名不如見面，說什麼出身名門，卻原來這般飛揚跋扈，不知禮儀。」

「你說我飛揚跋扈不知禮儀？」謝芾險些氣壞了。一個毛都沒長齊的小子罷了，也敢跟謝家人叫板？「真是不知天高地厚！來人，把他們全都給我帶走！」

「且慢。」旁邊一直不作聲的謝玉攔住，嬌聲道：「我大楚並未有連坐之法，只管把那惡人帶走便好，其餘人不過一起吃酒，這中間有什麼誤會也未可知。」

謝玉一眼認出立於那少年身側的竟然是安彌遜，心裡又是驚詫，又是竊喜。

怎麼安公子會和那少年在一起？轉念一想卻又釋然，安公子初來上京，並不曉得這上京城的水有多深，而那些想要攀龍附鳳的淺薄之人，自然就會厚著臉皮湊上去。

毫無疑問，那少年便是這般不要臉、想要巴結權貴的貨色。

至於自己和安公子還真是有緣，竟然在這種情形下都能遇到。

又憶起那日宴席上，安家太夫人拉著自己的手殷勤相問，那模樣，分明就是相看孫媳婦的架勢，這樣想著，頓時俏臉通紅，神情嬌羞。

對面這群人裡竟然有堂妹認得的人嗎？

謝芾就是再遲鈍，也意識到堂妹這會兒好像有點不大一樣。

作為謝家的唯一嫡女，再加上謝家女孩好幾個入宮成為國母的輝煌過往，說謝家女孩比男孩還要嬌貴，那是一點也不為過。這個堂妹的性子，自來就是個好強拔尖的，一旦有人犯到她手裡，種種狠毒手段真是比男子還要花樣百出，今日裡竟主動替旁人求情？

這般想著，忙點頭。「自然如此，果然堂妹宅心仁厚。」

堂妹？本來眾人就已經對謝玉的身分心生疑慮，聽了謝芾這句話，頓時心知肚明。果真是有上京第一美女之稱的謝家嫡小姐謝玉，看向謝玉的神情頓時充滿了敬畏。

謝芾一揮手，指著霽雲道：「把這小子給我帶走！」

「果然聞名不如見面、見面勝似聞名啊！」霽雲冷笑一聲。「都說謝府是禮儀之家，最是具有大家風範，卻不想養出這般不成器的後代子孫，也不怕辱沒了先人的臉面。」

「大膽！敢在大庭廣眾之下詆毀貴人，謝家也是你這般低賤之人可以隨便評說的？竟敢犯上，果然是活膩了！」謝芾沒想到這少年如此膽大包天，頓時怒極。

「詆毀犯上？」霽雲臉上諷刺的神情更濃。「你說的是自己吧？敢問有吳大人這個上官在此，哪有你這個下官開口的餘地？還是你真以為上京府衙其實也是你謝家開的，可以任你如此目無尊長？這樣說來，真正犯上的那個不是我，而是你吧？至於這位謝家大小姐，更加可笑，明明身無一官半職，卻對著官府中人指手畫腳，敢情只要是謝家人，就可以在上京為所欲為了嗎？」

說完，轉頭衝著吳桓微微一笑。「吳大人，我這話可對？」

吳桓心有惻惻之餘，又暗叫糟糕。

謝芾這般無禮行徑也不是一回、兩回了，可誰讓人家來頭大，一般情況下，能忍的，吳桓也都忍了，不高興是必然的，可又惹不起謝家，只能聽之任之了。

但方才他一眼即認出了阿遜，也認出霽雲，這不正是當初在容府裡，安公子極力維護的那個小廝嗎？

看這情形，竟然是容府、謝府、安府三家對上了嗎？

第六十九章

謝芾臉上也有些掛不住。

自從他擔任上京令吳桓的副手，再加上身後的龐然大物謝家，無論走到哪裡，總有人奉承巴結兩句，甚至府衙那些僚屬也想著以謝芾的出身，說不得過些時日會取代吳桓也未可知，交往間便對他多了幾分尊敬。

時間長了，謝芾甚至以為自己真就是上京令了，行為處事未免越來越張狂，卻還是第一次這樣被人當面說破，一時竟想不出話來反駁。

「好一張利嘴，當真是巧舌如簧。」謝玉冷笑一聲。「真真能顛倒黑白，容府也是公侯之家，怎麼竟教出這麼不懂事的奴才？還是容府本就慣是張狂自大，不把任何人放在眼裡？明明是你家無理取鬧、搶人生意在前，現在竟還敢血口噴人，當真找死。」

說著，回頭厲聲道：「把那三家商戶帶上來，問清楚他們到底受了什麼脅迫，才會背信棄義又把鋪子給了別人，不就一切都清楚了嗎？」

「呵呵，謝家小姐果然和那位謝大人是兄妹。知道的人，說那是上京府衙的官兵，不知道的還以為是謝府的私兵呢！」霽雲也不惱，說出的話卻句句誅心，待看到謝玉臉色變了下，才頓了頓看向吳桓。「吳大人，看來這段公案還得煩勞大人神斷。」

吳桓無法，只得在這醉仙樓裡臨時設了公堂。

不是不想回府衙，只是這幾方來頭都太大，便是這會兒自己坐著，都是戰戰兢兢的，又哪敢再帶回府衙公審此案？

心裡也打定了主意，既然都不敢惹，索性就照那些商戶說的去斷罷了。只是自己瞧著，這事多半還是謝府占上風，那小廝在容府再得寵，也不過是個小廝罷了，哪能跟謝府嫡女相提並論？

便先看向霽雲，語氣裡很是帶了些規勸的口吻。

「這位小哥，錢財乃身外之物，我看你們兩家實在沒必要因為這些許小事，大動干戈。你雖是忠心為主，但你家主子許是並不想要那些鋪子也未可知……」

言下之意，你可別出力不落好，因為掙幾間鋪子既得罪了謝家，最後還被容府怪罪。

哪知霽雲卻是搖頭，很是認真道：「大人此言差矣。錢財之事，可是事關我闔府生計，我怎麼能掉以輕心？而且不瞞大人您說，我這人吃的苦太多，早就體會過沒錢的痛，旁的我倒不喜，唯有那真金白銀卻是我心頭摯愛。無論如何，無論對方是誰，都不要想著來搶我的錢。」

旁邊的李虎聽得兩眼直睜。真的假的？這麼多年了，自己怎麼沒發現小姐這麼愛錢？以萱草商號的實力，何止不缺錢，簡直是太不缺錢了！當初捐助邊關官兵，那銀子可都是流水一樣往外扔，小姐眼睛都不眨一下的，還有賑濟災民，扶危濟困……

轉念一想卻又明白，小姐這是明擺著要和那什麼狗屁謝府對上了。

阿遜則是雙眼異彩連連，好不容易聽到霽雲說她喜歡什麼，管她真喜歡還是假喜歡，自己以後就想著法子把那些錢財都賺過來，捧到她面前便是。

旁邊傅青軒摩拳擦掌的模樣，看來也是這樣想的。

謝玉的嘴角閃過一抹譏笑。這麼貪婪的性子，果然就是個下人的料，又不時含嬌帶羞地覷一眼「意中人」，卻發現那安公子不知為何，眼睛竟是一眨不眨地黏在那小廝身上。

當初安府門外，他好像也是抱了這小廝就走……這般一想，心裡立時堵得不得了。

吳桓無法，嘆了口氣，看看霽雲又瞧瞧謝玉，小心翼翼道：「敢問那些商戶——」

話音未落，十一的聲音在樓梯上響起。

「大人是尋這三位掌櫃嗎？他們來了。」

話音一落，身後果然出現三個鼻青臉腫、商賈模樣的中年男子。三人的模樣，明顯是被人打過了。

謝玉只瞧一眼就怒了。幾人看過來的眼神分明怨恨至極，這會兒哪裡不明白，怕是自己的人脅迫對方不成，反被容家人給逮了個現形！

可都這會兒了，自己派過去的人呢？

正自狐疑，又一陣凌亂的腳步聲響起，正是之前派出去的家丁狼狽無比地衝了進來，一個個鼻青臉腫、一瘸一拐的，看到十一，那些人齊齊一哆嗦，幾乎要哭出來。

「小、小姐……」竟是再不敢動一下。

十一很快朝著霽雲一拱手。

「公子，三位掌櫃已經帶過來了，幸虧您想得周到，不然他們三個的家人怕是也要被人挾持呢！」

說完示威似的瞟了眼謝芾和謝玉。

兩人恨得幾乎要把牙齒咬碎，卻是一點辦法也無。任誰也想不通，這小子明明年紀極輕，怎麼腦袋就轉得那麼快，派人特意留在那三家人身旁，把自己派去的人打了個落花流水。

只是那又如何？自己就不信這小子混球也就罷了，連這三個庶民也吃了熊心豹膽，敢不把謝家放在眼裡。

一旁的謝芾已經不陰不陽道：「這是我們謝府大小姐，實話告訴你們，你們那幾處鋪子可是我們夫人早就相中的。之前，不是你們自己求著，想把鋪子賣與謝府嗎？這會兒怎麼又賣給別人？放心，若有什麼委屈，或者什麼人脅迫你們了，只管道出，本官一定為你們做主。」

謝玉也重重一哼。

「原來你們就是那三家掌櫃？竟敢坑騙到謝府頭上，當真以為我們謝府這麼好欺負嗎？」

嘴裡說著，卻是冷冷睨視霽雲，威脅的意味顯而易見。

霽雲看了張才一眼，張才會意，上前一步也抗聲道：「哎喲，你們謝府自然不好欺負，我們容府就是好欺負的嗎？上有國法，下有民情，還請大人秉公辦理！」

「真是刁奴！」謝芾沒想到還真有這不怕死的，竟然真就敢抬出容府，公然和堂妹打擂臺。「果然沒上沒下，你是什麼身分，也敢同謝府小姐這般說話？信不信我回去稟明家主，讓他說與你家公爺，到時候你家公爺真打殺了你，可別怪我現在沒有提醒！」

「哎喲，公子，」張才故意做出一副害怕的模樣，可憐巴巴瞧著霽雲。「他說他家公爺會讓主子打殺我。」

霽雲笑了一聲，神情輕蔑。「那些混帳東西的話你也信？你放心，爹爹知道了此事，賞你還不夠，怎麼會為難你？」

「是呀，」謝芾笑得陰險。「這小子的爹自會獎賞你，不過你家公爺可就不一定了。」

吳桓卻覺得有些不對勁，果然張才傲然一笑，很是鄙視地瞧著謝芾道：「你這位官人果然胡說八道。我家公子說公爺會賞我，自然就一定會賞我。不瞞您說，我家公爺可是最疼小主子的。小主子都說會賞我了，公爺又怎麼會不賞我？」

「小主子？你胡——」謝芾話說了一半，忽然停住，不敢置信地瞧著霽雲，聲音都是哆嗦的。「你、你到底是誰？」

謝玉也騰地一下站了起來，神情又是震驚又是戒懼。不會吧，就那麼巧？

霽雲撣了撣衣袖上並不存在的灰，得意洋洋地仰頭，神情傲慢。

「你耳朵聾了嗎？張才不是說了嗎，我是他的小主子，你說我爹會是誰呢？啊，對了，忘了跟你說一句話，我爹說啊，這些年我在外受了不少苦，他一定要好好補償我。所以，若有人敢欺負我，可要小心，說不定我爹一生氣，拿把劍，把那人給直接軍法處置了也不一定啊！」

話說到這分兒上誰還不明白，早聽說容文翰找回了流落在外的愛女，原來就是眼前這位嗎？怪不得對上謝府，還敢這麼囂張！

容府小姐？謝玉先是一呆，下一刻，臉色早已是鐵青一片。竟然不是小廝，而是和自己身分相當的容府小姐嗎？那豈不是說這臭丫頭早就和安公子關係匪淺？

可之前，明明安家老夫人很是喜歡自己的模樣，便是娘也暗示，自己的親事就是著落在安公子身上……

定然是這容家女不顧廉恥、死皮賴臉纏上了安彌遜！從小到大，自己看中的東西還從沒有被別人搶去的道理，這容家女竟敢跟自己別苗頭不說，竟連安公子都想覬覦，當真該死！

乜斜了霽雲一眼，涼涼一笑。

「我道是誰呢，原來是容府千金啊，真是久仰大名了。只是妹妹許是在鄉野生活慣了，不知道我們上京的規矩，咱們這兒可不比那些窮鄉僻壤，這上京可是天子腳下，最是容不得人撒潑、胡攪蠻纏的。」

「真的嗎？」霽雲拍著手笑道，依然是一派天真爛漫的樣子。「姊姊真是好人，那妹妹恭送姊姊離開。」

好人？旁人不由竊笑。這丫頭果然年齡還小，謝玉表面上是教她處事之道，可實際上明明是夾槍帶棒，暗指容府小姐沒有規矩。

「啊？」謝玉也愣了下。自己什麼時候說要走了？

霽雲一下睜大了眼睛。「姊姊不是說天子腳下最容不得有人胡攪蠻纏撒潑的嗎？明明那些店鋪我已經買下了，姊姊怎麼還要賴在這裡？啊，我明白了，姊姊是不是故意演示一下，好讓妹子明白什麼才是撒潑對不對？」

又很認真地點頭。「嗯，我已經看明白了，這樣子果然很難看呢！姊姊這麼犧牲自己，教給我做人的道理，妹子也不知道該怎樣感謝……」

「妳！」謝玉氣了個倒仰，這才意識到，這丫頭人小鬼大，嘴巴可不是一般的毒，抬眼卻瞧見阿遜嘴角邊似有若無的笑意，臉色說有多難看就有多難看。

心知對方的手段，讓那三個商戶改口是不行了，但自己還是有法子讓他們的買賣作廢，索性直接扭頭對吳桓道：「吳大人，我有一件事請教。」

吳桓忙道：「小姐請講。」

「咱們大楚可是設置有市令官的，不知這市令官是做什麼的？」謝玉一字一句道。

張才一愣，旋即掃了一眼旁邊垂手而立的市令官孫孝，馬上明白了謝玉的心思。

孫孝可是謝家的家生子，自來唯謝府馬首是瞻，隆福大街的商鋪，沒有哪一家不在這人手上吃過苦頭。

吳桓沒想到事已至此，謝玉仍然不肯甘休，只是兩方旗鼓相當，都是千金大小姐，自己誰都惹不起，只得硬著頭皮道：「市令官的職責便是對商戶行監督引導之事，以防有人用欺詐的手段牟取暴利，保證雙方的利益。」

「不但如此，」孫孝接著道。「若是數額較大的交易，還須交由我部審核。」

又假惺惺瞧著霽雲道：「自然，若是你們有德高望重的第三方做保人，也不是不可以的。若是這兩者都沒有，那商鋪的買賣怕是不能作數的。」

心裡卻是暗自冷笑，這世上，膽大到敢蹚容謝兩府渾水的人，怕還沒生出來呢！

當然，也許這容家小姐會選擇交由自己審核處置，那樣更好，一旦落到自己手裡，自己即便拿容家小姐沒有辦法，卻可以狠狠收拾一下那幾家商鋪掌櫃，到時候讓他們自己哭著求著把鋪子賣給謝府！

「啊呀呀，竟然有這麼個規矩嗎？」霽雲果然很是意外的樣子。「怎麼我從來沒聽說過啊？」

「現在聽說也不算晚。」謝玉笑得輕鬆，美目流轉間，在場上眾人身上掃了一圈。「妹子不妨現在馬上找一位，不然，妳硬生生搶去的生意怕是會作廢呢，真是偷雞不著蝕把米，那可就糟了！」

「這樣啊……」霽雲神情頓時很是苦惱。「還得有保人，還得是德高望重……」伸手一指張才，卻又搖頭。「你是我們容家的人，八成不行。」

又一指吳恒，吳恒嚇得一哆嗦。這小祖宗，可不要把自己也牽扯進去才好。

幸好她的手不過頓了一下，最後卻是一下指定阿遜。

「我也就認得你罷了，你幫我作保，好不好？」

話音甫落，謝芾就冷笑一聲。「只是狗眼果然不大好使，妳以為隨隨便便拉出來個人，就可以宣稱德高望重嗎？」

孫孝也裝模作樣道：「敢問這位公子貴姓？可是願做他們雙方買賣的擔保人？」

謝玉瞧著霽雲，臉色鐵青。

這個容霽雲，真以為自己已經把安公子狐媚到這般癲狂地步了嗎？

須知，容、安、謝三大世家並立，安公子但凡有一點腦子，都不會由著別人把自己當槍使，更不要說安、謝兩家長輩還有結親的意思……

哪知阿遜臉上卻是露出了一朵再寵溺不過的笑容，溫暖的眼眸定定鎖在霽雲的臉上。別說作保，只要是霽雲的要求，就是這條命，自己也是給得的。

他大力地點了一下頭。

「我願意作保。」

「啊？」謝玉簡直不敢相信自己的耳朵。

「你確定你要做容府的擔保人，幫他們搶去本屬於謝府的商鋪？」孫孝也沒想到這看著衣飾華貴的年輕人竟是個沒腦子的，真就敢蹚這個渾水，不由又追問了一句。

「囉嗦！」阿遜卻已不耐煩，伸手道：「把買賣契約拿來，我現在就具名作保。」

孫孝的臉上頓時掛不住，索性也不再裝，上下打量了阿遜幾眼，冷笑一聲。

「本官說的可是德高望重之人方能為他們作保，就憑你，嘿嘿，年輕人，還是不要太自以為是了才好。」

「抓住他。」一個模糊的聲音忽然從地上響起，眾人回頭去看，正是方才被摔暈過去的周發，這會兒正悠悠轉醒，一眼看到被圍在中間的阿遜，頓時認出來，這人不正是下令痛打自己的那個混球嗎？

踉踉蹌蹌爬起來，邊衝向阿遜身邊，邊對謝芾等人道：「可別放他走了！方才在店裡，就是他持刀傷人，要不是我跑得快，這會兒命都沒了！」

竟是一把抓住阿遜的衣襟。「好小子，敢打老子，我看你還往哪裡——」

話音未落，阿遜一抖手，周發那肥胖的身軀再次飛了出去，這次更狠，先撞到牆上，又順著樓梯滾了下去。

「大膽！」謝芾大怒。「竟敢當著官府的面傷人，你眼裡還有沒有王法了？似你這般亡命之徒，真是死有餘辜！」

回頭對著那一眾同樣嚇愣了的官兵道：「愣著做什麼？還不趕緊把他捉住，本官現在懷疑，這小子說不定是朝廷緝拿的江洋大盜！」

那些官兵剛要上前，卻被人喝住。

「且慢。」

謝芾一愣，忙看過去，卻是吳桓，不由皺眉。吳桓一向還是給自己幾分面子的，這次是怎麼了？當即面露不悅之情。

「吳大人，您這是何意？」

吳桓嘆了口氣。若是旁人，謝芾想抓也就抓了，可是這位不一樣啊，人家可是堂堂安家嫡孫，要是真抓進去了，安老公爺怪罪下來，謝芾沒什麼，自己卻是肯定會被推出來的。

「謝大人，這位公子本官認得，我敢擔保，絕不是什麼江洋大盜。所以這人抓不得。」

謝芾卻是一肚子的氣。平時也就罷了，現在可是當著堂妹的面，自己可不能讓她給瞧扁了去。

「你認得又怎樣？方才我們可是都親眼瞧見了他出手傷人的情形。」

哪知吳桓依然搖頭。「也是那奴才太過莽撞，怎可那般唐突貴人？」

「什麼莽撞？貴人？」謝芾再次睜大了眼睛。不會那麼倒楣吧，剛才眼拙了一次，沒認出那小子竟是容府千金，難道現在又是自己眼拙，這年輕人也有了不得的身分？

「是啊。」吳桓點頭道。「我認得沒錯的話，這位是安家少主，安彌遜安公子吧？」

謝芾身子頓時一僵，張了張嘴，半天沒說一句話，心裡卻是流淚。

今天是什麼日子啊？怎麼那些走失的少爺小姐都集中在同一天出來了，還都讓自己給碰上了？

可是不對啊，一定是哪裡出錯了吧？明明聽說安家有意和謝府結親啊，怎麼這安彌遜卻公然胳膊肘往外拐？

謝玉猛地站起身來，扭頭就往房門外而去，卻在走過門檻時猛一踉蹌，似乎是打擊太大的樣子……

第七十章

「謝家小姐都在她手裡吃了虧？」趙如海正寫字的手微微一頓。

「是。」趙德銘停了停，還是道：「現在坊間都傳言，容家失而復得的嫡女是個愛財如命的主兒……」

也是因為這一點，自己老婆已經生了好幾天的悶氣了。好好的一個書香門第，都讓那死丫頭鬧成什麼烏煙瘴氣的樣子了。

「好。」趙如海筆走龍蛇，一張漂亮的大字酣暢淋漓地寫了出來。他擱下手中的筆，又拿起旁邊的帕子擦了擦手，神情明顯很是喜悅。「如此，則翰兒無憂矣。」

那丫頭小小年齡，也不知是本性如此，還是天生聰慧，做的這麼一手好局！可不管哪一種，都足以解除了容家目前的危機。

「倒是個有福的。回去告訴你媳婦兒，讓她切不可怠慢了那丫頭，要時刻記得給她撐腰才是。」

如今，這個消息，應該已經傳到皇宮裡了吧？

「那容家小姐竟然愛財如命不算，還這般囂張？」皇后淩宛如也是一怔，神情匪夷所思。

容家世代清貴，最是高不可攀，再怎麼也不應教出這麼沒品的一個姑娘出來啊……

「倒也不是沒可能。」一旁的太子楚晗有些牙酸道：「據我所知，那丫頭失蹤的這些年來，一直養在商賈之家，耳濡目染之下……」

心裡卻是氣悶無比。已經調查清楚，當年方家的那小丫頭確實是這容家女無疑，可恨方家竟然把這麼個再好不過的籌碼扔到深山裡，那之後又找人代替誆騙自己，實在是可惱可恨！

雖是已讓人取了方家全族的性命，仍是恨意難消。再連上這一段，坊間傳言容文翰把這個女兒看得如珠似寶，真是寵上了天，心裡就更加不是滋味。

「沒想到容文翰聰明一世，卻在這個女兒的問題上如此糊塗。」淩宛如心情很是暢快，笑吟吟看向一旁的謝玉，神情越發和藹。「倒是玉丫頭，這次可真真是受委屈了，碰見這麼個沒有教養，就會耍橫撒潑的野蠻主兒。」

「玉兒受些委屈不算什麼。」謝玉一副楚楚可憐的模樣，邊上前幫淩宛如捏背，邊可憐巴巴道：「只不過看不慣她那副沒臉沒皮的張狂模樣，卻沒料到竟是這麼個結果，不獨鋪子被搶了，便是下人也被打得鼻青臉腫。可又有什麼辦法呢？誰讓人家有個戰功赫赫的爹？」

言下之意，自己可是比她強，不過拚爹拚不過她罷了。

「好玉兒，她那樣的爛泥巴，怎麼能和妳這金枝玉葉比？」皇后拍拍謝玉的手。「有些人天生賤命，即便放到鳳凰窩裡，可也照舊是山雞。妳放心，本宮定不會白白讓妳受了這委屈。」

眼裡的慈愛和掩不住的嘉許，令得謝玉頓時飄飄然。

瞧皇后的樣子，可是對自己帶來的這個消息很感興趣的模樣，將來若容家倒了，皇后必會給自己大大記上一功。既能夠狠狠收拾容霽雲那臭丫頭，又能博得皇后的歡心，真是何樂而不為呢？

達到了目的，謝玉也就施施然告退，帶了丫鬟得意洋洋往外走。

哪知走沒幾步，遠遠就瞧見皇上的鑾駕正往這邊而來，忙轉到旁邊的小徑離開。

直等謝玉的背影看不見，楚晗才開口道：「母后要為那丫頭出頭？」

「晗兒以為呢？」淩宛如看自己兒子一眼。

楚晗皺眉。「能殺殺容家的威風，自然最好。孩兒就是擔心，容家本就勢大，現在又建此奇功，若是我們出手對付容家，父皇那裡怕是不好交代。」真是沒找著容家的晦氣，反而讓自己失了臉面，豈不是太過窩囊？

淩宛如臉色就淡了下，心裡說不失望是假的。連謝玉那麼個閨閣女子，都能瞧出容家盛況背後的危機四伏，可自己這兒子竟然毫無察覺，也怪不得會被楚昭步步緊逼，生生被奪去手裡大部分權力。

若是自己能再有個兒子……

「皇上駕到。」司禮監的傳唱聲忽然在外面響起。

等淩宛如迎出去時，大楚皇帝楚琮已經進了坤寧宮。看到跪在一旁的楚晗，他不由一愣。

「晗兒也在？起來吧。」

楚晗這才起身，小心翼翼地告退。楚琮揮了揮手，便不再理他。

淩宛如已經親手捧了參茶來。

「皇上近來勞累，要多顧著些自己的身子才好。」

楚琮接過茶，卻不就喝。

「妳這宮裡，方才是不是還有其他客人？」

「其他客人？」淩宛如掩嘴笑道：「皇上說的是謝家的玉兒吧？」

自己正想往這件事上引呢，可巧皇上就自己提到了。

楚琮抿了口參茶。「朕道是誰呢？遠遠看見個人影，卻原來是謝明揚的掌上明珠。」

「可不。」淩宛如接過宮女奉上的點心，一碟碟擺在皇上面前。「這些點心就是那丫頭送過來的。要說謝家這丫頭，也是個蕙質蘭心的，這點心臣妾嚐著，倒不比咱們宮裡的差。」

「是嗎？」楚琮正奇怪皇后怎麼這時候讓人奉上了些點心來，聽淩宛如如此說，便拈起一塊放在口裡。「嗯，果然美味，倒是個有心的。謝家自來便教女有方。」

「皇上可不能白吃了人家的點心，」怕楚琮噎到，淩宛如忙把茶水送到楚琮手裡。「既得了人家的實惠，好歹幫那丫頭一把。」

「幫一把？」楚琮一愣。「謝家的嫡女會有什麼為難事求到朕面前？朕來猜猜看，是想要朕賜婚？」

「皇上。」凌宛如有些無奈的樣子。「便是賜婚，有哪家閨秀會自己來求請？」

楚琮明顯看來心情不錯。「妳倒說說看，謝家丫頭求些什麼？本來就是親戚，又吃了她的點心，朕自然要還了這個人情。」

「事情倒也不大。」凌宛如把謝玉和霽雲之間的糾葛說了一遍，末了又道：「就說謝家丫頭更識大體，被人指著鼻子呵斥，也委委屈屈地忍下了，臨走時還跟臣妾說，容公爺剛建了大功，她不能惹容家小姐不高興。那容家小姐臨走時還揚言，說是定要讓她爹爹出面，好好代她教訓那些膽敢冒犯她的人……玉兒的意思，想讓臣妾從中周旋一下，說是自己受辱事小，切莫要因此事連累了宗族才好。」

楚琮放下手裡的點心，眉宇間閃出一抹深思的意味。「那容家女竟這般不成器？」

「倒也不算是不成器。」凌宛如嘆道：「只是作為女孩兒家，未免太貪財，也太囂張了些。臣妾聽了都替容公慶幸，虧得不是個兒子，要不然這容家……」

皇上本就要尋容家的錯處，這容家女又如此囂張，明顯就是個現成的把柄，皇上自然可以拿來作為發作容家的藉口，到時候自己不費一兵一卒，就可以打壓容家，進而剪除楚昭的羽翼……

不得不說凌宛如是揣摩人心的高手，若容文翰沒有替霽雲請封世女，霽雲這般作為，自然會令楚琮對容家更加厭惡，可是現在……

一想到容文翰竟為了自證清白，要立這麼個無用的女兒做世女，楚琮就覺得五味雜陳。愧疚之下，連帶著對謝家、甚至面前的太子都有些惱火。若不是他們這些人在後面煽風點火，自己又何至於懷疑文翰至此？

只是，即便知道容家女兒若是做財主倒好，可要撐起容家，那是萬萬不行，自己卻還是要准了容文翰立為世女的請求，即使於心不忍，也絕不願大楚交到皇兒手裡時，會有任何一個不穩定的因素存在。

而那紈袴女，勢必意味著容家勢力的終結。

這樣想著，心裡對容家更愧疚了，甚至皇后口裡那囂張的容家小姐也多了幾分率真可愛。

罷了，自己以後多看顧、補償這對父女倆便好，如此，自己也可以放心大膽地重用文翰了。

瞧著楚琮匆匆離開的背影，淩宛如面上顯出愉悅至極的笑容來。

只是過沒多久，一個晴天霹靂的消息傳來。

皇上接連下了兩道聖旨。

第一道，容文翰攝丞相之位，統領百官。

第二道，容家有女容霽雲，識大體、知禮儀，堪為京中閨秀典範，特敕封為容家世女，賞千戶，封郡君……

據說這兩道聖旨一下，皇后大為震驚之下，長長的手指甲都給拗斷了。

第七十一章

直到來至容府大門外，容清韻心裡還有些彆扭。

弟弟容文翰做上丞相的位置是理所應當，可姪女兒，自己領教過了，德容言功，也就酷似阿弟的一張臉還說得過去，至於其餘幾條，可是一點都沒看出來。

皇帝偏偏下了一道聖旨，說什麼「容氏女霽雲德容言功，無不上佳，不愧出身世家名門，堪稱閨秀典範」。聽說這道聖旨一下，一向高傲得不得了的謝家小姐，差點氣暈過去。

這之前，京城中一般默認謝玉才是名門閨秀的楷模，頭上的光環卻被皇帝奪了去，硬生生套到容家人頭上，說心裡不高興那是假的，可高興之餘，容清韻又有些惴惴不安，尋思著怎麼也要名副其實才好，可別姪女兒一出場沒成典範，倒是貽笑大方。

那時丟的不只是這丫頭自己的臉面，便是整個容家都要為之蒙羞了。

本想把這些話說給阿弟聽，憑他現在的身分，找個好的嬤嬤教養霽雲，自然不在話下，可再一想，又打消了這個念頭。

自己就沒見過像阿弟那般寵女兒的，真真是疼到心窩裡了，要是讓他去教，姪女兒說不定更無法無天。

想來想去，只有自己出馬了。

正好，公公剛升了禮部尚書，便央了夫君去公公那裡好說歹說，託了宮裡的門路，找了大楚皇宮中最嚴厲的鄭嬤嬤。那位老嬤嬤手下，可是教導過好幾位公主。

這一大早，容清韻和婆婆打了個招呼，就帶了鄭嬤嬤往容府而來。

剛進府門，便有僕婦迎上來，有人上前扶住容清韻和鄭嬤嬤，有人則急急往後跑，說是要去稟報小姐。

「回來。」容清韻道，慢聲吩咐。「不是什麼外人，我自去尋姪女兒。」那僕婦爽快應了，小心跟在眾人身後。

一路上，只見庭院一塵不染，竹林漠漠生煙，園中百花齊放，枝頭鳥兒宛轉……下人見有人來了，也並不驚慌躲避，或上前見禮，或垂手侍立。

一路走來，容清韻心裡訝異之餘，不覺得意。自己阿弟就是不一般，不只上戰場打仗厲害，就是管家也很有一套呢。之前溪娘管家時，容家也是一派和氣，可總覺得少了些規矩，讓人看著心裡不舒服。

這次再來，卻是明顯不一樣了，裡裡外外井然有序，大家各司其職，做事有條不紊，便是最規矩的世家也不過如此吧？

旁邊的鄭嬤嬤也不覺點了點頭，心裡暗道：果然不愧百年世家，容家可算是自己去的世家門第中最有貴族風範的，甚至對容家小姐也有了絲好感。這樣頂級的世家，又怎會教出不懂事的孩兒？那容小姐多半也是好的，不然怎麼皇上會下旨表彰？

「就苦了我那阿弟了。」容清韻對身邊的鄭嬤嬤感慨道：「又當爹又當娘，外有政事纏身，回到家還要處理府裡的內務……」

旁邊跟著伺候的僕婦臉上露出了一絲笑容，卻是抿了抿嘴角，沒說話。

容清韻瞟了那僕婦一眼。「妳笑什麼，我說的不對嗎？」

那僕婦嚇了一跳，忙跪下。

「姑奶奶恕罪，奴婢不敢說姑奶奶不對。」

「不敢？」容清韻皺了下眉頭。「我倒要聽聽何為不敢？放心，妳只管說，我不怪妳就是。」

那僕婦這才鬆了口氣，又磕了個頭，方道：「奴婢啟稟姑奶奶，咱們這府裡啊，一直都是小姐打理的，公爺只管回家吃好喝好睡好就成。啊呀，奴婢該打，這後一句是咱們小姐說的。」

當時小姐說完這一句話，公爺開心地笑了半晌才停住呢。

「小姐？」容清韻一愣。「妳說是霽雲？」

轉而又有些不以為然。「是不是你們表小姐讓妳這麼說的？」

她心裡已是認定了，若不是阿弟的手筆，那定然是溪娘的功勞了。想著從前阿弟不在家，溪娘管著時就有些力不從心，現在阿弟回來了，對下人約束著些，這府裡自然就規矩了。

「怎麼會！」那僕婦卻是為霽雲叫屈。「表小姐身子骨弱，這段時間一直在後面養病，根本就沒出來過。府裡上上下下、裡裡外外都是小姐一個人看著呢，您要不信的話，可以問其他人，咱們小姐真是頂能幹的！」

其他僕婦、丫鬟也紛紛點頭附和，便是原來伺候自己的張嬤嬤也連連說府裡的事就是小姐一人操勞。

容清韻徹底呆住了。其他人也罷了，張嬤伺候了自己那麼久，最是忠心不過，決計不敢騙自己的，既然張嬤嬤都這樣說，定然是真的了。

只是，這事也太匪夷所思了吧？

霽雲才多大，滿打滿算也差不多十三、十四啊，怎麼就能管好這麼大一座容府？別說是她，就是交給自己，怕也不可能管得比這再好了。難道真的是自己看錯了這個姪女兒？

轉過一道迴廊，迎面便看見一座亭子，一個身著鵝黃衫子的纖秀少女正背對著眾人揮毫潑墨，遠處亭臺樓閣，近處碧水潺潺，又有鮮花搖曳翠竹披拂，配上少女行雲流水的動作，當真是如詩如畫。

聽到身後的腳步聲，少女放下手中的筆，轉過身來，不是霽雲又是誰？

霽雲也看到了容清韻，愣了一下，忙快步接了出來。

「姑母。」又緊著對一旁的僕婦道：「怎麼姑母來了，也不趕緊來說一聲？我也好去府門外迎接。」

那些僕婦頓時吶吶。

「倒不是她們的錯。」容清韻忙道。「是我不許她們說的。」又一指旁邊的鄭嬤嬤。「這是宮裡的鄭嬤嬤，妳快過來拜見。」

霽雲忙聽話地行了一禮。

「鄭嬤嬤，雲兒有禮了，方才不知道是嬤嬤，若有失禮之處，還請嬤嬤原諒才是。」

鄭嬤嬤瞧著霽雲雖然年齡尚小，但說話有條有理，舉止穩重大方，行起禮來也是有模有樣，點了點頭。

「是老身貿然登門，打擾了小姐才是。」

「嬤嬤說哪裡話。」霽雲忙搖頭，臉上露出一抹純真的笑容。「雲兒有句話，不知該問不該問？」

「小姐請講。」鄭嬤嬤點頭。

「前些日子，我家祖母同我說起在宮中的事，說有一個好姊妹，姓氏和嬤嬤一般，不知嬤嬤可認識？」霽雲一本正經道。

鄭嬤嬤繃著的臉忽然露出一絲笑容。

「晴兒還記得我？那敢情好。」

「您就是鄭奶奶嗎？」霽雲一把摟住鄭嬤嬤的胳膊，神情驚喜中又有些心虛。祖母的辦法不知可中用？這樣做，是不是有投機取巧的嫌疑？自己倒不是怕嬤嬤如何折騰自己，只是祖母唯恐嬤嬤會拘著自己，才嚴令自己一見到嬤嬤，一定要馬上提起往事。

要是鄭嬤嬤知道，自己當年的好姊妹也會算計她，不知道會不會生氣啊？

「鄭嬤嬤，祖母昨兒個還念叨您呢，說什麼時候能再和您一道喝菊花茶吃芙蓉糕就好了。」

鄭嬤嬤一輩子未婚，年紀又大，很少再和霽雲這般小的孩子接觸了，現在乍然有這麼個小姑娘親密依偎在自己身邊，心裡頓時暖洋洋的，又聽霽雲說起當年往事，心裡愈加感動。

「好孩子，待會兒嬤嬤先給妳授課，然後再去找妳祖母敘舊。」

啊？霽雲愣了下，咧了咧嘴。鬧了半天，自己的舊事是白提了？還得先挨訓？一抬頭正瞥見容清韻幸災樂禍的笑容，霽雲有些難為情，卻又極快地衝著容清韻做了個鬼臉。

容清韻真是哭笑不得。剛才還說自己姪女兒治家有方，真是少年老成呢，這會兒就原形畢露了。

到了主院，容清韻自去見太夫人，霽雲則乖乖跟著鄭嬤嬤往書房而去。

待到了門前，霽雲忙搶上前一步，扶住鄭嬤嬤的胳膊。

「這裡門檻有些高呢，嬤嬤小心著些。」

鄭嬤嬤愣了下，心裡對霽雲的好感又多了一層。怪道自己那好姊妹會這麼替這小丫頭著想，這般蕙質蘭心的可人兒，當真招人愛。

以往也教導過其他公侯之家的小姐，哪個不是眼高於頂、看自己的神情高高在上？

「坐吧。」鄭嬤嬤抽出自己的手，並沒有把心裡的讚許表現出來。

「是。」霽雲應了一聲，端端正正坐好，卻又忽然把併著的雙腿微微開了些。

鄭嬤嬤嘴角一半的笑意一下斂住，疑惑地皺了下眉頭。

明明她的坐姿就是標準的大家閨秀姿勢，卻為何要在最後有此敗筆？

心裡忽然一動，指了指手邊的茶杯。

「口渴了嗎？喝口水吧。」

「是。」霽雲仍是答得柔順，輕輕捏住茶杯，衣袖舉起，微微掩住半張臉，姿態優雅地抿著杯裡的茶，卻在放杯子時，落音明顯重了些。

「丫頭，」鄭嬤嬤笑笑瞧著恭恭敬敬垂手而立的霽雲，慢吞吞道：「其實妳可以做好的，對不對？」

「啊？」霽雲愣了下。

「妳方才的那些瑕疵，其實都是故意為之，我說的可對？」鄭嬤嬤抿了口手邊的茶，又是一怔。竟是自己最喜歡的菊花茶呢。

「被您瞧破了嗎？」霽雲有些懊惱，揪住鄭嬤嬤的衣袖搖了搖道：「嬤嬤，您別生氣好不好？我只是不想您走。」

「啊？」鄭嬤嬤一愣。

「您看，您之所以到我們容府來，就是為了教導我。要是我什麼都會了，您不是馬上又要離開嗎？平日裡，祖母總是寂寞得緊，您在宮裡，有時也會有些不自在吧？要是這麼快就走了，祖母一定會難過的。所以……」

她踮起腳，附在鄭嬤嬤耳朵旁道：「嬤嬤，我們作一場戲，裝作我什麼都不會，然後您每天教導我一會兒，剩下的時間就和祖母一塊兒品茶吃點心，好不好？」

「好孩子。」鄭嬤嬤的眼睛一下濕潤了，伸出蒼老的手在霽雲髮上不住摩挲著，嘴裡喃喃道：「真是好孩子，怨不得公爺和晴兒都那麼疼妳。唉，晴兒也是個有福的，有妳這麼個貼心的孫女兒……」

容清韻沒想到不過一盞茶時間，鄭嬤嬤就和霽雲回來了，心裡頓時一緊。

「嬤嬤。」

不會吧？這個姪女兒竟是如此頑劣，這麼快就把嬤嬤給氣回來了？

「這孩子是笨了點，可您也知道她一直流落在外，您好歹看著些我和阿弟的面子，怎麼著也得——」

卻被鄭嬤嬤打斷，神情很是不以為然，甚至還有隱隱的指責。

「夫人說哪裡話來？雲兒這孩子可是老身教導過的公侯小姐中最聰慧的一個，皇上下旨說她堪為世家小姐之典範，委實精當。」

啊？容清韻這次是真傻了。若說皇上下旨表彰霽雲，那是看了阿弟的面子，這鄭嬤嬤可是最鐵面無私的，即便母親和她有幾分交情，也決計不會這般偏袒那丫頭。

她狐疑地瞧著霽雲。難道說，自己真看錯她了？

霽雲卻是抿嘴一笑，上前挽了容清韻的手。

「姑母，雲兒帶妳去看一樣好東西，保管妳喜歡。」

容清韻怔怔地任霽雲拖著，往霽雲的閨房而去。待看到擺放在桌子上的那一整套珍珠頭面，呼吸頓時急促起來。

可不是自己喜歡了很久的那套首飾？

夫家雖也清貴，於錢財卻不甚在意，更何況自己又是次媳，不能當家，雖然想要得緊，也只能忍著，沒想到在姪女兒這裡見到了。

「姑母一直以來都為姪女兒著想，這次又特意從宮裡請了嬤嬤來教導，姪女兒心裡很是感激不盡。」霽雲說得誠摯。這個姑姑雖是待自己並不十分親厚，卻從沒有害自己的心思，便是對容府也是多所維護。「雲兒就買了這套珍珠頭面想要送給姑母，姑母看看，可還喜歡？」

「喜歡，當然喜歡。」容清韻自然分得出霽雲是真心還是假意，又是感動又是慚愧。「姑母是長輩，應該送給雲兒禮物才是，怎麼能反倒要妳的東西？再說了，這麼大個容府，維持起來也不容易，雲兒趕緊收起來吧，可不能再亂花錢了。」

「這些不值什麼的。」霽雲忙道，想了想又道：「我手邊倒有些能人很會打理商鋪呢，對了，姑姑若是放心，不妨把商鋪也交給他們打理也行。」

「真的嗎？」容清韻頓時又驚又喜。自己手裡是有些陪嫁的鋪子，生意卻是慘澹得很，不然也不會連個體己錢都幾乎沒有；再者膝下孩子也大了，也該給她們攢些嫁妝了，早聽說隆福大街那幾處商號，姪女兒就整治得很興旺，要是能把自己的鋪子也管起來，那實在是再好不過了。

她又想到一件事。

「對了，妳小姑姑也有一處鋪子，她隨了妳小姑父去了外地，不然也一併交予妳如何？」

霽雲也點頭應了。

送容清韻歡歡喜喜地離開，霽雲轉過一個抄手遊廊，一座闊大的亭子裡，阿遜和傅青軒等人都在座，看到霽雲，都看了過來。

「丫頭，如何？」問話的是傅青軒。

「謝謝三哥的頭面，姑母很喜歡呢。」霽雲笑呵呵道，傅青軒頓時鬆了口氣。

看阿遜冷眼旁觀，忙又跑過去，狗腿地道：「阿遜的消息可是最靈通，一早就知道了姑母會請鄭嬤嬤來。」

阿遜這才低下頭，笑笑地喝了口茶。

「丫頭，真是沒良心。」一陣腳步聲傳來，卻是楚昭踏步而來。「就不用謝謝楚大哥了？」

「謝楚大哥上好的菊花茶和芙蓉糕。」霽雲忙笑道。

「傻丫頭，這麼容易就滿足了。」楚昭神情溫和，瞧了霽雲半晌。「雲兒，這輩子，楚大哥欠妳和相父最多……」

若不是為了自己，相父和雲兒又怎麼會處在這樣的風口浪尖上？可憐雲兒小小年紀，便被放到烈火上炙烤……

自己何嘗忍心再讓雲兒痛苦……罷了，這輩子，只能把這份感情放在心底了。

他看向一邊的阿遜。「安公子，陪我走走吧。」

阿遜點頭，跟了上去。

一直走了很久，楚昭才站住，忽然轉過身來，朝著阿遜一拳打了過去。

阿遜愣了下，卻是沒還手。

楚昭用的力氣極大，阿遜一下飛了出去，楚昭竟是跟著上前，又是一拳打了過去，卻被阿遜一把握住拳頭，冷聲道：「夠了。方才那一拳，只是謝謝你沒讓她為難。」

前些日子就聽祖父說過，皇上要為昭王爺選妃，看來事情終於定下了。

「若是孤堅持……」楚昭神情挫敗，終於止住了話，瞪了阿遜一眼。「孤那麼好的妹妹，一想到這一點，孤就恨不得一拳揍死你。」

若是自己堅持，甚至願意放棄皇位的話，應該也可以娶雲兒回去吧？可是，死去的母妃，這麼多年的隱忍，自己的不甘心……

而且，自己怎能忘了，只有登上最高的位置，才能保護自己想要保護的人……

阿遜起身，撣了撣身上的灰，鄙夷地瞧了楚昭一眼。

「那是我的雲兒。」

不管你想些什麼，她都不會和你有一絲關係，因為她是我的，只要我活著一天，就不允許任何人奪走的！

第七十二章

安府。

「鈞之也是個有志的，就是心氣太高了些……」安老夫人嘆息著。

安鈞之如今已是才名遠播，卻因他兩年多前當眾立下誓言，說是不立身便絕不成家，一定要等到大比之年，進士及第後方行娶妻之事。

和被譽為安家千里馬的安鈞之相比，嫡孫安彌遜的表現卻是過於荒唐了些，聽說不只好男風，更兼遊手好閒、無所事事，每日裡遛鳥逗狗，日子雖是過得逍遙，卻也太沒志氣了些。

「就只咱們家的遜兒……」提到自己寶貝金孫，老夫人只剩下無奈。「你說當初錚之那麼拗的性子，老爺面前都是嚇得瑟瑟發抖，遜兒倒好，可比他爹有膽氣，倒是不怕你，可就是……」更讓人愁白了頭。

自己這輩子也不求什麼了，只想著兒孫能夠功成名就，然後早日給鈞之和遜兒各娶上一房媳婦兒，哪知一個兩個的都對自己的話置若罔聞。

鈞之好歹有志於朝廷，遜兒倒好，根本對朝堂之事絲毫不感興趣不說，竟是一門心思地相中了容府的小姐。

「咱們錚之在遜兒這般年紀，已深得皇上愛重，你說這遜兒怎麼就……我可是把話撂在這兒了，除非我死，否則我怎樣都不許遜兒和容家結親！」

當初知道容家是小姐不是公子，自己曾經大喜過望，以為安家會娶一佳媳，哪裡料到緊接著便有消息傳來，皇上敕封容家小姐為世女！

老夫人頓時就傻了眼。這樣的話，豈不是意味著要和容府結親，自己好不容易覓回的孫兒要送給容家？

就是說到天邊去，自己也絕不容許有那樣的事情發生。

安老公爺卻沒有作聲。

坊間的傳聞他不是沒聽說過，也曾派人探查，這些無稽之談到底是誰放出來的，卻一直沒有什麼結果。遜兒的性子是寵辱不驚，並沒有放到心上，反而規勸自己不用去管，看他胸有成竹，只是不甚在意罷了。

老公爺最欣賞孫兒的也是這一點。外人只道他太溺愛孫子，卻不知他內心的遺憾。這般沈穩的性子，若是早幾年尋回，好好雕琢一番，必可成大器，可一則尋回得太晚，二則孫子容顏盡毀，已經注定今生和功名無緣，每每想到這些，他都是心頭大痛。

按理說，經過那麼沈重的打擊，孫子沒長歪已是人生大幸，行事方面便是極端些，自己也只有心疼，哪裡會抱怨。

這也是大楚朝皆曰老公爺待人待己一生嚴厲，唯有孫子太過驕縱，以致成了這般不求上進的模樣……

安雲烈卻比所有人都清楚，什麼不求進取、專好男風，自己早看透了，不過是遜兒心裡眼裡只有容家小姐一個人罷了。

知道這件事，卻不代表他能平靜地接受，仍是期望著說不定遜兒的臉治好了，再進了朝堂，接觸的人多了，自然就會把容家小姐淡忘。

所以這兩年多來，安雲烈更積極地幫阿遜延請名醫，期望著能把孫兒那張殘破不堪的臉龐修復到可以見人的地步。

哪知孫兒察覺了自己的心意，竟是把那些名醫全趕了出去，自己無法，想著時間長了，說不定遜兒的想法會有些鬆動，哪知兩年多過去了，孫子依舊是淡淡的，倒是自己不得不妥協。

罷了，這兩年來觀那丫頭行事，倒也是個有分寸的，雖然外人口裡囂張了些，卻從未做過什麼太出格的事，雖然為世家大族排擠，可是在民間闖出了好名頭，尤其做生意方面，當真是奇才，竟是開一家店興旺一家。更奇的是，只要跟她相鄰的店鋪也都會跟著紅紅火火，甚至有人說她是天上善財童子下凡……

不然就成全他們吧，阿遜既不能入朝堂，做個安閒自在的富家翁也好啊！至於這安府，也就只能交給鈞之算了……

「啊呀。」霽雲回頭，差一點撞到不知何時出現在身後的阿遜胸前，不由嚇了一跳。

阿遜忙伸手扶住。一觸到那柔軟的腰肢，只覺心裡頓時安定了下來。

兩年多來，兩人的身形都拔高了不少，霽雲已然是窈窕少女之姿，至於他更是寬肩窄背，體形修長，再加上長年習武，身材不是一般的俊逸挺拔。也因此，雖然到現在頭上並沒有一官半職，也依然是上京中數一數二的美男子。

霽雲揉了揉撞得有些疼痛的鼻子，微微後仰身子，拉開兩人之間的距離，壓低聲音道：「我無事，你莫擔心。」

阿遜慢慢鬆開手，深吸一口氣，終是輕輕道：「雲兒，妳及笄後，我便央人上門提親如何？」

「你——」霽雲一下羞紅了臉，啐了一口。「又來胡說八道。」

這般人來人往的大街上，怎麼說出這般混話？

「不是胡說。」阿遜貪婪地盯著霽雲紅紅的臉兒瞧，低沈的聲音有些喑啞，卻又有著說不出來的魅惑。「我想求娶的是妳這個人，所以才會想要先說與妳聽。」

「你再說……」霽雲跺腳，轉身便走。「我不理你了。」

阿遜愣了一下。雲兒這是生氣了？

霽雲走了幾步，身後沒有腳步聲，只得站住，回頭看了一眼依舊傻愣愣站在原地的阿遜。平時挺聰明的一個人，很多時候偏是糊塗得不得了！

哪有人跟尚在閨閣中的女孩子這般說話的……

她狠狠瞪了阿遜一眼。「呆子，還站在那裡做什麼？走了。」

阿遜忙跟上去，剛來至近前，便聽霽雲自言自語道：「我的事情全憑爹爹作主，誰有什麼事呀，只管去找他便好。」

說著，像是沒看到阿遜，只管慢悠悠地往前走。
阿遜呆了片刻，忽然狂喜，身形原地拔起，竟然在天上接連翻了五、六個跟斗。
「嘩！」來往路人目瞪口呆之餘，拚命鼓起掌來。霽雲則鑽進馬車，一迭連聲地對駕車的容五道：「快走、快走。」
這個傻子，怎麼這麼不靠譜，大街上做出這麼小孩子氣的事情。
哪知車門響了一下，眼前緊接著一暗，竟是方才還在天上飛的阿遜，又神不知鬼不覺地鑽到了自己馬車裡。
「雲兒，我臉上的面具。」阿遜喜孜孜地瞧著霽雲的臉，眉梢眼角全是笑意。
「面具？」霽雲愣了一下。「怎麼了？」
阿遜深深瞧著她的眼睛。
「幫我把它揭掉好不好？」
「不舒服嗎？」霽雲心裡一緊。想想也是，面具製作得再如何精良，可每日裡糊在臉上也肯定不舒服。她顧不得害羞，忙讓阿遜坐好，自己伸手慢慢在阿遜臉上摸索著，一點一點把面具揭開，忽然屏住了呼吸。
眼前是怎樣一張俊美無儔的臉。
那般斜長迷人的鳳眼，晶亮溫潤的眼神和著無限的深情，襯得車外的驕陽都失去了顏色。
霽雲不自覺抬手，慢慢撫上這張睽違已久的臉龐，眼中逐漸有些霧氣。正是毀容前阿遜的臉……還以為這張臉，一輩子都不會再見到了呢！

阿遜慢慢伸出手，蓋上霽雲的小手，輕輕摩挲著。

「喜歡嗎？送給妳的禮物。」

這張臉，這個人，都送給妳。

「嗯。」霽雲重重點頭，眼中的淚水極快地落下。「你的臉……已經全好了嗎？什麼時候的事？」

「一個月前就差不多了。」這幾日，便是那淡淡的印子也完全消失不見了，所以自己才巴巴地跑來給雲兒看。

「安老公爺知道嗎？」這兩年多來，自己每每聽說安老公爺派人遍尋名醫，現在知道阿遜臉好了，應該也很開心吧？

「不知道。」阿遜搖頭。「我並不打算告訴他。」

「不打算告訴他？」霽雲一愣。「為何？」

不告訴安老公爺，豈不是意味著阿遜要一直頂著這張面具過活？

「就是不想。」阿遜依舊是淡淡的。

祖父的心思自己清楚，一旦知道自己容貌已然痊癒，必會逼著自己晉身朝堂，甚至和霽雲的婚事……

若是這之前，自己大可不管不顧，扔下他們一走了之。可幾年來，祖父祖母對自己呵護有加、寵愛備至，從不讓自己受一點點委屈。人心畢竟都是肉長的，自己也不忍讓他們太過傷心，倒不如讓他們始終以為，自己的臉是殘破不堪的……

「是為了我吧？」霽雲怔了片刻，很快想通了始末，心裡頓時百感交集。世上多的是為了功名利祿不擇手段之人，唯有阿遜，卻是會為了自己，對那些權力富貴避之唯恐不及。

自己何幸，今生能遇上這麼一個情深似海的男人。

霽雲伸手圈住阿遜的脖子，身體微微前傾，緩慢而堅定地吻上他的唇。

阿遜神情一愣，瞬間狂喜，一把扣住霽雲的腰，往自己身前一帶，低頭就吻了上去，只是用的力氣大了，兩人的牙齒一下碰撞在一起，發出清脆的一聲。

「小姐？」前面的容五愣了一下。「怎麼了？」

「無事。」兩人身形立刻分開，卻是各自臉紅得像是能滴出血來。

「咦，那不是傅公子嗎？」容五忽然指著街角道。

霽雲探頭一看，正是四哥傅青川正和一個老夫子模樣的人言笑晏晏。

「我們下去，等四哥一起回去吧。」霽雲道。

馬上就是大比之期，自己正好買了東西要給四哥送去。

「那是國子監中學識最淵博的梁子清博士。」看霽雲很是疑惑地瞧著那老先生，阿遜輕聲道。

「是嗎？」霽雲聞言很是驚喜，也很是自豪。看那梁博士的模樣，對四哥很是欣賞呢。

傅青川也看到了霽雲和阿遜，忙和梁子清道別，笑著往霽雲這邊而來。

「四哥。」霽雲迎了上去，獻寶似的把方才採買的東西一一指給傅青川看。「這是禦寒的棉袍，這是上好的牛燭，對了，」又笑嘻嘻地拿出一個足有好幾層的食盒，衝傅青川晃了晃。「這是我和三哥特意請人做的，用的是上好的神陽木，雖然樣子不甚好看，卻是最實用不過，不但可保飯菜不腐，還可保溫呢。」

「神陽木？」傅青川愣了下。神陽木價比黃金，這麼大一個盒子，那得耗費多少銀兩？「太貴重了吧？」

霽雲卻是嘻嘻一笑，悄聲道：「四哥，你又不是不知道，阿遜和三哥有多能幹，我現在可是名副其實的大財主了，你就當劫富濟貧，幫我個忙好了。」

四哥明明年齡也不甚大，卻是最沈穩，而且年歲越長便越嚴謹，倒比三哥更像老成持重的兄長了。

「什麼劫富濟貧？又來貧嘴。」傅青川無奈，心裡卻是暖暖的。這丫頭就這個性子，一旦把誰裝到心裡，便覺得怎麼好也不夠，這般想著，便不想馬上和二人分開。「可巧今兒三哥不知從哪兒弄了些美味的鮭魚和大閘蟹，還有很多野味，正說要往你們倆府上送呢。」

若是平時，霽雲索性會讓三哥、四哥過府來用，只是眼瞧著很快就是大比之期，記憶不出錯的話，來年的春闈應是爹爹主持，而四哥今次鐵定是要應試的，還會成為這一科的新科會元。為了避嫌，自是不好再來往過密。

可爹爹現下已是身居相位，以他現在的地位，再做主考官怕是有些委屈了。

一邊想著心事，她一邊快步往容文翰的房間而去。

爹爹這般辛勞，生活上可不敢大意，不然怕是會累出病來。

哪料到剛轉過抄手遊廊，就和容文翰碰了個正著。看爹爹的樣子，像是又要出去的模樣。

「爹爹不在家裡用飯嗎？」

「雲兒。」容文翰的神情明顯有些疲憊，看到霽雲還是一喜，又是愛憐又是愧疚地拍了拍女兒。「爹還有事要出去一趟，待會兒怕是不能陪雲兒用飯了。」

「女兒知道了。」霽雲明白爹爹身上的擔子有多重。長期征戰之後，正是百廢待興，再加上即將到來的大比，幸好自己早有準備。

她把手中的食盒遞過去。「爹記得路上趁熱用些。」

容文翰臉上的笑容簡直要溢出來。虧得老天垂憐，把這麼懂事乖巧的女兒又給自己送回來。

將要離開時又想起一事，忙又站住腳，對霽雲道：「妳小姑姑他們一家要回來了，他們家在上京的房子長年無人居住，不若把闔府家眷先接到咱們府中來暫住，待那邊收拾好了，再打發他們回去。爹爹不及趕回，妳安排一下便好。」

庶妹容清蓮隨同調回上京的夫君回了京師，已經投了帖子，說是今日要帶了孩兒回娘家來。

霽雲點頭。「爹爹放心上朝就是，雲兒省得了。」

容文翰已經上了轎，想起一事，又探出頭來瞧著霽雲笑道：「雲兒，昨日的飯菜點心都很好，爹爹吃得很可口呢。」驕傲的語氣中有著掩飾不住的得意。

因這幾日太過繁忙，便是午飯也是在朝房中用的，只是每一次容七領來的飯食，花樣繁多不說，還味道鮮美，非常合自己的口味，惹得其他幾位老大人和剛升了兵部尚書的高岳豔羨不已。

飯畢更是把各自長隨給罵了個狗血淋頭，說是容府的長隨多能幹，能給主子領來這麼豐盛的午餐，他們倒好，卻是這般糟踐主子。

那些長隨一個個被罵得欲哭無淚，最後才哭喪著臉道出，容府的飯食根本是府中本就準備好的，不只容公，便是跟著的長隨們，也都有一份合自己口味的豐盛午餐，別說主子了，就連他們看著也是眼饞得不得了。

那一眾尚書頓時面面相覷、啞口無言。性子最為急躁的高岳，這回卻是蔫了半天，回家就對幾個小子破口大罵，說什麼「自己幾個兒子加到一塊兒，也抵不上容公一個女兒」。

「對了，今日裡用的那熏香倒好。」容文翰對隨侍在旁的容七道：「莫忘了，除了已用的，餘下都包起來送給小姐。」

昨兒個皇上讓內監送了上好的香料，說是有助於安神。自己本說讓人送給女兒的，卻不想這些奴才已經用上了，而且效果當真好，竟是一夜好眠。

哪知容七卻笑道：「相爺果然疼小姐。就只一件，昨兒個燃的香本就是小姐送來的，相爺再送回去，怕是小姐會不開心。其實不只爺房間裡的熏香，便是相爺的帕子、衣物，全是小姐親自挑選上好的香料，熏好後又一大早給爺拿來……」

自家小姐當真是玲瓏心思，便是交代他們給相爺帶的帕子，也都是放在特製的熏籠裡，抽出來一條都是暖暖的，熨貼得很……

聽說朝裡那些老大人正卯足了勁兒要和相爺比誰家的兒女更孝順，自己現在就敢打包票，肯定還是自家勝出！

第七十三章

霽雲這會兒卻已經忙碌開來。

於容府這樣的大世家而言，最是注重禮儀，小姑母雖算是自家人，畢竟已經嫁入別家，而且聽爹爹的意思，怕是已多年未回來過了。

這位小姑母，霽雲也曾聽容清韻說起過，雖容貌僅只清秀，性子卻是極好，而且尋的夫君雖是出身寒門，卻也是正經進士出身，放了外任後，自己也頗努力上進，又很會做人，這次入京，聽說是授了四品的京官實缺呢。

很快就有丫鬟來報，說是大姑奶奶容清韻帶著長女趙熙媛和五歲的兒子趙明晨到了。霽雲忙迎了出來。

容清韻已然下轎，正牽著一雙兒女往裡走，看到霽雲，頓時喜笑顏開。

這兩年多來，容清韻早對這個姪女兒心服口服更兼喜愛得不得了。

用容清韻的話說，又聰明又懂事又乖巧，還那麼能幹，這樣的好姪女兒真是打著燈籠也沒處找。

不怪容清韻會這樣喜歡，霽雲替她打理的鋪子，這兩年多就讓容清韻揚眉吐氣得很，雖說不上日進斗金，可月進斗金還是沒問題的。容清韻也是個有心計的，又經常拿出自己的體己錢給家人買各種禮物，自己的地位也跟著水漲船高，小日子過得當真舒心得不得了。

這會兒看著霽雲喜得什麼似的，丟開兒女的手，就把霽雲撈到了懷裡。

「姑母的好雲兒，快讓我瞧瞧，瞧這小臉兒，怎麼幾日沒見就瘦了？妳姑父前兒正好得了幾支上好的人參，我帶了兩支來，快拿去廚房讓他們給妳燉上。」

「謝謝姑母。」霽雲賴在容清韻的懷裡，逗弄趙明晨。「明晨，把你娘親讓給姊姊幾天好不好？讓姊姊也嘗嘗被人疼愛的滋味。」

趙明晨年齡雖小，卻最是老成，聞言不由苦惱，又想到表姊一向疼自己，半晌才點了點頭。

「娘親借給表姊幾天也好，只記得過些時日一定要還來才是。」

「那我要賴著不還呢？」霽雲實在忍不住，笑倒在容清韻懷裡。

容清韻也笑個不住，邊幫霽雲拍背邊道：「好了，妳還缺人疼？雲兒越發調皮了，竟是連姑母也敢調笑。」

霽雲這才起身，挽了趙熙媛的手道：「媛姊姊，我前兒新得了幾疋上好的布料，妳跟我去瞧一下，喜歡的話就讓人包起來。」

趙熙媛正值荳蔻年華，最是愛美，聽霽雲如此說，心裡很是歡喜，忙含羞帶怯地謝過霽雲。

一旁的容清韻卻有些感慨。明明媛兒比雲兒年齡還要大些，且在家族中，女兒也算是個拔尖的，可一比起姪女兒，就完全不夠看了。

幾人說說笑笑正往裡走，又有下人來報，說是二姑奶奶和府中家眷也到了。

聽說多年未見的妹妹到了，容清韻也很激動，便說和霽雲一道去接。

兩人來至花廳外，正好遇見容清蓮一行。

待看清容清蓮的模樣，霽雲就先愣了。

有容清韻在前，她想著容清蓮也定然差不到哪裡去，卻沒想到，明明年齡比爹爹還小，容清蓮的模樣看起來卻似一個蒼老的婦人。

雖是一身大紅的衣衫，渾身上下也算穿金戴銀，可怎麼也遮不去那滄桑的面容，便是眼神也是木訥無比。

容清韻的眼淚一下子來了，上前一把抱住容清蓮。

「我可憐的妹妹，妳怎麼就成了這般模樣？」

容清蓮還未答話，她身後一個衣著豔麗的女子卻是脆聲一笑，掩嘴道：「大姊莫要擔心，我家姊姊只是鞍馬勞頓，有些疲憊罷了。」

「妳是哪個？我們姊妹倆敘話也有妳插嘴的餘地？」容清韻自來眼裡揉不得沙子，聽女子如此說，臉色一下沈了下來。

畢竟出身公侯之家，婆家也極清貴，容清韻一旦繃起臉來，一身的威勢絕不是尋常女子所能比。那豔麗女子臉色一白，嚇得撲通一聲就跪倒在地。

「大姊恕罪，妾身是武郎君的側室周氏……」

容清蓮所嫁夫君姓武名世仁，也就是這周氏口中的武郎君。

但凡是正室，沒有哪個不厭煩妾室的，容清韻和夫君自來琴瑟和諧，因此對妾室也就更加厭惡。現在再看那小妾，養得水蔥一般潤澤，反倒是自家妹子這個當家主母，卻是憔悴滄桑，頓時大怒，指罵道：「一個低賤妾室罷了，算什麼阿物，也敢如此猖狂？我乃堂堂容府小姐、四品官員夫人，也是妳這種下作骯髒東西可以叫姊姊的？等見了我那妹夫，倒要請教請教這算是哪家的家教？」

那周氏本是一個小鄉紳的女兒，家裡本就是小門小戶，自嫁入武家，一向深得武世仁寵愛，府裡下人又慣會捧高踩低，日子過得比容清蓮這個正室還要滋潤，生了一個女兒又接連生了兩個兒子後，更是囂張跋扈，若不是武世仁從旁提點，說是容清蓮再是庶女也好歹是容府小姐，斷不可過於造次，怕是容清蓮的情形還會更慘。

所謂山中無老虎猴子稱大王，周氏心裡甚至把自己當了正室看待，又在外省多年，便是那些官家夫人也知道走誰的門路，對自家老爺更有好處，自是對周氏百般奉承，對容清蓮卻很是冷淡。時間長了，使得周氏越發猖狂，竟是養成了什麼場合都要顯擺一下的性子。

卻沒想這會兒被容清韻指著鼻子一陣痛罵，頓時又羞又愧又氣，又被對方逼人的富貴給嚇到，頓時跪在地上捂著臉嚶嚶哭泣起來。

周氏一哭，本是扯著她手的兩個男孩卻不樂意了，上前護住周氏，氣沖沖地衝容清韻嚷道：「妳是誰？幹麼欺負我娘親？我們要回去稟告爹爹。」

還有一個滿身綾羅、長相精緻的十多歲女孩雖是未曾開口，瞧向容清韻的神情卻明顯不滿。

「娘親？」容清韻有些愣怔，轉頭看向容清蓮。「他們是誰？」

容清蓮神情苦澀。「這是二郎、三郎……」

二郎、三郎？容清韻半天才明白過來，那不是說，就是妹夫的兒子？氣得幾乎咬碎銀牙。

「說什麼書香門第？這武家怎麼這般沒規沒距？當初可是他託了三媒六聘，我們才答應妹子下嫁於他，怎麼竟敢縱容妾侍做出這般無恥行徑？試問朝中哪一家的孩兒，竟敢當著嫡母的面喚一個下賤的妾室為娘親？若不是仗著我容家，他武家焉能有今日富貴？現在竟敢如此欺辱我妹子，當真可惡！」

因這個妹子性情自來老實懦弱，自己和母親阿弟商量，嫁入豪門怕是會被拿捏，就想著尋個寒門，有容府做後盾，好歹能平安喜樂一生。

明明那會兒在上京，武世仁待妹子還可以，怎麼現在瞧著，卻是和原先所見大相徑庭？既氣妹子太過老實，憑著堂堂容府小姐的身分還被人欺負成這樣子，更氣那武世仁和眼前這周氏，竟是就要命人把那兩個孩子和周氏一併轟出去。

霽雲卻是一愣，只覺「武」這個姓氏好像在哪裡聽過，想了下一時沒頭緒，便就先丟在一旁。

只是小姑母畢竟剛到，是非因果如何還不清楚，而且再怎麼著，小姑母還是武府正室夫人，那周氏也就罷了，不過是個妾，兩個孩子卻還是要喊小姑母一聲娘的，若是全都攆出去的話，怕於容府令名有礙，小姑母面子上也過不去，回府了怕也不好交差，便衝著容清韻笑道：「大姑姑見了小姑姑，便連雲兒也不要了。」

又衝容清蓮福身施禮。「小姑姑在上，雲兒有禮了。」

霽雲一開口，整個場面都為之一寂，容府所有下人神情頓時恭肅無比。

容清蓮方才便已注意到姊姊身邊這個衣飾華貴、不怒而威的明麗女孩，卻沒來得及探問，這會兒聽霽雲這般說，立時明白她一定就是兄長的愛女、自己娘家的唯一後人，並因被立為世女而名動天下的姪女兒容霽雲，忙握了霽雲的手道：「妳就是雲兒嗎？快讓姑姑瞧瞧。姑姑還以為，這輩子再也見不著親人了呢……」

嘴裡說著，卻已落下淚來。

那周氏卻是偷眼看了下霽雲，神情明顯很是訝異，忙給身邊滿臉不高興的女孩使了個眼色。

這就是那個容府世女？年紀這般小，定然很好哄騙。

那女孩兒怔了一下，竟是立即換上一副乖巧的笑容，衝著霽雲福身道：「這位就是雲姊姊嗎？妹妹香玉有禮了。」

霽雲一眼瞥過去，正好看到女孩頭上那枝九珠鳳釵，正是自己去年歲末時託人給小姑姑帶去的，神情頓時一冷。看女孩長相和那周氏極為肖似，分明是周氏所出，怎麼竟敢佩戴姑姑的東西？

那女孩被霽雲一眼掃來，只覺心裡發寒，本想撒著嬌求了霽雲讓自己娘起來，這會兒卻不敢再說半句話，那朵柔媚至極的笑容也僵在了臉上，竟是一副要哭不哭的狼狽模樣。

霽雲也不理她，依舊攙了容清蓮的手。「早聽爹爹說，小姑姑近日要回府省親，祖母和大姑姑也是念叨得緊。這會兒終於到了，實是咱們闔府的一大喜事，姑母莫要難過，咱們一家子團圓，該歡喜才是。」

容清蓮這才抹了淚，哽咽著連連點頭。

「正是、正是，姑姑只是太高興了。」

容清韻本要提點妹子幾句，看妹子這個樣子，又不由嘆氣。這麼個泥巴性子，怪不得受人欺負，也不知將來可要怎麼著才好。

幾人一路說著往裡而去，沒有人搭理那周氏母子四人。

周氏起也不是，跪也不是，臉色變了又變，終於憤憤地起身，派了僕婦和容清蓮說身體有些不舒服，然後徑直領了那三個孩子和幾個下人揚長而去。

聽了下人的回稟，容清韻好不容易壓下去的火氣又騰地上來了。

這哪裡是妾，分明就是祖宗，竟敢在容府面前來這一套！當下便要命人把那幾人給綁回來，卻被霽雲攔住，淡淡道：「姑母莫惱，那些沒眼色的東西，哪裡值得您動氣？她要走自便走即可，有什麼要緊？莫要再回來就好。」

容清韻聽得霽雲話裡有話，不由有些疑惑。

那邊，霽雲已經對旁邊侍立的僕婦吩咐道：「派人去後安街武府傳話給容福，就說我的話，那些器具什物都退回去吧，還有送去的僕人和打掃的雜役也一併帶回來。」

武家在後安街的那處宅子，本一直空著的，霽雲聽爹爹說小姑姑要回來了，就派了容福過去，想在姑姑回來之前好好修葺一番，再置辦些家具，省得到時候手忙腳亂，沒想到周氏卻來了這麼一齣。

容清韻一聽就樂了。還是姪女兒這個下馬威好，很快那賤人就會明白，武家的富貴可不是憑空大風颳來的，若沒有容家，武家連屁都不是！

周氏哪裡知道這些，一出了容府，便憤憤地上了自家馬車，氣得不住抹淚。

「夫人，咱們這是要去哪裡？」旁邊的僕婦小心翼翼道。

周氏狠狠啐了一口。「自是要回後安街的府裡，妳說要去哪裡！」

聽夫君的意思，府中正在修繕，現在應該已經是好了的。

那僕婦不敢再說，喏喏應了，小聲告訴了車夫，一行人便神情沮喪地往後安街武府而來。

剛來至街口，恰好和幾輛拉著漂亮家具的騾車碰頭，香玉探頭瞧見，一下看直了眼，扯了扯周氏的衣襟道：「娘親，您瞧那家具好生漂亮，全是咱們在贛南時沒見過的樣式呢。」

周氏瞧著也是兩眼發光，喃喃道：「等妳爹回來了，咱們央告他也買些這樣的家具來。」

等騾車過去，車夫這才趕著車子跟了上去，只是走沒多久，車子又停下。

周氏本就很是勞乏，又想到容清蓮這會兒在容府不定用著什麼山珍海味呢，越發惱火，對前面車夫斥責道：「這麼磨磨蹭蹭做什麼？照你們這般走法，何時才能到家？」

「夫人，不是我們不走，委實是那些騾車把前面的路給堵住了。」那車夫有些委屈道。

路被堵住了？周氏愣了一下，對旁邊的下人道：「去看看怎麼回事？」

那下人跑過去，很快又喜氣洋洋地跑了回來。

「啟稟夫人，是往我們府裡送家具的，東西太多了，搬得慢了些。」

「什麼？」周氏頓時大喜。那麼多漂亮家具真是要往自己家送嗎？喜悅之下，竟是馬上下車。「那敢情好，我先去瞧瞧，這麼貴重的家具可不要摔了才好。」

她忙進了武府，卻又有些心酸。院子倒也不算小，可是比起方才去的容府來，又實在天差地遠。

但看到那些漂亮家具後，又打起了些精神，上前張羅著擺放家具。

容福遠遠瞧見，聽僕婦下人對那女子一口一個夫人的，不由疑惑。明明這婦人模樣並不是自家小姐，又算是哪門子夫人？想著許是親戚，又把心頭的疑慮給壓了下去。

眼看著還剩下最後一張漂亮大床，不說那嗅著有隱隱香氣的木料，那上面雕工精細的富貴雲紋以及栩栩如生的大朵牡丹，無不讓周氏愛極，正張羅著讓人往自己房間抬，卻有一匹馬如飛而至。

馬上人三步併作兩步來至容福面前，附在他耳旁說了幾句什麼。

容福頓時一愣，轉而寒了一張臉，叫住正抬著床的僕人。「把床放回去。」

又指揮著眾人把方才放進去的家具全都搬上車子。

「喂，你們這是要做什麼？」周氏頓時慌了手腳，忙上前攔阻。

容福鄙夷地瞧了周氏一眼。

「我們小姐有令，這一應家具什物本是給姑奶奶預備的，現在姑奶奶身體有恙，要常住容府，這些東西自然還要拉回去。」

周氏一下傻了眼。「給你們姑奶奶的？」

旁邊的容府僕婦早對周氏竟敢以夫人自居不滿，這會兒也涼涼道：「那是自然，這般富貴的東西，又豈是一個上不了檯面的姨娘可以享用的，沒得折了壽！」

第七十四章

剛才還滿滿堂堂的屋子很快變成空空如也，甚至房間裡的中堂橫幅也被容福著人取下，疊得整整齊齊，放在車上一併拉了去。

看那模樣，若是可能，讓工匠修繕好的房屋院子，容福都會讓人恢復成原樣。

周氏氣苦至極，武香玉也因為方才一眼見著就喜歡的漂亮銅鏡被搬走而不住抹眼淚，周氏的兩個兒子看到母親和姊姊的模樣，也跟著哭泣起來。

武世仁進院子時，正看到周氏四人哭成一團的模樣，不由大驚，忙快步上前。

「這是怎麼了，怎麼哭成了這般模樣？是誰欺負了你們嗎？」

周氏卻撲通一聲跪倒，抱著武世仁的腿哭道：「老爺、老爺，我的命怎麼就那麼苦呢！」

周氏本就嬌小，雖是生了三個孩子，仍是身形窈窕，哭得這般梨花帶雨，惹得武世仁頓時心痛不已，忙扶了起來，溫聲道：「蕙兒，到底怎麼了？妳先起來，慢慢說與為夫聽。」

又抬頭衝著房間怒聲道：「夫人，蕙兒和孩子們哭成這樣，妳怎麼還待在房間裡？」

聽武世仁如此說，那周氏哭得更加悲傷。

「老爺，姊姊那般高貴身分，豈是我們娘兒幾個這麼低賤的東西可以高攀得起的？妾身瞧著，您還是給我一封休書，打發我們娘兒幾個去了吧，也省得在這裡受人羞辱。」

受人羞辱？武世仁一愣，臉色更加不好看。

「到底怎麼回事？妳慢慢說來。」

周氏看武世仁動了氣，這才擦了把淚道：「老爺，從嫁給你的那一天，我就知道，這輩子我是抬不起頭了，可是再怎麼著我也甘願，只因蕙兒心裡，我的夫君從來都是頂天立地的男子漢，可他們怎麼能那般說你？」

「他們說我？」武世仁一下迷糊了。

「是。」周氏流著淚點頭。「咱們自小相識，你是什麼樣人，我豈會不知？那時你家貧寒，卻最有志氣，讀得一肚子的好詩書，最終金榜題名，有了今日這般成就……」

而這段患難之交，也是周氏最大的依仗。

武世仁家鄉本是鄉居野地，鄰里之間都很熟識，周氏和武世仁少年時便生了情意，奈何周家看不上武世仁，在武家上門提親時把人給趕了出去。

誰知武世仁負氣之下進京趕考，竟是中了第十名進士，更是娶了家世顯貴的容家小姐，一時成為京中新貴。

武世仁衣錦還鄉，本是想要羞辱周家一番，哪知見了周氏，幾次私會又舊情復燃。周家看武世仁富貴，竟連夜雇了頂小轎把人送到武家，容清蓮又是個沒主見的，武世仁不過略一哀求便鬆了口，允了周氏進門。

在上京時，武世仁自不敢讓人知曉，放了外任，卻堂而皇之把周氏接了過去，甚至周氏所出的女兒，竟不過比容清蓮的女兒小了不足兩月罷了。

這會兒聽周氏這般說，武世仁臉色沈了下來。
「妳是從容府回來？夫人呢？」
「大娘這會兒不知怎麼得意呢。」武香玉也拭著淚道。「爹爹不知，那容府人好生蠻橫，竟說什麼爹爹的富貴全是靠了他容家才得來的。娘親氣不過，就和他們辯了幾句，竟就被摁著跪倒在地，更在最後，把娘親和我還有兩個弟弟全都給趕了出來。大娘她卻是冷眼瞧著，一言不發……」
「我早就同爹爹說過，大娘心裡只有大姊和小弟罷了，哪有我們姊弟三個？」
說完，和周氏抱頭痛哭。
「老爺，蕙兒從不曾和姊姊爭過什麼，怎麼姊姊還是這般容不下蕙兒呢？難不成真要蕙兒死了，姊姊才甘心嗎？」
「她敢！」武世仁大怒，回頭對管家道：「馬上套上車子去容府，把夫人接回來。」又柔聲撫慰著周氏。「蕙兒莫要難過，都是為夫不好。妳放心，有為夫在，定不讓任何人給妳受委屈，待會兒妳看我給妳出氣。」
那周氏這才止了淚，又小聲委委屈屈地說了方才容府送來家具又派人拉走一事，武世仁忙打包票。
「妳和玉兒只管去看，看中了就買回來。」說著進了房間，從容清蓮的體己匣中拿出幾張銀票，狠了狠心又捏出兩張，一併遞了過去，很是慷慨道：「這是一千兩銀子，妳們盡可以買些喜歡的東西。」

那本是容清蓮陪嫁的幾處鋪子所得的出息，只是在武世仁心裡，卻早成了自己的東西。好一番撫慰，才使得周氏終於破涕為笑。

周氏又忙張羅著給武世仁更衣，兩人一番溫存後，周氏這才乘了車和香玉直奔上京最有名的家具行而去。

「娘，妳說，爹這回會如何責罰那個女人呢？」香玉抱著周氏的胳膊得意地道。

周氏瞥了女兒一眼。「胡說什麼？妳爹什麼時候罰過妳大娘？不過是她不懂規矩，讓她抄抄女戒罷了。」

「是。」武香玉伸了下舌頭，忙點頭笑道：「爹爹從不曾罰過大娘。」

只不過，會經常讓那女人抄女戒抄到手軟罷了……

「抄女戒？」霽雲皺了下眉頭，不解地看了一眼神情忐忑的武香蘭，也是小姑姑所出的嫡親表妹。

武香蘭點頭。

在外面，娘親受了多少苦，只有自己和阿弟最清楚。

明明娘親是正室，在府中卻過得連妾都不如，甚至自己織布裁衣，即便如此，還要不時受姨娘和他們的孩子欺負。

這樣也就罷了，更可怕的是父親對母親的懲罰，倒是從來不動手，卻是準備一個黑漆漆的小房間，然後堆了滿房子的紙。自己曾偷偷跑去瞧過，隔著門縫看到府裡最凶悍的柳嬤，不停讓娘親寫著，便是累了也絕不許換一下姿勢。而且受罰時，娘親一天不過一頓飯罷了，那樣的懲罰從來不是一天、兩天，而是少則數日，多則一月也說不定……

甚至有一次，自己偷偷跑去看時，娘親正跪在地上，瘋子一般地拚命撕咬那些紙張，咬得自己滿嘴鮮血淋漓都不停下來……

武香蘭抹了把淚，抬頭看向霽雲。

「雲姊姊，妳幫幫我娘好不好？蘭兒知道姊姊是個有本事的，姊姊能不能替娘親想個法子。今兒這事，只怕姨娘又不知會怎樣和爹爹說，娘回去，怕是又要被罰著抄女戒……」

「妳的意思是說，小姑姑每次被罰，大多是因那周氏而起？」

武香蘭咬了咬牙，雖是家醜不可外揚，卻也明白要想幫娘的話，就不要瞞著這個並不比自己大多少的表姊，當下點頭。「是。」

霽雲怒極。「好、好，真是好一個讀書人！」

這武世仁書都讀到狗肚子裡了吧？這分明就是寵妾滅妻，虧得小姑姑回來了，不然再得些時日，怕是人不魔怔也活不長久！

好不容易平靜下來，長吁一口氣。

「我知道了。妳放心，妳娘是我容府的小姐，想要欺負她，還得看我答應不答應。」

雖然霽雲並沒有說要如何幫娘親，但聽了這句話，武香蘭的心還是一下放了下來。也不知為什麼，她就是覺得雲姊姊是個可依賴的。

送走武香蘭，霽雲當即讓人喚來容福和張才，細細交代了一番，兩人領命而去。

很快，武世仁打發來的僕人就到了。那人本還想端著架子，哪知卻被家丁毫不留情地攔在門外，無奈之下，只得不停央告，說是老爺說了，讓見一下自家主母，說幾句話就走。

在外面等了半晌，人家卻只懶洋洋地道：「我們小姐說了，回去告訴你家老爺，實在是姑奶奶被那些個不長眼的東西給氣著了，現在還躺在床上起不來呢。」

說完，就再不搭理那下人。

那下人無法，只得悻悻地回了府。

武世仁聽了回稟，登時大怒。這一回上京，還長本事了，竟連自己也敢反抗了！當下冷聲道：「既然如此，就讓她在娘家住著吧。」

心裡更是暗自得意。別人不知道，他卻清楚，這些年逼著容氏抄女戒，最大的效果便是在容氏心裡，自己就是她的天，自己就不信，她敢拗了自己的天！

武世仁不相信就憑自己那個炮仗一樣沒有一點腦子的大姨子，還有剛被立為世女的黃毛丫頭，就能把容清蓮給扳了回去。

那邊，周氏和香玉也已經打聽出來，她們方才見到的漂亮家具，全是一家叫祥豐的家具行的。

兩人興沖沖地跑過去，果然見到店裡正擺著和方才一模一樣的家具。

看兩人摸著家具愛不釋手的模樣，那掌櫃的忙笑著過來伺候。

「夫人小姐果然是識貨的，我們這店裡的家具用的全是上好的黃寶木，便是這花樣也是上京最好的工匠雕刻，最是適合兩位這樣的尊貴身分。」

「是嗎？」周氏的虛榮心得到了最大的滿足，故作矜持道：「看樣式倒還不錯，這些家具我們全要了。」

那掌櫃的忙點頭。

「好好好，敢問貴府在哪裡，我們這就著人送出去。就只一條，」說著似是很為難的樣子。「我們東家說了，這都是好東西，若有人要的話，需要先把銀兩交割清楚……」

「那是自然。」周氏傲然一笑，信手摸出銀票就要遞過去。「這些家具一共需要多少銀兩，你只管說來就是。」

「不多，」那掌櫃微微一笑。「一應物事，共需一萬一千兩銀子。夫人既是這般爽快，那零頭我就替東家作主不要了，夫人拿一萬兩即可。」

周氏身子一歪，險些沒嚇得趴下。

「你說多少？」

「白銀一萬兩。」那掌櫃又重複了一遍。「夫人交代我們一聲貴府在哪裡，我們這就著人送過去。」

周氏渾身一個激靈，張著嘴卻是說不出話來。天老爺，白銀一萬兩，兩人一輩子都沒有見過這麼多銀子啊！這是什麼家具啊，簡直堪比黃金！

「夫人不知道，這黃寶木可是取自西岐，木材紋理細膩還在其次，主要是它本身自帶有一種微微的香氣，用了可以延年益壽，不然，夫人您聞聞看。說實在的，這一萬兩銀子還是因為這些家具本是容府買去的，可他們不知什麼原因，寧願讓我們少退五千兩銀子，也非要送回來，因此我才敢作主一萬兩賣給您，不然這套家具，您至少要拿出一萬五千兩銀子呢！」那掌櫃又絮絮道。

看周氏始終木著一張臉不說話，臉上便有些鄙夷，興致缺缺地轉身要走，嘴裡還咕噥道：「也就容家那般富貴人家的小姐配得上這套家具，明明手裡沒錢，還偏要打腫臉充胖子……」

周氏氣得牙都要咬碎了，卻沒一點辦法，只得灰溜溜地離開了家具行，垂頭喪氣地回了武府。

看兩人空手而歸，武世仁很是奇怪，待聽了事情的來龍去脈，也嚇了一跳，一想容家竟然送來那麼貴重的一套家具，卻又拉走了，那哪是家具啊，那是白花花的一萬兩銀子啊！真是肉疼得不得了，也因此更加氣憤容清蓮竟敢宿住容府不歸的行徑。

看武世仁一時咬牙一時為難的模樣，那周氏忙道：「那家具咱們不要也罷，就只是妾身和玉兒一路也探問了，這上京中東西都貴得不得了，竟是薪桂米珠，咱們這點銀子怕是不濟事……」

「無妨。」看周氏沒有再糾纏著那套家具的事，武世仁終於鬆了口氣。「咱們京中還有兩、三處鋪子，要用多少銀子，妳說一聲便可。」

這兩、三年裡，容氏的那幾處鋪子生意著實紅火，供一家人在上京中吃穿應該沒什麼問題，而且上京米貴也是實情，置辦些家具和必須用品的話，手裡的這些銀子怕是不夠使。

兩人商議妥當，武世仁馬上派了管家去那幾間商號支取銀兩，哪知那管家去得快，回來得也快，卻是帶回了一個幾乎把武世仁給氣昏過去的消息。

商號裡掌櫃說了，鋪子是他們小姐的，想用銀子的話，除非他們小姐發話，否則，一個子兒也別想拿。

武世仁又連派了幾批人馬，全是無功而返。

「還是沒見著夫人？」武世仁的臉陰沈得能擰出水來，用力一拍桌子，冷笑道：「好啊，仗著有娘家人撐腰，竟是學會拿喬了！既然想住，就索性讓她一直住在娘家好了！」抄了那麼多年的女戒，自己就不信，那容氏能撐得了幾日。而且即便容家大小姐和那所謂世女要胡鬧，自己可不信姊夫會不管！

接連十天，武府沒有一個人再出現過。

霽雲卻是樂得清靜。

一大早起來，便往後院給老夫人請安，到了一瞧，老夫人房間裡還真熱鬧，容清蓮和一雙兒女，十三歲的武香蘭和四歲的武雲昭，再加上容清韻的女兒趙熙媛、兒子趙明晨，當真是一屋子的歡聲笑語，是容府從未有過的熱鬧。

容清蓮看得眼熱，悄悄抬起衣袖拭了下眼睛。多想這樣一輩子待在府裡，可是……終於還是僵僵地開口道：「母親、雲兒，我們也住了些日子了，我想著也該回家去了。」

說到回家，容清蓮便覺得嗓子又乾又澀，身子也不自覺抖了一下。

聽了容清蓮的話，霽雲和老夫人還未說什麼，武香蘭和武雲昭眼睛一下紅了。

「蘭兒，快去收拾東西吧。昭兒，你也過來。」容清蓮說著，又從袖子裡拿出幾件繡品。「這是我自個兒繡的，也不值什麼，母親和雲兒好歹收下，也算是我的一片心意。」

武香蘭放下手裡的東西，木然站起，武雲昭卻仍是趴在盒子上，保持著方才的姿勢一動不動。

霽雲忙去看，小傢伙正垂著頭，無聲飲泣，清秀蒼白的小臉皺皺的，明明是那麼小的一個娃兒，卻懂事得讓人心疼。她伸手一把抱住，便拿了帕子幫武雲昭抹淚，哄道：「有姊姊在呢，昭兒莫要難過，只管揀自己喜歡的玩就好。」

然後轉身瞧著容清蓮，很是為難道：「小姑姑現在要走嗎？那可怎麼辦才好？昨兒個熙媛姊姊跟我說，大姑姑今兒就會趕過來，說是已經央了趙家老夫人，和您姊妹兩人這麼多年未見，要好好聚聚。待會兒大姑姑來了，小姑姑卻走了，可怎生是好？趙家老夫人怕是會以為大姑姑騙她……」

容清蓮性子懦弱，又是個心善的，聽霽雲這樣說，頓時六神無主。姊姊本是愛重自己才和婆家告假，要是因此惹了婆婆生氣，豈不是自己的罪孽？可不回去的話，這樣常住娘家，也不合婦道啊！

看容清蓮左右為難，霽雲笑著道：「小姑姑莫要擔心，姑丈那裡若是有事，必會使人來說的。姑母一走就是這許多年，哪有住了幾天就急著離開的道理？祖母這幾日總說，小姑姑怎麼恁地憔悴，要好生補一下才是，小姑姑這就離開，豈不是負了祖母憐惜之心？姑丈也是明理之人，自會體諒小姑姑。」

話說到這分兒上，容清蓮無法，只得勉為其難地答應下來。
聽說可以不走了，武雲昭終於破涕為笑，武香蘭也大大鬆了一口氣。
如果有可能，武香蘭但願永遠不回那個家才好。
武世仁沒有想到一向柔順聽話的妻子竟敢忤逆自己，甚至安頓好後，他親自來容府中拜見姊夫容文翰時，還架子端得足足的，一門心思等著容清蓮來見自己，然後再求著跟自己回家。
哪知容霽雲卻打發人來，說容清蓮身體有恙，需要將養一番，容文翰又被皇上急召入朝，武世仁乾坐了半晌，連個人影都沒見著，只得怏怏地一個人回府。
這眼看已經將近二十日，容清蓮竟是還沒有回來。
這幾日，武世仁這個大理寺少卿已經走馬上任，京中人情往來本就複雜，武世仁又是個好面子的，絕不肯讓人小瞧了去，錢竟花得如流水一般，眼看著容清蓮留下裝體己的妝奩匣子已經空了，昨日又收到一封喜帖，卻是頂頭上司要為老母親慶賀七十整壽。
可自己手裡的散碎銀子，怕是連件像樣的禮物都置辦不起。幸好容清蓮的櫃子裡有幾疋上好的布料，聽容氏說乃是得自上賜，裡面加有千金難覓的天蠶絲，穿在身上最是舒服，是她最喜愛的嫁妝之一。
那樣的好東西，寇家應該也是沒有見過的，自己昨兒個翻出來瞧了，正是喜慶的大紅色，上面的花朵蝴蝶栩栩如生，拿來做壽禮，自己臉上有光，寇雲貴面上也好看。

正思量著，門簾一挑，周氏笑吟吟走了進來。

若論這幾日裡，府裡過得最快活的人定然是周氏。原來容氏頂著個正室的名頭，周氏便是再得寵，在別人眼裡也是個上不了檯面的妾室。

這幾日卻不然，因容清蓮常住娘家，來往四鄰竟把周氏當成了武世仁的正室，對這個京官夫人恭敬得緊。便是府中所有事務，周氏也都名正言順地打理起來，一切事情完全可以自己作主，再不似先前，明明是自己把府邸打理得井井有條，別人卻偏要說是容氏的功勞。

現在多好，府裡只有自己一個女主人，自己想幹什麼就幹什麼，再也不用有憋屈之感。這樣想著，竟是但願那女人一輩子住在容家到老死才好，自己也就眼不見心不煩，高高興興和老爺過一輩子了。

「老爺，我今日還要去採買些東西，這京城風行的東西，和咱們在贛南那裡可是大不一樣。我今兒和玉兒去裁製了新衣，也要扯些好的布疋，幫你和兩個孩子做幾套，咱們雖是從小地方來的，可也不能讓人笑話不是？還有……」

周氏絮絮叨叨地說著，來來回回也就一個意思，想要再拿些銀兩來。

武世仁聽得心煩，把手中的茶杯重重放在桌子上。

「前兒不是才給妳三百兩銀子——」卻忽然頓住，眼睛發直地盯著周氏身上新做的漂亮裙子。

想起那掌櫃的裁好這件衣服時，可是不住口地稱讚，再看看現在武世仁傻傻看著自己看呆了的模樣，周氏臉上飛起一朵紅雲，身子一軟，就倒在了武世仁的懷裡。

「老爺，你怎麼這麼瞧著妾身——」

話沒說完，卻被武世仁打斷。「妳身上的衣服從哪裡來的？」

「衣服？」周氏有些奇怪，看向自己身上，噗哧一笑，嬌嗔地推了武世仁一下。「老爺又裝糊塗，不是你準備好要給我和女兒添新衣服的？老爺看，妾身穿著可好……」

啪！回答她的卻是一記響亮的耳光。

武世仁抬手，狠狠把周氏推倒地上，罵道：「好妳個敗家娘兒們，那幾疋布料也是妳能動的嗎？妳竟敢拿去做什麼衣服？那是我準備好要給寇大人母親七十大壽的禮物，妳竟敢拿去裁了……」

明兒個就是寇大人母親的壽辰了，自己再去哪裡找份像樣的壽禮？越想越氣，竟是又踹了周氏一腳，這才憤然離開。

照這樣下去，日子可還怎麼過下去？明天就去找姊夫，無論如何也得讓他告訴那容霽雲，把容氏還回來！

第七十五章

第二天，武世仁一大早就離了家，想著等下了早朝，便去容文翰面前告狀。好不容易挨到下朝，武世仁顧不得和其他同仁寒暄便提起官袍，一路小跑地往容文翰身邊而去。

哪知到了跟前，內監卻又出來傳旨，說是皇帝讓容文翰幾個留下議事。容文翰衝武世仁點了點頭，示意他稍候片刻，便跟著內監往文華殿而去。

到了才發現，太子楚晗、王爺楚昭，安雲烈、謝明揚，還有當朝太師淩奐及各部尚書都已在殿裡候著了。

看到容文翰進來，龍椅上的楚琮微微一笑，命內監再掇個繡墩過來，然後才道：「眼看大比在即，到底如何，眾卿還要拿個章程出來。」

嘴裡雖是如此說，眼底卻滑過一絲冷意。

不怪楚琮惱火，本來因為戰爭的緣故，上一次大比就有些草率，天下讀書人多有怨懟，原想著此次開科取士，定要為國家多選良臣，不使天下讀書人寒了心。

哪知只是主考官由哪位充任一事，竟是連吵了三天都沒有結果，而爭吵的雙方明顯分屬兩派，一派是太子的擁護，另一派則是昭王的中堅。

兩方各不相讓，甚至在朝堂上差點捋起袖子動起手來，那般劍拔弩張的模樣，不像是同殿稱臣，倒像是殺父仇人。

兩方的心思，楚琮最是明白不過。

不都是想從中培養自己的人馬嗎？問題是他們難道忘了，自己還活著！

他目光在眾大臣身上一一掃過，最後落在始終默然不語的容文翰身上。

「容卿，依你說，這主考官一職應讓何人擔當？」

容文翰忙欠身作答。「皇上，本次大比主考官一事，臣也思量了許久。此職責任重大，於公，肩負著為國遴選棟梁的重任，於私，便是桃李遍天下……」

聽容文翰這般說，謝明揚等人臉色頓時緩和了些。

既然把利害關係在皇上面前剖析得這般清楚，要是再推舉自己的人，那可不就是自打嘴巴？

楚昭臉色倒是平靜，官任工部尚書的劉文亮臉色則是有些不豫。因為劉文亮的姪女兒劉靜萱嫁入昭王府，成了楚昭的王妃，劉文亮自然毫不猶豫加入了楚昭的陣營，而且很快成為最中堅的力量。

這會兒聽了容文翰的話，心裡厭煩得不得了。自己早聽說，其實容文翰自己相中了昭王爺做女婿，結果昭王爺卻娶了自己的姪女兒，現在看容文翰的模樣，怕是有些別的想法……

「那容卿的意思，選哪一個好呢？」楚琮語氣平靜地說了五、六個名字，全是方才朝堂上爭論不休的。「這幾個人，朕也算熟悉，都算得上品格端方、滿腹才華，朕竟是左右為難，不知用哪一個才好。今日早朝，朕瞧你始終未發一言，不知現在可有了決斷？」

楚琮此言一出，現場頓時一片沈寂，唯有禮部尚書、也是容文翰的親舅舅趙如海忽然撩了容文翰一眼，又很快低下頭來，心裡不住嘆息。皇上果然多疑，都這般時候了，卻沒有完全對翰兒消除戒心。

容文翰卻是胸有成竹地微微一笑。「皇上既然問了，微臣這裡倒確實有一個人選。」

「喔？」楚琮很感興趣的模樣。「容卿說來聽聽。」

容文翰起身，淡然一指自己。「皇上瞧著，微臣怎麼樣？」

「你？」楚琮愣了一下。

淩奐的臉一下陰沈了下來。這容文翰當真可惡，竟是為了維護楚昭，要赤膊上陣嗎？

劉文亮神情則是一鬆。

謝明揚也是一笑，不陰不陽道：「容相文名早已遍天下，說是讀書人心中的定海神針也是一點都不為過，這再主持大比，嘖嘖，那些文人心裡，咱們容相更是神一般的存在了。」

趙如海也忙起身。「臣以為不妥，哪有堂堂一國之相屈身主考官的道理？還請皇上三思。」

外甥這會兒怎麼犯糊塗了，皇上這麼明顯的試探都沒看出來，竟還要上趕著把自己放在火上烤？

劉文亮卻已笑道：「老大人多慮了，既是為皇上分憂，又何分官職大小？」

楚昭雖未開口，瞧向容文翰的神情卻有些焦灼。

容文翰忙止住眾人的爭吵。「大家稍安勿躁，在下還有話未說完。」

楚琮揮揮手，和顏悅色地瞧著容文翰，語氣越發親切。

「還有什麼話，容卿但說無妨。」

「是。」容文翰點頭。「若想此次大比完美無缺，臣還必須再向皇上借一個人。」

「誰？你只管說來聽聽。」楚琮明顯很感興趣。

容文翰起身磕了個頭。

「臣惶恐。臣想要向皇上借的那個人，就是皇上。」

借皇上？其餘眾人頓時一呆。

容文翰已開始侃侃而談。

「皇上，開科取士本就是選拔我大楚的棟梁之材，臣以為還需皇上親自把關。不妨大比之後再設殿試，考中的舉子一律到皇上的金殿之上，由皇上再行考核，定出狀元、榜眼、探花，於一眾舉子而言，能成為天子門生也是無上的榮耀。皇上若願掛帥，微臣自然心甘情願當馬前卒。」

「天子門生？」楚琮何許人也，明白了容文翰的意思，頓時大喜。若照容文翰所說，從此天下學子盡入自己彀中，又何懼他們結成朋黨、各自為政？

他竟是離了龍椅，快步上前，雙手扶起容文翰。

「好好好，天佑我大楚，才降下容卿這般股肱之臣！」

楚昭長吁了一口氣，楚晗卻是掃了垂頭喪氣的謝明揚幾人，又是惱火又是嫉妒。全是飯桶！自己手下怎麼就沒有容文翰這般出色的人才！人家一個就頂自己一堆人了！

劉文亮則是神情複雜。自己當真小瞧了容文翰，原以為他所建功勛，不過是運氣使然，現在看來確是一個胸中大有丘壑的人物，似這般舉重若輕，輕而易舉就處理好這麼棘手的一件事，既達到了目的，又讓皇上龍顏大悅，這般人物，現在肯維護昭王爺還好，可是將來，若昭王爺登了大寶，則必然是自己的一大勁敵！

眾人或真心或假意，紛紛稱讚。

事情圓滿解決了，皇上也覺著餓了，忙一迭連聲吩咐內監傳膳。容文翰想著武世仁這會兒怕還在外面候著，忙告了聲罪，說是去去就來。

哪知皇上心情大好，命內監把武世仁也一道宣來。

武世仁本是等得心焦，聽內監說皇上宣他去內廷，賞他和其他重臣一道用膳，頓時受寵若驚，亦步亦趨地跟著內監進了文華殿。

早有宮娥也端了一個食案上來。

「咦，對了，」楚琮忽然笑道：「前兒朕聽說一件趣事，說是眾愛卿這幾日明爭暗鬥，要比誰家兒女更孝順，不知結果如何啊？」

楚琮一語既罷，除了容文翰臉上是遮也遮不住的幸福笑意外，其他人卻是沮喪無比。

「怎麼，竟是容卿勝了？」楚琮大奇。

若說一開始，容家丫頭占了先機，可若是大家全都用心的話，怎麼著也是旗鼓相當啊，怎麼其他人這臉色……

「皇上，我們早就甘拜下風了！」高岳苦笑，神情卻是由衷佩服。「我早說過，我家兒子再多，也抵不上容公一個女兒。」

聽說要比孝道，自家那些小子們倒是也盡了心，什麼山珍海味的都搜羅了不少，可自己卻是越吃越沒滋味，昨兒個甚至有些頭暈，讓御醫瞧了才知道，卻是好東西吃太多，竟是積食了。

其他大臣也是有這樣那樣的不舒服，反倒是容公，依然是精神得很。

還是那些御醫道破謎底。容公的飯菜，可不是隨便做做就行的，每一道菜，都是容家小姐依照容相的身體狀況，跑到御醫那裡商討了很長時間才定下來的，還有做菜的原料，也都是容小姐親自去採買，絕不假手任何人。

此事傳開來，所有人自然輸了。

「容卿果然得了一佳女！」

楚琮也連連感慨，看了下面的楚昭、楚晗一眼。自己也是兒女雙全，可是和容文翰比起來，確是……

其他人湊趣，也紛紛誇獎容府小姐孝順、賢慧、知書達禮……直說得天上有地上無。

容文翰平時最是謙虛，這會兒卻是照單全收，笑得合不攏嘴。

「託皇上和諸位的福，文翰此生有這樣一個乖巧孝順又懂事聰明能幹的女兒，真是死而無憾了。」

武世仁卻是聽得吐血。乖巧的話，那把自己收拾成這般悲慘地步的又是哪個？還孝順懂事，自己這個長輩都快被折磨瘋了有沒有？

待用完飯，來至外面，容文翰看向一直默不作聲跟在自己後面的武世仁，歉然道：「煩勞世仁等了這許久，到底有什麼事，你且說來。」

「沒事。」武世仁忙搖頭。「只是久不見姊夫，想和姊夫說說話罷了。」

算了，容文翰這條路明顯是走不通了，還是讓周氏去容府負荊請罪吧！

等回至府中下了轎，卻不見周氏的影子，倒是女兒武香玉正站在院裡張望。

看武世仁進來，武香玉一下紅了眼圈。

「爹爹。」

武香玉長得像極了年輕時的周氏，武世仁一向很是喜歡，這會兒雖是心情不好，還是站住腳問道：「怎麼了，玉兒？有什麼委屈，說給爹爹聽。」

「爹。」武香玉卻是哭得更加傷心。「女兒沒什麼委屈，是娘親太苦了。」

「妳娘？」武世仁愣了下。

說話間，一輛馬車停在院外，周氏荊釵布裙，手裡還掂著包東西，紅著眼睛進了院子。

看到武世仁，忙抬手拭了下眼睛，強顏笑道：「老爺回來了？剛好妾身給爺買了棵人參補補身子，這就去廚房給老爺燉了來。」

說著再不看武世仁，低了頭，只管往廚房而去。

「人參？」武世仁愣了下。

「是剛剛娘親當了首飾換來的，娘說您這段時間瘦了……」武香玉強忍著悲傷道。

武世仁愣了一下，心頭頓時一熱，上前一把拉住周氏。「蕙兒，妳這是何苦？」

周氏一下伏在武世仁懷裡痛哭起來。

「老爺，是妾身不中用，不能幫上老爺什麼忙……蕙兒所能求的，也就是老爺身體康泰……」

武世仁越發心疼，忙不住勸哄。

旁邊的武香玉早已識時務地退下，漂亮的臉蛋上滿是得意之情。娘親說得對，爹爹果然最吃這一套。

埋在武世仁懷裡的周氏，嘴角也閃過一絲笑意。昨日裡，知道那布料竟是武世仁要送給上峰的，周氏就知道自己闖了大禍。自家老爺的個性，一向把仕途看得最重，不然也不會忍了容氏這麼久。

因此今日才使了這個苦肉計，看武世仁心疼的樣子，知道危機已經解除了，故意邊拭淚邊道：「要是姊姊在就好了，定然能把老爺伺候得妥妥貼貼，哪像妾身這般愚笨，每每只會惹老爺生氣……」

說著，故意捂著被武世仁踹了一腳的胸口，現出痛苦的神情，心裡卻是恨恨。若不是容氏把著那銀子不放，自己也不會吃這麼大一個虧，今日裡自己委屈多狠，來日裡，老爺定然會讓那容氏加倍還來。

武世仁果然大為心疼，扶了周氏在床上躺了，溫言道：「讓妳受委屈了。」

周氏心裡一喜。按往日情形，老爺接下來就會好好寬慰自己一番，再送些好東西給自己，最後還會懲治容氏來讓自己舒服些……

正自胡思亂想，卻聽武世仁接著道：「……明日妳一大早，就去容府給容氏磕頭請罪。」

「啊？」周氏一愣，簡直懷疑自己的耳朵聽錯了。

武世仁卻彷彿沒看到周氏被雷劈了的模樣。

「為夫也知道，妳最是賢慧，現在府裡這般情形妳也看到了，妳還是要去一趟容府，無論如何也要求得容氏回來。」

看周氏不說話，武世仁以為周氏已是默許，愛憐地拍了拍周氏。

「為夫知道妳受了委屈，將來，一定會好好補償妳。妳再躺會兒，明日一大早，我讓管家就陪妳去容府。」

直到武世仁離開，周氏才回過神來，終於嗚咽出聲，放聲痛哭起來。自己受了這麼多委屈，不應該是容氏受罰嗎？怎麼到頭來，卻要自己去容府磕頭賠罪?!

第二日一早起來，周氏哭得眼睛都腫了，一千個不樂意，待武世仁離開，故意穿著破衣爛衫就上了轎。待來至容府，想著怎麼也要讓容清蓮也堵堵心才是，哪知剛一進門就碰見了容清韻，看到周氏哭喪著臉雙眼紅腫的樣子，頓時大怒。

「哪裡來的喪門星，這麼一副遭了瘟的歹樣子，當真是晦氣，還不快給我轟出去！」

容府家丁倒沒動手，可個個喝罵，一番橫眉怒目，直嚇得周氏大氣都不敢出，慌慌張張就回了家。

本想編個瞎話，但跟著去的管家早把當時情形一一說給武世仁聽。

武世仁既怪自己那大姨子太過蠻橫，又嫌周氏不會辦事，當即責罵道：「果然是沒見過世面的小門小戶出身！那般公侯之家，便是下人也俱是穿金戴銀，妳這般模樣又成何體統？沒得只會丟人現眼罷了！」

一番責罵，周氏又羞又氣，第二日只得好生打扮，忍氣吞聲又來到容府，一路上膽戰心驚，唯恐再遇見容清韻。好在這次終於得以見到霽雲，周氏心裡一鬆，以為小孩子家面皮薄，自己低聲下氣去求，諒她也不好就駁了回去。

又一想武世仁所說，待請回容氏，自己心儀的那套家具也罷，各種漂亮的精美首飾也罷，容家必然都會慷慨送來，到時自己盡可以拿來使用……

哪知還未開口，霽雲就沈下臉來，服侍的下人頓時斂聲屏氣，大氣都不敢出，周氏一嚇，好不容易擠出來的笑容頓時僵在了臉上。

霽雲卻不看她，只冷聲道：「管家。」

容福忙上前跪倒。「主子。」

「我只問你，前年春上，我讓你給小姑姑送去的那支鏤空飛鳳金步搖，你可是確實交到了小姑姑手上，而不是送錯了人？」

容福忙磕頭，恭恭敬敬道：「啟稟小姐得知，小的當時是親手交到了二姑奶奶的手上，並未交給旁人。」

「是嗎？」霽雲神情越發冰冷。

「怪不得……去，告訴武府管家，讓他回去替我問一下姑丈，緣何我送予小姑姑的首飾卻戴在他人頭上，如此不問自取，又和賊人有何區別？」

周氏頓時臉色煞白，這才想起，自己因了昨天的事，今日裡刻意打扮了一番，卻忘了這支金步搖本是容氏的……

失魂落魄地回了家，氣得武世仁直罵周氏昏了頭，怎麼竟敢戴著容氏的首飾去容府，又怒沖沖地甩了一張清單給周氏。

「這是容府一併派人送回來的，妳和玉兒現在馬上把清單上的飾品給容氏還回去！」

看周氏和武香玉都是傷心欲絕的模樣，跺了下腳，終於還是道：「不管妳們如何不捨，好歹也要把容氏先請回來再說。只要容氏回來了，那麼多首飾，她自是戴不了，妳們喜歡的話，再拿去便是！」

周氏無法，只得和武香玉把這些年搜刮的首飾全都還了回去。母女倆心疼之下，對著那些首飾竟是哭了一夜。

一直到天亮，武世仁怕周氏去了再不濟事。因為無論如何，也要把容清蓮給請回來，而且聽管家傳達的意思，那容家小魔女對自己好像有些不滿，自己這次去，也算給容清蓮做足了面子，姊夫那裡也好交代些。

這樣想著，便和周氏一道往容府而去。

周氏這次倒是學乖了，臨出發前，特意去打聽了別家妾室的穿著打扮，到了容府，更是小心翼翼直接跪在大廳外，一副再老實不過的樣子。

便是最為挑剔的容清韻看了也相信，看來這個女人，果然是被收拾怕了。

霽雲這才鬆了口，親自陪著容清蓮母子三人到前廳去見武世仁。

聽說霽雲到了，武世仁雖是長輩，卻是沒敢等著霽雲拜見，反而起身迎了出去。

本是和霽雲並肩而行的容清蓮一看到武世仁，臉色頓時變得蒼白。

便是霽雲，看清武世仁的長相時，臉色也變得難看至極。

第七十六章

那周氏早跪得雙腿發麻，看見容清蓮到了，頓時一喜，便想起身，霽雲涼涼的一眼掃了過來，周氏一哆嗦，忙又乖乖跪伏在地上，帶著哭腔小心翼翼道：「妹妹見過姊姊。」

容清蓮愣了一下，眼睛頓時有些乾澀。往日在府中，周氏何嘗對自己這般恭敬過？反倒是自己，每日裡遠遠看見她便要避開，不然等老爺回來，輕則落一頓斥責，重則就要被關到那幾乎能讓人發瘋的小黑屋裡。

「姊姊，」周氏又磕了個頭，哀哀道：「從前都是妹妹糊塗，惹得姊姊不開心，姊姊要打要罰都使得，只是府裡終究離不了姊姊，一應家事還要姊姊照料，求姊姊不要和妹妹一般見識，今兒老爺也一起到了，姊姊看在老爺和幾個孩兒的面上，隨妹子回家去吧。」

容清蓮愣了一下，本有些不明白周氏為何如此說，卻注意到周氏面對著霽雲恐懼無比的神情後了然。怪不得這幾日這般安靜，原來竟是姪女兒為自己出了頭嗎？

她怔忡片刻，眼睛一紅，險些掉下淚來。

霽雲卻是扯了一下容清蓮的衣角，衝著武世仁沈聲道：「姑丈稍候，雲兒還有些話要同姑母說。」

容清蓮有些懼怕地瞧了武世仁一眼，卻見在自己面前暴君一般的武世仁這會兒卻是溫和得緊，竟是連連點頭，一迭連聲道：「無妨，姑丈知道妳和姑母姑姪情深，妳們自去話別，自去話別。」

霽雲也不和他囉嗦，徑直轉身朝旁邊的書房而去，容清蓮忙跟了上去。

到了書房，霽雲臨窗而立，卻是久久不說話。

「雲兒，」良久，還是容清蓮先開口。「姑母知道，妳是為姑母好，有什麼話，妳就直說吧。」

容清蓮慢慢轉過身，神情卻是有些悲涼。

「也好。姑母，雲兒想問妳一句話，若是雲兒讓妳同他……」頓了頓，終於續道：「和離，姑母以為如何？」

「啊？」容清蓮愣了一下，幾乎是衝口而出。「那怎麼行？」

語畢又覺得自己語氣似是有些太衝了，忙拉了霽雲的手在自己身邊坐下，緩聲道：「雲兒，姑母知道妳是心疼姑母，可是再怎麼說，他也是妳妹妹和弟弟的爹呀，便是為了他們兄妹二人，我也只能這樣忍著……總之，怨不得別人，是姑母命苦罷了……」

說著，眼中已垂下淚來。

「我知道了，姑母。」霽雲以手支著額頭，很是疲憊的樣子。「我有些累，就不送你們了。對了，姑母的嫁妝，雲兒幫妳清理過，那周氏母女已經全部還了回來，姑母拿好，以後若受了什麼委屈，記得背後還有容府。讓管家送你們吧，雲兒歇息片刻……」

雖然很失禮，可自己絕不願意再看見武世仁第二面。

怪不得，怪不得自己聽到「武」這個姓有些耳熟，原來竟然是他！

前一世，公堂之上，剝了自己的衣服，要以苟且之罪對自己處以杖刑的，正是這個人。

怪不得當初爹爹會那般傷心欲絕，不但因為獨生愛女受此侮辱，更因為那和外人勾結要置自己於絕境的，還是他的親人吧？

甚至最後，負責審訊爹爹貪瀆之事的仍是此人，這武世仁裝得一副大義凜然，其實是為了借打殺爹爹求得自己上位！

那之後呢？

對，好像就是容家家破人亡，自己時而清醒時而糊塗了半年後，爹爹帶著自己到了一處亂葬崗。

那裡有剛起的一處新墳，聽過往的行人講，埋的是一位自縊身亡的官家夫人，好像是因為娘家犯事，不忍心拖累婆家才會投繯自盡……

爹爹卻摟著自己，在墳前靜靜坐了一天，最後起身時，一直喃喃著：阿蓮，為什麼要這麼傻呢？阿兄並沒有怪妳……

現在終於明白，那處孤墳埋的就是小姑姑吧？小姑姑的死，自然也不是因為怕拖累婆家，而是因為知道了夫君其實也是殘害容家的幫凶，愧疚之下，才會投繯自盡？或者，是武世仁以為姑母終於毫無利用價值了，便逼得她走上這條絕路，或許是兩者兼而有之……

武世仁使了個眼色，周氏忙上前恭恭敬敬伺候容清蓮上了轎子，自己則乖覺地上了最後面那輛小小的馬車。

將要走出院落時，無意間回頭望去，正好對上敞開的書房裡，靜靜站著的霽雲，武世仁心裡不由一哆嗦。

直到離了容府很遠，武世仁還有些渾身發涼，心裡暗道：怪不得周氏會在容霽雲手裡吃那麼大虧，那樣一雙讓人膽寒的眼睛，哪像一個十多歲的孩子？只是也就奇了，明明自己是第一次見到容霽雲，怎麼這丫頭的樣子，卻像是對自己討厭得緊？又瞥了眼旁邊的轎子，難道是容氏說了自己什麼壞話？

這樣想著，不覺對容清蓮越發厭煩。

霽雲緩緩關上窗戶，一回身，不由一愣，卻是阿遜，不知什麼時候正站在自己後面。

「雲兒。」阿遜臉上本是充滿了暖暖的笑，卻在對上霽雲的眼睛後，一下愣住。這雙平日裡總是澄澈無比的眼睛，今日卻是完全變了模樣，恐懼、仇恨、憎惡、痛苦，甚至還有自我厭棄……

「別怕，有我呢，有什麼事都交給我，雲兒不怕……」阿遜伸手就把霽雲摟在懷裡，一遍遍在霽雲耳邊呢喃著。

阿遜特有的低沈聲音，阿遜特有的溫暖氣息，阿遜從來都是敞開著的溫暖懷抱……

霽雲僵硬的身體慢慢軟了下來，吸了吸鼻子，讓自己埋入阿遜的懷裡。

「阿遜，我想殺人。」

「好。要殺誰？」

「阿遜，要是我從前曾經很不堪，你會怎麼做……」

「告訴我他們的名字，把他們做的，千百倍還回去……」

「那我呢？」

「妳只要在我身邊就好。」

霽雲伸手圈住阿遜的腰，頭伏在他的胸膛上，靜靜地聽隔了一層布料之後，那堅定而有力的心跳，喃喃道：「阿遜，要是沒有你，我該怎麼辦……阿遜，我會在你身邊，無論什麼時候，無論你去哪裡，你也要一直一直和我在一起，好不好？」

不要欺騙我，不要辜負我，更不要，丟下我一個……

再不要承受，上一世被無情丟棄的那種痛。

阿遜低頭，輕輕親吻著霽雲的髮絲，然後是額頭、鼻子，最後是那張殷紅的小嘴……

霽雲踮起腳，溫柔地回吻了過去……

兩個依偎的身影，成了夕陽下最美麗的一道剪影。

「今日裡，有誰在雲兒面前出現過？」一直靜靜坐在馬車裡的阿遜忽然開口道。

雲兒今天的情緒太反常，明顯是被嚇著了，還有說殺人時，那徹骨的恨意。

一想到那人可能在自己不知道的情形下，如何傷害過霽雲，阿遜的神情就變得陰沈無比。殺人是最簡單的，可膽敢傷了雲兒，可不是簡簡單單挨一刀就行了。

阿遜話音剛落，一道鬼魅般的黑影就出現在馬車裡。

「啟稟少主，今日出現在小姐面前的總共有三十二人，除容府僕人三十人外，還有兩人，一個是容清蓮的夫君武世仁，和武世仁家裡的小妾周氏。」
「他們說過什麼？」
「小姐說，想讓容清蓮和武世仁和離。後面的事，就是少主您看到的了。」
「和離？」
阿遜愣了一下，待睜開眼睛時，那黑衣人已經靜靜退了出去。
他又覺得不對勁。雲兒的樣子，明顯是大受打擊，若只是容清蓮、武世仁的家事，又實在說不過去……
只是，既然雲兒想讓他們和離，那自然就要和離。

「武家派人說，他們尋了合適的人手，想要自己經營鋪子，小姐瞧著……」張才小心翼翼道。
雖然小姐沒說，張才也隱隱感覺到，小姐似是對武家人很不喜。而且今天一大早，武家派人接管商鋪時那副得意嘴臉，真是看了就讓人想吐。
「是嗎？」霽雲正在修剪菊花的手頓了一下，神情倒沒有太大起伏，慢聲道：「給他。把咱們的人全部撤回來。」
「是。」張才忙要退下，霽雲又叮囑道：「記得，以後那三間商鋪，同咱們商號再無任何關係。」

自己正想著怎麼把手裡的商鋪還回去呢，倒好，想瞌睡了就送個枕頭來。

張才忙又應了，心裡卻長吁了口氣。武家那般不知好歹，這樣對他們還算輕呢，明明小姐盡心盡力幫他們賺了那麼多錢，他們倒好，竟是一副容府占了他們莫大便宜的樣子。

聽小姐的意思，是要給他們個教訓了？

那敢情好，沒有小姐幫他們籌劃，看他們還能在上京逍遙多久。

周榮挺著肚子、背著雙手，得意地在商鋪裡踱著方步。上京果然滿眼繁華，絕不是自己那個窮困的老家所能比的。

要說姊姊還真好福氣，能嫁了武世仁，雖是小妾，卻瞧著比正經的管家太太也不差什麼了。

周榮正是周氏的娘家兄弟，原本是在家做點小本生意，這幾年仗著武世仁的勢，也積累了些薄財，聽說武世仁升了京官，便舉家來投。

那周氏一邊哭哭啼啼去找了容清蓮，說是求夫人給兄弟一口飯吃，一邊和武世仁計較。前些時日，這鋪子握在容家手裡，自家人可沒少受拿捏，這樣的旺鋪，誰經營著不能賺錢？何況自家兄弟也是商場上的老手，生意上也只會比容家那黃毛丫頭厲害才是。

武世仁前段時間也被拿捏怕了，兩人當下一拍即合，容清蓮又本來就是個耳根子軟的，晚間，武世仁又是難得的和顏悅色，說是怕姪女兒太過勞累，不若派周榮去幫著分憂……

因此一大早，周榮就跑來接手店鋪了。

原本想著容家的人會百般推諉，哪料到人家很乾脆，拍拍屁股就走了，甚至神情裡還有些喜悅。

周榮有些愣怔，卻也沒有太放在心上。

這幾天在上京，倒是見到了一個老熟人，是小時候的玩伴周發。當年他家窮，就把孩子給賣了，沒想到周發現在竟混到了堂堂謝府當差，聽他口氣，已經是大管事了。

謝家，那可是和容家肩頭一樣高啊！

聽說周榮要接管姊夫家的生意，周發當即就打了包票，說是有他照應著，保管讓姊夫家這幾間鋪子日進斗金。

有謝府照應，又怕容府什麼！

武香蘭還是從兩個庶出的弟弟嘴裡，才知道本是交由表姊掌管的鋪子被周氏的兄弟接管，頓時又驚又怒，忙跑去母親房裡，剛要開口，卻發現周氏和武香玉也在，忙又頓住。

武香玉卻已經迎了上來，笑道：「姊姊，妹妹昨兒新得了個花樣，正說要給姊姊送去呢，可巧，就見著姊姊了。」

說著，就要拉了武香蘭去自己房間。

「是啊。」周氏也難得溫柔。「那花樣挺好看的，是妳妹子好不容易才得著的。」

見識過容府的富貴和權勢，又被武世仁耳提面命，周氏也想明白了，想要女兒找個好婆家，還得指望容清蓮身後的容府。

以後，大可以把這母子三人像菩薩一樣地供著，反正只要賺錢的營生都掌握在自己手上，說兩句好話又不會掉塊肉。

只是容清蓮好糊弄，香蘭那個死丫頭，卻是個有主見的。

因有武香玉纏著，一直到午時，香蘭才有機會單獨和母親相處。

「娘，您的那些鋪子，原本不是雲姊姊幫著管的嗎？怎麼這會兒又交給了那周榮？」

容清蓮看出女兒像是有話要說的樣子，沒想到卻是要說這些，愣了下道：「倒也不是要交給周榮，這不是妳爹說，妳雲姊姊要打理偌大的容府，怕是會累著。」

「既是怕累著，何不讓表姊薦幾個人來，偏要交由周榮接管？娘親這樣做，雲姊姊會怎麼想？」香蘭真是恨鐵不成鋼，雖然那是自己親爹，可這麼多年了，爹的心思，娘竟然一點也看不出來嗎？

「應該不會吧？妳雲姊姊不是那般小心眼的……」容清蓮吶吶道。

武香蘭氣極。「娘妳怎麼——」

娘怎麼這麼糊塗，自己什麼時候質疑表姊的為人了？

算了，還是得空了自個兒去容府一趟，讓表姊幫著想想法子吧。

哪知到了容府，卻是連霽雲的面都沒見著，下人說是小姐有事外出了。

武香蘭不得已，只得怏怏地回了府。

「香蘭來過了？」聽了容福的回稟，車裡的霽雲張開眼睛。

這丫頭倒是個機靈的，只是可惜自己已經打定了主意，要讓小姑姑和武世仁和離，若說這之前，還想著容清蓮性子再軟，憑容府的權勢和自己的手腕，好歹也能護著她這一世的安康，卻沒料到她的夫君是那麼一個無恥卑鄙的小人。

會保護容清蓮，不過是因為她是爹爹的妹妹，並不代表可以為了她打破自己既定的規則。她絕不允許任何一個可能會危及到爹爹和容府的因素存在。

而武世仁，就是一個危險的因素。

所以，想要再得到自己的庇護，姑母必須和武世仁和離。

能讓自己不計得失全力護著的，也只有爹爹和阿遜他們幾個罷了。

至於姑母，想來不久就能清醒過來，到底誰才是能讓她依靠的……

「以後，再有武府什麼事，無須再稟告我，你們自己看著打發就好。」放下布幔，霽雲又吩咐道。

容福忙應下，心裡已是有了計較。雖不知道什麼原因，但看小姐的模樣，應是已經厭了武家，回去便要告訴手下那些管事，以後二姑奶奶的事就不要在小姐耳邊聒噪了……

第七十七章

周榮蹺著二郎腿坐在櫃檯後面，臉上是怎麼也掩不住的喜色。

早知道京城商鋪這麼賺錢，自己早來上京了！

「掌櫃的，」小二送走幾個零星客人，抽空跑過來道：「咱們櫃上的貨物可是撐不了幾天了，掌櫃的看……」

周榮哼著小曲站起身，無所謂地擺擺手。「知道了知道了，放心，貨物明兒個會送過來。」就想著出門去尋周發。

從接過這店鋪，周榮就和周蕙合計過，以後一應事務都要和容家劃清界線，不然指不定哪天又會打著容氏的旗號，把錢弄了些去。

而且自己又靠上了謝府，周發可是打了包票，生意上的事都有他罩著呢。

剛走出鋪子，迎面正好遇見武世仁的貼身長隨武員，說是老爺吩咐讓從帳上支取五百兩銀子。

周榮又跑回去捧了銀票出來，心裡卻有些肉痛。也不知姊夫什麼時候養成了這麼個富貴散漫性子，昨兒個才從帳上支了六百兩，怎麼今兒又來拿銀子？

又一想，罷了，反正自己得的油水也不少。

想了想，他回屋捧了兩支漂亮的飛鳳釵出來，囑咐武員給姊姊和甥女兒送去。

安排好一應事務，周榮便提了壺好酒，又切了兩斤牛肉，包了一大包上好的茶葉，往謝家商鋪而來。

因容家商鋪和謝家商鋪相隔並不遠，周榮就想著悄悄去尋周發，哪知剛一下車，周發就從裡面迎了出來，哈哈的笑聲怕是能傳到幾里開外。

「啊呀，我說左眼皮一直跳呢，卻是我兄弟來了。」

正好張才從鋪子裡出來，周發得意洋洋地提高聲音道：「哎喲，這不是張管事嗎？」又一指周榮。「這是我兄弟，你前兒也幫我兄弟照管了這麼多天鋪子，真是辛苦了。張管事閒的話，也來和我們喝兩杯。」

張才已得了容福的吩咐，說以後不許再管武家任何事，本還有些納罕，現在看周榮和周發親熱的模樣，心裡頓時了然，又實在看不慣周發這嘴臉，更兼惱怒周榮明知道小姐和謝府人是冤家對頭，卻還貼過去，明顯不是打小姐的臉嗎？

當即冷笑一聲道：「鬧什麼？院裡餵了隻養不熟的狗，我日日供牠吃喝，卻差點被咬一口，這就回去把那畜生趕到大街上吃自己去！」

一番話明顯意有所指，周榮氣得臉一會兒紅一會兒白，好半天才狠狠地呸了一口。

周發卻是一樂。大爺可是吩咐過，真能攪騰得武家和容家翻了臉，就立馬給自己記上一大功，而這不過是開始，相信不久，容家就會更加焦頭爛額。

一旦容霽雲的齷齪事傳遍上京，看容府還有什麼臉面再在上京立足。

當下假模假樣地安慰了周榮一番，又拍著胸脯保證，貨物很快就會運到。

等送走周榮，周發便立馬打發人去聯絡一向給他們供應貨物的商號管事，哪知去的人很快回來，說是那管事家裡突然有急事，兩天前就已經回老家了。

周發頓時有些傻眼。自從和容家對上，周發手下這幾間鋪子的生意已是大不如前了。周發雖不甘心，卻也無能為力，實在是容府的商號也不知從哪兒找的貨物，都是上京難得一見的稀罕東西，或是同樣的東西，他們家的鋪子愣是敢賣得比其他任何一家都低。

幸好，勉力支撐了大概有半年時間，周發又透過其他管道，認識了一個叫劉封的人。劉封的貨物雖比不得容家的，可好歹也算是上品了，供應的貨物遠不是一般的商家能比的，卻又怎麼在這節骨眼，家裡出了事？

「小姐，劉封已經按照您的吩咐，回家養病去了。」容七小聲稟道。

霽雲漫不經心地點了下頭，仔細清點著桌上的東西。人參、燕窩、乾果、蜂蜜……

「把家裡做的各色蜜餞一樣拿一罐來，對了，那種酸梅味的多拿幾罐。」

馬上有僕婦領命而去，很快裝了滿滿幾大包東西。

「都搬到車上吧。」

霽雲起身，往車上而去。

待霽雲坐得穩當了，容五自坐了車夫的位置，便往昭王府的方向而去，後面拉了禮品的車子也忙跟了上去。

之所以準備這許多禮物，主要是昭王府傳出喜訊，嫁給楚昭將近三年的王妃終於傳出懷有身孕的喜訊。

自然，這個消息也是幾家歡喜幾家愁。

皇上年事已高，對子嗣問題越發看重。太子雖沒有嫡子，好歹也已經有了兩個庶子，至於和太子分庭抗禮的昭王爺，好像就沒有那麼好命了。大婚兩年多了，昭王妃也好、府中姬妾也罷，別說孩子了，竟是連個有喜的都沒有過。

弄得皇帝都擔心得不得了，每次選秀，必會指派給楚昭兩、三個美女。

沒想到今日，忽然傳來了昭王妃有喜的消息。

和太子一派的扼腕嘆息不同，容文翰也好、霽雲也罷，都是由衷感到喜悅。

「昭兒那孩子，自小就是個重情的。」容文翰感慨了一句，想說什麼，看看霽雲，卻又停住。

不是不知道楚昭對女兒的心意，只是容文翰心裡，卻也是和霽雲一般，並不樂意。

昭兒不只有雄才大略，更兼心懷高遠，必然不會甘於平凡，沒有人比容文翰更清楚，楚昭要走的，會是怎樣一條血雨腥風的道路。

自己對女兒的期許不過是平安一生、幸福安樂罷了，而楚昭的人生卻是太過跌宕起伏……

好在，昭兒並沒有讓雲兒為難，甚至大婚後，在雲兒面前更有兄長風範了。

只是昭王府中眾多妻妾始終沒有傳出喜訊一事，卻是令容文翰很是困擾。

現在終於聽說楚昭要當爹了，更重要的是，有孕在身的還是昭王妃。那也就意味著，若是個男孩的話，會成為皇上第一個嫡孫。

而且有了孩兒，昭兒人生的缺憾便會越來越少吧？正如同自己有了雲兒後，那些曾經痛不欲生的過往便越來越模糊，甚至幾乎不留下一點痕跡。

霽雲喜悅之餘，心裡則是有些愧疚，每日裡忙於府裡和外邊的生意，相比於楚昭每得了稀罕的東西便馬上讓人送來，自己這個妹妹好像當得太不稱職也太無情了些。

因而早早地便準備了各式各樣的補品，親自帶著往昭王府而去。

又念及那酸梅味的蜜餞最是開胃，忙又讓人裝了幾罐來，打算送給昭王妃。

因是一早就派人送了拜帖，霽雲到時，老總管鄭涼已經在府門外翹首期盼多時了。

待看到車上下來的霽雲，一時高興得跟什麼似的，心底卻又有些傷感。一直以為霽雲會成為王府的女主人，卻沒想到……

「涼叔，」霽雲開心叫道，身後的僕婦早捧了個包裹過去，裡面是霽雲特意給鄭涼準備的點心，還有一支大人參和鹿茸。

「哎喲，這可怎麼好？老奴喜歡用些什麼，難為小姐還記著。」鄭涼歡天喜地地接過來，心裡卻是再一次感慨。要是這麼好的容小姐嫁給了小王爺，說不定小小王爺都已經滿地跑了……

趁著陪霽雲往主院去的當口，又低聲提醒道：「王妃的娘家姑母也在呢，就是嫁給了海陵王家的那位。」

海陵王家是近年來新興的世家，地位也好，聲望也罷，是沒有辦法和容家相提並論。

本來，楚王妃劉靜萱的姑母劉榮懿嫁的是王家長子，不料兩人成婚不過七載，劉榮懿就成了未亡人，好在家裡還有兩個兒子。

而老總管之所以提醒霽雲，就在於那劉榮懿說是來賀喜的，卻偏偏還帶了不學無術的小兒子來。

劉榮懿的大兒子王賀飛因是嫡長孫，自父親去世後，便由祖父母親自教養，為人倒還說得過去。偏偏叫王賀亭的小兒子，過度寵愛之下，就養成了個遊手好閒的無賴性子。

鄭涼唯恐王賀亭會驚擾到霽雲，這才特意叮囑。

正說話間，霽雲忽然覺得有些不對勁。不知為什麼，老覺得有一種被窺伺的感覺，站住腳，看了眼身後的容五。

容五點頭，身子一縱，凌空拔起，鄭涼再看時，差點給氣壞了。

隨著容五一劍斬斷頭上那些散亂的枝葉，一個趴在牆上直勾勾瞧著這邊的男子身形一下閃現出來，不是王賀亭又是哪個？

那王賀亭本正皺著眉頭打量霽雲，沒想到容五突然出現，嚇得一晃神，就從牆上摔了下來。那牆也不算高，奈何王賀亭小小年紀，早被酒色掏空了身子，竟一下滾到了霽雲的腳邊。

王賀亭摔得哇哇直叫，疼得眼淚都下來了，再看向其他人都是忍俊不禁的樣子，更是氣得火冒三丈，本想直接衝霽雲發火的，卻又憶起自己的娘叮囑過，在容小姐面前一定要小心行事，只得艱難起身，悻悻地揚長而去。

倒是和娘說的一般，是個有錢有勢的，可就是那副長相太男兒氣了些，哪有自己的幾個相好生得嬌豔？

聽說容府小姐來了，劉靜萱也不敢怠慢，親自接了出去。

劉靜萱相貌生得不十分好，不過清秀之姿，卻勝在端莊穩重、舉止有度，頗有大家閨秀的風範，現在有了身孕，又添了幾分神采來。

「見過王妃。」霽雲忙要上前見禮。

卻被劉靜萱給攔住，親切道：「雲兒莫要多禮，妳能來，我已是很高興了。」

旁邊一個四十許長臉的女人也掩嘴笑道：「怨不得我這姪女兒每日裡說容府小姐最是個可人兒，今兒一瞧果然是個貼心的。妳們也別在風地裡站著了，這就進屋去吧。」

嘴裡說著，竟是握住霽雲的手，神情親熱無比。

聽女人這般說，霽雲心知對方應該就是劉靜萱的姑母劉榮懿了。

只是自來不習慣和陌生人這般親密，便借故抽出自己的手，對著劉榮懿淡然點頭道：「夫人安好。」轉身跟著劉靜萱往房間而去。

劉榮懿就有些訕訕地，卻又很快掩飾了過去。

霽雲剛坐好，便有機靈的丫鬟奉上香茶，劉靜萱面前的卻是一杯白水罷了。

這是孕吐的緣故嗎？

霽雲又是好奇又是悵惘。上一世，自己不知有多想要個孩子，卻始終是奢望，只是也幸好沒有孩兒……

「雲兒很喜歡孩子嗎？」看霽雲一直瞧著自己的肚子發呆，劉靜萱輕輕一笑，以手輕撫尚不明顯的小腹道：「我和王爺也盼了很久呢。妳不知道，得知我有了孩兒，王爺那般歡欣的模樣，真真是和孩子一般呢。」

說到楚昭時，劉靜萱明顯加重了些語氣，眼睛也微不可見地在霽雲身上掃了一下。

聽劉靜萱說起楚昭的歡喜雀躍，霽雲不由會心一笑，神情是由衷的喜悅，又想起自己來的目的，命人把東西奉上，一一指給劉靜萱看。

有小兒臂粗的野生人參、百金才得一兩的精品燕窩、上好的雲絲做的衣服……饒是劉榮懿見多識廣，也是看得目瞪口呆，瞧向霽雲的眼神宛若看一錠發光的大金元寶。

早聽說容霽雲擅長經商，再加上她背後金光閃閃的容家世女身分，亭兒真是娶了她也不算冤。

本以為這麼多東西已經實在是一份厚禮了，哪知霽雲最後又拿出一只木匣，打開來，卻是滿滿一盒子精美的玉飾。

劉榮懿瞧得眼睛都直了。人都說黃金有價玉無價，匣子中的玉看著上面好似蒙著一層淡淡的煙霧，劉榮懿禁不住用手碰了下，果然溫溫的，摸著真是舒服極了，一時差點連呼吸都屏住。

這麼絕好的玉，可得要多少銀子啊！

霽雲卻笑著道：「人都說玉最養人，王妃現在身子貴重，正是最需要將養的時候，雲兒就託人打了這套玉飾過來，王妃瞧瞧可還喜歡？」

饒是劉靜萱本是有些小心思，這會兒心裡也不由微微一動。知道自己有孕，昭王府這幾日委實賀客盈門，卻沒有一家這般用心。瞧容霽雲的模樣，明明心懷誠摯，或許是乳娘和姑母都錯了吧？

看劉靜萱把匣子合攏收了起來，劉榮懿這才戀戀不捨地收回眼神，看向霽雲時，方才的些許不快早已煙消雲散，不住誇讚霽雲，直把人說得天上有、地上無。

霽雲隨口敷衍了幾句，便起身準備告辭，臨走時又悄悄塞了把淺褐色的木釵到劉靜萱手裡，低聲囑咐了幾句，這才轉身離開。

看霽雲離開，劉榮懿笑呵呵地湊近來，有些好奇地看著那柄木釵子，伸手就想拿。

「容家果然豪富，料不到容霽雲出手這般大方。我瞧瞧，這又是什麼好東西？」

「一支釵子罷了。」劉靜萱卻已把東西籠回袖裡。「說是用廟中的古樹枝雕成，又請寺院住持開過光，也就圖個吉利罷了。」

「倒也是個有心的。」劉榮懿笑了下，話題又轉到霽雲身上。「萱兒，姑母方才的話妳可記得了？俗話說打仗親兄弟、上陣父子兵，再怎麼著，還是一家人更讓人安心。容相待咱們王爺再親，可要真是容霽雲找的郎君不是咱們這邊的，妳以為他會扔了自己女兒不管，巴巴地跟著王爺鞍前馬後？真要到了那時候，再後悔可就晚了。」

看劉靜萱沈默不語，忙又打鐵趁熱。

「可要是把容霽雲給了我們家亭哥兒，那就不一樣了。所謂出嫁從夫，就算是咱們家的人了，她再有本事，一個女人還能翻了天去？」

這也正是劉榮懿的如意算盤。

她是這一輩劉家唯一的女孩，從小就受盡嬌寵，後來嫁入王家，又是長子嫡媳，照樣威風凜凜，哪知人再強，強不過命，丈夫卻是早逝。自從寡居在家，只得把萬事愛掐尖兒（注）的性子斂了，這麼多年也著實憋得很了。

這次藉著做了昭王妃的姪女兒有了身孕一事，好歹得了允准回京探視，一入繁花似錦的上京，更是不願再回海陵，竟是一門心思把主意打到了霽雲的頭上。

回上京這些許日子，劉榮懿倒也聽了些新鮮事，最感興趣的就是容家世女容霽雲即將及笄，卻是媒人寥寥這件事。

想想也能理解，容家再是豪富，卻沒有哪家子弟願意做那倒插門女婿，以致很多人雖是垂涎容家權勢，卻拉不下那個臉面來。

何況坊間，近日關於容府小姐也有些不好的傳言，最難聽的莫過於有人說容府世女不甚守婦道，和安家公子、甚至昭王爺都有不清不楚的關係……

劉榮懿也是有自知之明的，就自己兒子的性子，這輩子都不會有什麼大的出息，全賴宗族照看，混吃等死、當個米蟲罷了。若族人肯養著他也就罷了，真遇著個刻薄的宗主，說不好會受不少苦。

可若是真能做了容家的嬌客，有容文翰照應著，榮華富貴那還不是手到擒來？原本還怕容府嫌自家門檻低，待聽了那些有鼻子有眼的傳言，頓時信心大增，甚至隱隱覺得也就自己大度，肯將就娶了那容霽雲，容府真是占了偌大的便宜。

為了婚事更加十拿九穩，便想託劉靜萱讓楚昭出面作個大媒，一來面上有光，二來有楚昭作媒，容家定然不好意思拒絕。

看劉靜萱一直不說話，她忙給旁邊侍立的乳娘使了個眼色。

那乳娘微不可見地點了下頭，小心幫劉靜萱捶背，道：「奴婢瞧著，咱們王爺可也是很疼容家那位小姐的，每每得了什麼好東西，便派人送到容府去。這眼瞧著容家小姐年齡一日日大了，王爺肯定也心裡發急吧？真是給了姑太太家的二公子，都是自家人，倒也不怕有人會欺負她，也算是給王爺分憂了。」

「什麼好東西送過去？」劉靜萱愣了一下。

「王妃不知嗎？」那乳娘故作一愣。「奴婢也是聽其他奴才們說的，就前兒個派人送了泥人張捏得活靈活現的一頭小老虎到容府，說是容家小姐喜歡擺弄這些個東西……」

劉靜萱臉色一下變得很難看。

劉榮懿朝著乳娘點了點頭，悄悄退了出去。

「娘說那婚事準能成？」王賀亭愣怔了一下。

今兒實在有些被霽雲的氣勢嚇到，那麼一個小丫頭身邊跟著的竟然是絕頂高手，那侍衛的刀貼著頭皮掠過時，他險些沒嚇暈過去。

這會兒聽母親說九成九能和容府結親，不由有些抵觸。

注：掐尖兒，乘機從中謀取利益。

劉榮懿卻是會錯了兒子的意思，以為兒子是擔心容府推拖，忙安慰道：「那是自然，你放心，只要能娶了容霽雲，你這一輩子就要風得風要雨得雨，吃喝不愁了，就是娘也能跟著你享幾天福……」

一番話說得王賀亭有些意動，卻還是有些心結。「娘說得倒好，可就是有一點，那容家小姐太過凶悍了些……」

想起霽雲瞟過自己身上時，那銳利的眼神，刺得王賀亭頓時覺得自己矮了一半。若真是日日和這樣的女人生活在一起，自己怕是會不舉吧？

「你傻呀你！」劉榮懿恨鐵不成鋼地瞪了兒子一眼。「只要能把容霽雲馴得服服貼貼，憑她家的權勢，你再想要什麼樣溫柔的沒有？你到時只要多哄她些便是！」

楚昭回了府，一進書房，便看到幾個精美的陶瓷罐裝的蜜餞，正一字排開在書桌上。看楚昭神情疑惑，鄭涼忙道：「是今兒個霽雲小姐拿來的。」

又指了指旁邊的一大包茶葉和一個匣子道：「還有那些是剛收的新茶和上好的沉香，霽雲小姐說不只味好聞，還有助於睡眠，說是聽容相說王爺打小就有個睡覺不踏實的毛病，就找來這些東西，王爺要是用了好，她就再送過來，還一再囑咐我轉告王爺可要多注意身體。還有送給王妃的東西，聽說也全都是用心挑選的，還送了一大匣子護身的玉器讓王妃安胎用。霽雲小姐真是個有心的。」

楚昭不覺伸出手，輕輕摩挲著那簡樸的木匣，神情怔忡，更有無法言訴的溫柔。

劉靜萱進房間時，正好看到這一幕，臉色頓時有些蒼白。

「參見王妃。」鄭涼忙道。

楚昭回身，神情又恢復了泰然，對著劉靜萱溫聲道：「妳身子重，有什麼事派人來說一聲就好，又何必巴巴跑過來？」

劉靜萱踮起腳，輕輕幫楚昭解下身上的斗篷。

「妾身知道王爺心疼我，可妾身是王爺的妻子，但凡可能，妾身都想親自服侍王爺。」

楚昭愣了下，手慢慢撫上劉靜萱的背，劉靜萱順勢依偎到了楚昭的懷裡，小聲道：「另外，妾身還有一事相求。王爺想法子把姑母一家遣走吧，還有妾身的乳母，也是不能留下了。」

頓了頓，又小聲央求道：「若是妾身的親人做事有些魯莽，還請王爺看在妾身的面上，莫要責罰太重……」

乳娘會說出那樣一番話，明顯是要挑撥自己和容府的關係。那般言語必然是有人授意，劉靜萱思來想去，也就是回娘家時，叔父和嬸娘言談之中對容府頗為不滿……

可他們如何知道，自己費了多少力氣，才讓王爺終於願意試著接納自己？

怨只怨，自己和昭王爺認識得太晚……

第七十八章

「娘，您可要記得今日的話，將來兒子納那幾個紅粉知己進門時，娘可不許反悔。」王賀亭勉勉強強道。實在是一想到說不好會娶個母老虎進門，心裡就不痛快。

「那是自然。」劉榮懿忙不迭答應。只要能哄得兒子聽話娶了那容霽雲，自己以後就再不用回海陵看婆家人的臉色，可以出入上京宮廷貴婦之中。

長子現在已經做到知府的位置，有容家撐腰，說不定可以封侯拜相，到時候自己就是一品誥命夫人。

再不濟，靠著小兒子，自己這日子也定然可以滋潤得緊。

「只要我兒答應娶那容霽雲，但凡你所說，娘無有不允。」

卻不想鄭涼正奉了楚昭的命令，領了幾個下人站在門外，把母子兩人的話聽了個一清二楚，差點沒氣暈過去。

若不是屋裡這位是王妃的親姑母，依了鄭涼往日的性子，怕是要馬上拿了棍子把人打將出去。

當下再不猶豫，指使僕婦上前用力拍門，那如山的震響嚇得劉榮懿不由一哆嗦，很是不悅道：「哪裡來的不懂事的奴才，怎麼這般無禮？」

王賀亭上前一把拉開門，斥罵道：「混帳東西，太太正在房間裡休息，你們卻在外面亂拍亂叫，是要找死嗎？」

「王公子，」鄭涼沈著臉道。「我們這些奴才要如何處置，是要由王爺說了算的，還是說王公子以為，可以代為處理王爺家事？」

王賀亭儘管混帳，卻也明白，鄭涼雖名義上是王府的總管，卻是陪著昭王爺從小長大的人，兩人感情可不是一般的深厚，早超越了尋常的主僕。

剛進王府時，劉靜萱就曾經耳提面命，告誡他切不可惹到鄭涼。

這會兒看鄭涼發怒，頓時吶吶不敢言。

房間裡的劉榮懿也聽到了外面的對話，知道是鄭涼在外面，心裡頓時一個激靈。鄭涼可是楚昭的貼心人，難不成是姪女兒的話起作用了，昭王爺要和自己商量小兒子和容府聯姻的事情？

這樣一想，頓時喜笑顏開，滿面春風地走出房間道：「我說今日裡怎麼喜鵲喳喳叫呢，原來是鄭大總管到了。是不是你們家王爺讓你來請我和亭兒過去啊？」

來請她和那個混帳東西？鄭涼簡直是要被氣壞了，冷笑一聲。「二位快去前廳吧，妳家長公子已經到了。」

說著也不理二人，轉身而去。

大兒子王賀飛也來了？劉榮懿有些愣怔，轉念一想也對，飛兒是自己嫡長子，自己畢竟寡居在家，亭兒的婚事還是由飛兒作主更好。

雖然不滿鄭涼傲慢的態度，可一想到馬上就要和容家是親家了，又把心頭的火壓了下去，朝著地上狠狠啐了一口。

「狗眼看人低的老東西，等我家亭兒娶了容霽雲，讓你跪著給我們娘兒倆賠罪。」

想著既是要談婚事，說不好容家也會來人，自己還是要好好打扮下，又翻出一件顏色鮮亮些的衣服急急換上，找出幾件漂亮的首飾戴了，這才帶著王賀亭興沖沖往前廳而去。

鄭涼早已經到了，前廳裡還有一位神情惶恐的年輕男子，側著身子小心坐在椅上，拿著茶杯的手卻有些抖，甚至杯裡的水都濺了出來……

鄭涼滿臉怒氣地進來，附在楚昭的耳邊小聲說了幾句什麼，楚昭本就陰沈的臉，一下子氣得鐵青，手中的杯子重重放在桌子上，只聽哢嚓一聲，頓時碎裂成無數碎片，眼睛隨即如刀子一樣掃向王賀飛。

王賀飛嚇得撲通一聲就跪倒在地，顫聲道：「王爺恕罪！下官這就把舍弟和家母接回海陵，此生不會讓他們再踏入上京一步！」

王賀飛臉色如土，心裡暗暗埋怨母親不懂事。容家是什麼人啊，容家的世女，又豈是他們這樣的人家能高攀得起，母親竟然還敢四處宣揚，好像王家願意娶容家女是多大的恩惠似的，這樣打容家的臉，不是找打嗎？

本來這次進京是滿懷希望的，滿以為肯定能加官進爵，哪知母親和弟弟卻鬧了這麼一齣。

王賀飛為人一向謹慎，在任上雖無大的政績，卻也算是稱職，兼之表妹劉靜萱是昭王正妃，又加上有了身孕這樣天大的喜事，只要表妹夫肯照拂，從此青雲直上，那還不是指日可待？

本想著敘完職就親自過府拜訪楚昭，哪知楚昭卻忽然派人把自己宣來。聽楚昭冷著臉說完前因後果，王賀飛直嚇得魂都飛了。

那次表妹大婚時，王賀飛也來觀禮，印象裡，楚昭還算是很溫和的一個人，這樣疾言厲色的模樣還是第一次見。

「真是下作！」楚昭長長呼出了口濁氣，好不容易才強忍住沒有立馬提劍去後堂手刃王賀亭，惡狠狠盯著趴在地上的王賀飛。「你們王家果然了不起！本王倒想問問，誰給了你們這天大的膽子，竟然連容家世女都敢唐突！」

雲兒那般冰清玉潔的女子，在這些骯髒人口中，竟是成了什麼模樣！

自己放在手心裡呵護仍恐不夠，現在竟是被人這麼潑髒水，更可恨的是潑髒水的人還有自家親戚，自己還有何臉面再去面對雲兒和相父？

被楚昭身上的凜冽寒意嚇得一抖，王賀飛又一哆嗦，心知母親和弟弟定然是犯了王爺的大忌，再一想，也不知那容相現在可是已然知曉？若是楚昭和容文翰一起對王家出手的話，怕是好不容易才走到今天的王家會化為齏粉！

嚇得不停磕頭道：「王爺恕罪，我王家並非寡廉鮮恥、不知好歹之輩，此事全是家母和劣弟無知愚昧，與我合族無關。賀飛願替家母領罪，要打要罰全憑王爺作主，至於賀亭那混帳東西，賀飛一定會直接交給宗族家法處置！」

作為新興世家，王家為樹立威望，家法自來以嚴厲著稱，真是交給宗族，不只王賀亭這輩子再無出頭之日，便是自己，下一任家主之位怕也是岌岌可危。

「好。」聽王賀飛如此說，楚昭站起身來。「這會兒，你娘和你兄弟應該就要到了，你這就帶他們離開上京。對了，還有一個人，就是王妃身邊的乳母，也賞了你娘，你帶他們一併走吧。」

說完起身拂袖而去。

剛走至門前，迎面正好碰上一臉喜氣的劉榮懿和一搖三擺、得意洋洋的王賀亭。看到楚昭出來，劉榮懿臉上頓時堆滿了笑。

「哎喲，王爺，咱們都是一家人，您怎麼還親自出來接了？您放心，這亭兒以後娶了那容家女，容文翰就一定會對您服服貼貼，再不會有半點異心——」

話音未落，卻被楚昭厲聲打斷。

「放肆！容相如何，也是妳一個深宅婦人可以大放厥詞的嗎？」轉身怒道：「王賀飛，還愣著幹什麼？還不快帶了他們離開，記住你所說的話，今生今世，孤絕不願再看見此二人再踏入上京一步！」

同一時刻，哭哭啼啼的奶娘也被人推推搡搡地送了過來。她哪見過這種陣仗，嚇得直著嗓子不住哭號。「你們這是要做什麼？我要去見小姐。」

楚昭森然的一眼瞧過去，奶娘嚇得撲通一聲就跪倒，待要求饒，早有機靈的僕婦撿了塊抹布塞到了嘴裡，又猛一用力，把她推到了劉榮懿身邊。

「王爺有令，這狗奴才就賞給妳了，從今以後，爾等三人永生永世不得踏入上京！」

啊？劉榮懿簡直不敢相信自己的耳朵。昭王爺讓自己來，不是為了商量和容家聯姻的事嗎，怎麼臨了反而演了這麼一齣？還有，什麼叫永世不得再踏入上京一步？自己逼著小兒子娶那容霽雲，目的不就是為了可以長久留在上京嗎？

張皇地瞧了瞧跪在地上的王賀飛，再一瞧楚昭已經要離開院子，忙要追出去，顫著嗓音道：「王爺，這到底是怎麼了？那容家……」

卻被王賀飛一把抱持住，哀求道：「娘，您但凡還有一點可憐兒子的心思，就不要再說一句話！」

劉榮懿回頭，有些被王賀飛哀絕的模樣給嚇住了，帶著哭腔道：「好孩子，你這話什麼意思？娘逼著你弟弟娶容家女，可不就是想讓你飛黃騰達、青雲直上？你怎麼……」

沒想到母親竟還如此執迷不悟，王賀飛忽然翻身跪倒，咚咚咚地用力在地上磕起頭來，不消片刻，額頭上已是鮮血淋漓。

「娘，您若再說一句話，兒子就先死在您面前算了！」

劉榮懿一下被嚇傻了，再不敢說一句話。

「大哥，你這是怎麼跟娘說話呢？」一旁的王賀亭卻不樂意了。「是不是那容家為難你了……」

話未說完，王賀飛已經從地上爬起來，隨手拿了根棍子朝著王賀亭劈頭蓋臉就打了過去。

一肚子的怨怒無法對母親發作，這個不成器的弟弟卻是大可不必給他留什麼情面。

一番棍棒之下，王賀亭很快鼻青臉腫，嚇得劉榮懿忙攔住，顫聲道：「孽子，你是要打殺你弟弟嗎？你再敢動他一根指頭，娘就和你拚了！」

王賀飛手中的棍子噹啷一聲掉在地上，長嘆一聲。「娘、弟弟，咱們三人是王家的罪人啊！」

也不再和劉榮懿解釋，只吩咐僕婦「送」了劉榮懿上馬車。說是送，明眼人卻是一眼就能瞧出來，其實是看押。

直到出了上京，被婆家人強行送到小祠堂裡吃齋唸佛，劉榮懿才明白，自己犯了怎樣的大錯。

而此時，楚昭已經趕往容府，簡單地向容文翰說了事情的前因後果，竟然撲通一聲跪倒在容文翰面前。

「相父，是昭兒對不起您和雲兒！」

若不是府裡鬧了那麼一齣，自己還不知道坊間竟是把雲兒傳得如此不堪，分明想要毀了雲兒的名節！

「昭兒，你起來。」容文翰一把拉起楚昭。因太過憤怒，本是潔白如玉的修長手掌，這會兒已是青筋迸起。「竟敢拿我的女兒找事，真當我容文翰是吃素的嗎？」

自己果然還是太仁慈了些，讓他們以為可以騎在雲兒的頭上作威作福！

三日後。

謝府嫡長子謝莞邁著方步，不緊不慢地走出府邸。

「爺。」今兒個隨行的貼身小廝名喚四寶，最是機靈的一個，看謝莞出來，忙牽了匹一根雜毛都沒有的白馬出來，又跪在地上，任謝莞踩了自己的背，飛身上馬。

謝家人無論男女，一例都是上好的容貌，謝莞長身玉面、白衣白馬，瞧著真是漂亮至極。

兩邊路人瞧著這出身高貴、英俊瀟灑的謝府公子，個個駐足觀望、神情豔羨，那些大姑娘小媳婦更是心如鹿撞，看向謝莞的眼神如對仙人。

謝莞早已習慣眾多膠著在自己身上的嚮往眼神，傲然一揮馬鞭，那白馬便撒開四蹄，噠噠而去，瀟灑的背影給諸人留下無限遐思。

眼看離了府，四寶忙湊上來，低聲稟道：「爺，紫菲姑娘讓人捎信，說是剛譜了新曲，問爺有沒有空閒去聽？」

雖然官員有官體官威，自來不准嫖娼，可上有政策下有對策，這大楚王朝，沒有幾個紅粉知己附庸風雅，怕是會被人恥笑的，更不要說本就以風流多情聞名上京的謝大公子。

只是大家都是半斤八兩，哥哥弟弟一家人，真如容相那般潔身自好的，放眼大楚王朝也就這一個罷了，倒從沒聽說有哪個官員因嫖娼而被拘的。

謝莞自然心領神會。

早朝回來，讓四寶隨隨便便編了個理由回府搪塞，只說同僚之間有應酬，便打馬直往杏花樓而來。

四寶口裡的紫菲姑娘便是這杏花樓的頭牌，又是個性子高傲的，很難有凡俗之人入得了她的眼，唯獨對謝莞死心塌地，只要謝莞來，便會拒絕所有客人邀約，即便是王孫公子也不會讓她改了主意。

這般深情，令謝莞得意之餘也是頗為感動。男人的自尊心得到了滿足，凡是紫菲邀約，也是鮮少推辭。

如今聽紫菲說要唱曲子給自己聽，自然快馬加鞭就趕了來。

俗話說最難消受美人恩，又何況是紫菲這般相貌、才情、品味都不缺的美人兒呢？

聽著那咿咿呀呀纏纏綿綿的小曲，那般讓人銷魂，兩人很快把持不住，先是抱著親了個嘴，很快，彼此撕扯著衣衫，倒在了床榻之上。

白日宣淫對兩人來說也是常事，可惜的是，床上這小曲將要唱到最高潮的時候，卻忽然有人破門而入。

兩人因太過忘情，竟不只身上連一點布帛也無，便是床上的被褥也被蹬得滿地都是，那兩具白花花交纏在一起的身軀，就毫無遮掩地裸露在大庭廣眾之下！

謝莞傻了，抬頭呆愣愣瞧著突然衝進房間的官兵，只覺頭一陣陣暈眩。

那些官兵也呆了。原本收到線報，說是有江洋大盜藏在這杏花樓裡，又怎知道匆忙趕來，竟是看了一齣漂亮書生和杏花樓妖豔頭牌上演的活春宮。

太過香豔了，最前面的幾位官兵當場就噴了鼻血。

還是紫菲先回過神來，再沒想到自己這千金尚不得近前的嬌媚軀體，就這樣裸露在一群粗俗不堪的兵丁前，頓時發出一聲慘叫。

那聲音太過淒厲，謝莞本就混沌的腦袋一下抽了，惱羞成怒地邊拉起被子要遮住二人，邊惡聲罵道：「混帳東西，還不快滾出去！我謝莞的房間也敢闖，還真是活膩了！你們再不滾出去，我這就讓人把你們腦袋都摘了！」

「謝大公子？」那些人本就看謝莞有些熟悉，只是兩相比較，肯定是紫菲的身體更有看頭，倒也對謝莞沒有太過注意，哪知對方竟然說出這樣一番話來。

眾人愣了一下，仔細看去。這白日宣淫的嫖客可不正是有謝家芝蘭玉樹之稱的謝莞公子？頓時譁然。

謝莞也是看到眾人震驚的反應時，才明白自己犯了一個多蠢的錯誤。

這件事很快傳遍朝野，第二日，便有無數彈劾謝莞的奏摺飛到了皇上的御案之上。

聽說這個消息時，容文翰正和霽雲品茶，一雙斜長的鳳眼滿含著笑意，隨著女兒上下翻飛、行雲流水一般的煮茶動作不停轉動，怎麼瞧都覺得自己女兒太過聰慧，竟是學一樣精通一樣。

正思量間，霽雲已經斟滿了一小杯茶捧到容文翰面前。

「爹爹快嚐嚐，雲兒的手藝可進步些了？」

那一臉「快誇我吧」的嬌憨模樣，令容文翰還未喝茶就已經醉了，連連點頭。「嗯，好喝，爹爹還不知道雲兒沏茶的功夫竟是這般了得。」

霽雲哭笑不得。「爹爹又哄我，您明明還未喝到。」

「那又如何？」容文翰卻是輕捋長髯，不容置疑。「爹爹便只聞得一聞，便知分曉。爹爹說雲兒功夫了得，誰還敢有異議不成？」

霽雲默然。原來品茶也可以這樣品嗎？只是您這樣說了，誰還敢有異議！

正好容寬進來，附在容文翰耳邊小聲說了些什麼。

容文翰神情愈加愉悅。

自己早說，那謝莞也不過金玉其外敗絮其中罷了，憑他們謝府敢中傷雲兒，現在這般處置，還是便宜他謝家了呢！

雲兒可是堂堂容家世女，他容文翰的女兒、唯一的繼承人，竟敢想要拿雲兒生事，那就先讓謝家的繼承人來賠！

第七十九章

「爹！」

謝玉沒想到自己也有承受家法的一天。

謝家的傳統，自來是女孩兒比男孩兒嬌貴，謝家又是豪門世家，從來都是即便做了什麼天大的錯事，也是從不需要給什麼人交代的。迄今為止，即便是庶出的，也從沒有一個謝家小姐受過這般苦楚。

看到那扔在面前、幾指厚的竹板，謝玉嚇得魂兒都要飛了。

「爹、爹，您不能這樣對女兒……」

身體的疼痛還在其次，更重要的是這個臉面自己丟不起。

看到愛女跪在地上哀哀哭泣的模樣，謝夫人也很是心疼，看向謝明揚。

「老爺，就沒有別的法子了嗎？」

「別的法子？」謝明揚嘴裡泛起一陣酸。謝家、容家雖是並稱，卻一直貌合神離，互相看不順眼，這一朝更因為政見不合，多有齟齬。

只是兩家皆是根深葉茂，倒也對彼此無可奈何，甚至夜深人靜時，想到容家無子，不過一個黃毛丫頭承繼後嗣，謝明揚還頗為自得，心裡頗有優越之感。

哪裡想到，今次竟然這般重重被打臉。

只是雖明知道兒子出事應是容家的首尾，只是眼下這局面，根本已是無力還擊，一個處理不好，不但兒子的前途完了，女兒也會落個誣陷中傷的罪名。一旦事情傳出去，閨閣女子便這般長舌，造謠生事，那玉兒的名聲也算是盡毀了！

目前之機，只能自己先低頭。

當下，謝明揚銜僕婦恨恨道：「打！」

謝玉沒想到父親竟是來真的，臉色頓時蒼白至極，正自徬徨，第一板已經重重落了下來，謝玉慘叫一聲，聲音之淒厲，直驚得病中的謝家少夫人差點從床上滾下來。

側耳傾聽片刻，那淒厲的叫聲終至越來越弱，到最後，沒了一點聲響。

好不容易刑罰完畢，看到趴在藤椅上、進氣多出氣少的寶貝女兒，謝夫人險些沒哭暈過去。

「快，還、還愣著幹什麼！還不快抬了小姐回房，請御醫！」

卻又被謝明揚攔住，只說宮中李嬤嬤通曉醫術，派人快馬加鞭去了太子那裡，央著太子妃使人請那李嬤嬤來就是。

「李嬤嬤？」謝夫人紅著眼睛咬牙切齒道：「那李嬤嬤不是自來同容家交好嗎？若不是因了那容霽雲，我的玉兒怎麼會生受這般責罰？要請她來，豈不要容家看我們的笑話？」

「愚蠢！妳以為我是因為玉兒闖禍才打她的嗎？」謝明揚也是堵得受不了。「老夫膝下就這麼一個女兒，妳心疼，老夫又何嘗忍心？」

之所以把女兒打得這麼狠，目的不就是為了給容家一個交代嗎？女兒此時的慘狀，自然要讓容家知曉。

他緩步來到謝玉近前。

「玉兒，是爹對不起妳。妳放心，這筆帳，爹有朝一日一定會替妳討回！」

自己勢必要毀了容家，以償今日兒子女兒所受的屈辱！

謝玉咬著嘴唇，慢慢點了下頭，吃力道：「爹，女兒、不怨你，都是那、容霽雲！」

最後三個字，語氣刻毒無比。

當日在安府門外驚鴻一瞥，自己就對那安彌遜情根深種，不料容霽雲竟是橫刀奪愛，勾引得安彌遜對她死心塌地，竟是無論自己如何，都沒辦法讓安彌遜的眼睛在自己身上駐留一瞬。

既然自己得不到，那便毀了也好。

沒料到一番籌謀，卻害得自己和兄長落到這般下場！

容霽雲、安彌遜，你們兩個人，我都絕不會放過，有生之年，我一定要把你們今日給我的恥辱，千百倍地還回去！

「爹爹知道，妳一向心高氣傲。」謝明揚嘆了口氣。「只是爹爹有一句話妳要記得，以後萬事必得謀劃妥當，絕不可再如這次般莽撞行事，授人以柄！至於說那容霽雲，怕絕不是尋常之輩！」

原以為容家女流落在外多年，少人教養，比起自己的女兒來，定然有雲泥之別，可這幾年看下來，容家由她主事，無論外界如何風風雨雨，容家卻是安然如山，從未捲進任何一場風波中。

便如女兒這次針對容霽雲，流言最是不可察，偏偏容文翰忙於國事之餘，仍是那麼快就掌握了相關的證據，這其間，看來容家女亦是功不可沒。

以為是羔羊，原來卻是頭潛伏在暗處的狼嗎？

既然是狼，那索性先把她的狼牙一顆顆拔掉！

所謂殺人不見血，也要讓她痛到極致！

他回頭目視周才。

「你前些時候說，容霽雲手下有一個叫傅青軒的人，最是能幹？」

「是。」周才只覺一向溫文爾雅的主子的表情實在太過猙獰，頭上頓時布滿了冷汗……

「竟然是你？」傅青軒漫步進入茶館，四下瞥了一眼，正好看到從樓上低頭哈腰跑下來的周榮。

大早上的，茶館中本就寥寥，坐著品茶的幾人也都是有些昏昏欲睡、提不起精神的樣子，卻在看到進來的青衣公子時，神情一振。

不過是一件沒多少花飾的藏青色袍子，越發襯得人面白如玉，在這樣一個有些混沌的早晨，恍若一道耀眼的陽光，耀花了所有人的眼。

「傅爺，」周榮倒還客氣。「您快請，那方才往貴府上送信的官人就在樓上。」又皮笑肉不笑道：「自然，您若是現在馬上就走，那也是使得的，就只是那青公子……」

傅青軒的臉色一下難看至極，哼了聲，跟著周榮便直往樓上雅間而去。

「傅掌櫃的，請。」

周榮站在門旁，伸手做了一個請的手勢。

傅青軒看著那影影綽綽的珠簾，忽然覺得有些不對勁，轉身便要下樓，哪知身後卻忽然轉出兩個侍衛，手按劍柄，滿臉煞氣地瞧著自己。

身後珠簾隨之一響，一陣細碎的腳步聲在身後響起。

傅青軒慢慢回身，瞳孔猛地一收縮。

是一名三十許的華貴男子。

此刻，男子的眼裡帶著毫不掩飾的迷戀和掠奪，甚至有些失而復得的狂喜。

「阿青，是你回來了，對不對？」

竟是張開雙臂就要去摟傅青軒。

「我就知道，我對你那麼好，你怎麼捨得扔下我，怎麼會死？」

一直等了將近一個時辰，都沒有見傅青軒從樓上下來，外面的長隨有些心急，最後跑到茶館裡，裡面卻是空無一人，又上了二樓，也是不見一個人影。

那長隨嚇得魂都要飛了，連滾帶爬地跑去鋪子。

聽說傅青軒去茶館後便不見了蹤影，張才也嚇了一跳。知道傅青軒對外的身分是店鋪的掌櫃，和自家小姐卻是親如兄妹，感情最為親厚，當即不敢耽擱，立即備了馬匹就往府中而去。

霽雲剛送了父親離開，回身便見一臉惶急的張才打馬而來，頓時一愣。

待聽了張才的回稟，也是驚出一身冷汗。

因傅青軒長得過於俊美，那些應酬之事，自己從未讓他出面，因此識得傅青軒真面的也不過寥寥幾人罷了。而且平日裡，還特意派護衛隨身保護，為何突然出了這樣的事情？

她忙坐上馬車趕往商鋪。

很快，那服侍傅青軒的長隨被帶到了霽雲面前。

「小姐。」那長隨也知道自己闖了大禍，直嚇得渾身發抖。「奴才所言句句屬實，爺自來起得早，正在廳裡坐著呢，就有人送了封信來，爺當即就叫小的套上車子，和他去那茶館……」說著不住磕頭。「小姐，奴才真的不知道爺怎麼就會突然不見了呢？」

「什麼信？」霽雲直覺那封信有問題，起身跟著長隨去傅家宅子，卻是毫無所獲。

不得已，又帶人趕往茶館。到了後才知道，那茶館主人早在一月前就已亡故，妻兒老小早就回鄉下老家去了。

竟然是一場精心設計的陰謀嗎？

霽雲身子一晃，差點摔倒。

三哥一向體弱，又生得俊美如斯，若是有個……

她一把抓住聞訊趕來的阿遜。

「阿遜，快派人去東西南北四門查探有沒有見到三哥外出，再讓人徹查所有的煙花柳巷……」

心頭已經要滴下血來。到底是誰敢這樣對待三哥！

阿遜抱著站都站不穩的霽雲，眼睛簡直要噴出火來。「雲兒莫慌，妳若是倒下了，那三哥還要靠誰？現在，要緊的是趕快找到三哥才是。」

「三哥平日裡深居簡出，能識得三哥的人，必是親近之人。容五、容六，你們且去瞧一下，看平時跟著三爺的那些人可有什麼異常？」

一番安排之後，阿遜返身抱住霽雲往馬車而去。

傅青軒突然不見了，鋪子裡的生意只能先委託張才協助李虎打理。

好在李虎也是做慣了的，倒也沒有手忙腳亂，只是擔心傅青軒，鋪子裡的氣氛便很沈悶。

漫長的一天過去了，仍是沒有一點傅青軒的消息。

因為大比在即，傅青川這幾日一直在太學裡，霽雲早發出嚴命，不許任何一個人打擾傅青川，不然，說不定又要出怎樣的亂子。

「他奶奶的！」第二天一早，張才罵罵咧咧地進了鋪子。

「怎麼了？」李虎聞聲抬頭。

「還不是周榮那個無恥小人！這不是巴上謝家的周發了嗎？你是沒見啊，方才那個張狂的模樣！」

張才想起來就有氣。

方才，他恰好碰上坐著大馬車的周榮。

往日裡，周榮見到張才，總是和老鼠見了貓一般，避之唯恐不及，今日卻是趾高氣揚的，走至張才身前時還故意一揚馬鞭，那馬兒受了驚嚇，朝著張才的車子就撞了過來，虧得馬夫反應快，張才才沒有摔下來。

張才本來要罵，哪知周榮從車裡丟出塊銀子，只高聲說了句：「好狗不擋路，張管家，你沒事在大馬路上發什麼呆呀？」就揚長而去。

張才氣得半天才反應過來。

「周榮這個混帳東西！竟敢罵我是狗！」

霽雲正好走進來，聞言皺了下眉頭，叫來容五，低聲吩咐了句什麼。

到得晚間，容五才回返。

「好像那周榮搭上了太子府的人。」

容五也很是奇怪，明明周榮不過是一個沒見過什麼世面的小商人罷了，即便和武世仁有親戚關係，可上京城裡，有的是豪門勛貴，怎麼他突然會和太子家有了關係？

霽雲猛地站了起來，心裡突地緊了一下。

難道是他？三哥一向萬事不放在心上，這世間，除了四哥和大嫂他們，就只有自己和死在太子手上的二哥會讓他不顧一切！

「派人密切監視太子府和周榮的動靜，一有異常，馬上來報。」霽雲努力想要壓下內心紛亂的思緒，卻又靜不下心來。

「雲兒，妳莫要太自責了。」看著霽雲因一夜未眠而泛黑的眼圈、分外憔悴的神情，阿遜心疼不已，俯身環住霽雲，讓她的頭枕在自己胸前。「妳放心，三哥吉人天相，定然不會有什麼大礙。」

霽雲伏在阿遜懷裡，眼中明明澀得緊，卻是流不出一滴眼淚。「可是阿遜，你讓我怎麼放得下心來？三哥他身子骨那般弱，還……」

更重要的是，三哥柔弱的外表下，卻有一顆無比驕傲的心，才會明明身子骨不好，也強撐著要為自己東奔西走，不願別人把他當成廢人看輕了他……

若真有什麼不測，怕三哥會選擇玉石俱焚……

「我知道，我都知道……」阿遜一下一下輕拍著霽雲的背。自己的雲兒啊，總是想著保護所有的人，卻不知道，她自己才是那個最需要保護的。「只是雲兒，妳要相信三哥，三哥沒有妳想的那般柔弱。三哥那麼疼妳，定然不捨得妳傷心的……」

「小姐。」

門外響起張才的聲音，阿遜倏地拉開和霽雲的距離，揚聲道：「進來。」

「小姐，劉封今兒一大早就派人來，說是周發急著派人尋他送貨，說是櫃上的東西都要賣空了，小姐看……」張才恭恭敬敬道，心裡對小姐真是崇拜無比。

所有人都以為小姐不過是有個好家世，再加上對她百般寵愛的爹，卻沒有人知道，這京城將近四成的貨物都是小姐隻手掌控。

可笑那周家，自以為尋找到了新的貨源，卻沒有想到，不過是小姐不想太過引人側目，才讓劉封從牙縫裡給他們擠出一點。

「周家要貨？」霽雲聲音冷得瘮人。「告訴劉封，繼續病著。」

張才領命下去，霽雲又讓人叫來李虎，低聲吩咐了些什麼。

第八十章

「病體垂危？」周發的聲音幾乎是從牙縫裡擠出來的。

前些時日，老爺突然吩咐自己，便是自家商鋪關了門，也必要先保住武家商鋪。不得已，自己只得先把不多的存貨送了過去，想著那劉管事應該會很快回轉，哪裡想到竟等到了病體垂危的消息。

眼看再沒多久就是年終了，正是府裡各口的管事在主子面前長臉的時候，要是自己這會兒開不了門，到時候定然會被比下去。沒臉倒還其次，說不好，自己這大管事的位置就會被擼了……

正自焦頭爛額，伴當（注）回稟說周榮求見。

「不見。」周發不耐煩地擺了擺手。自己這會兒也是泥菩薩過江自身難保了，哪有餘力再幫他？都是奴才，要是自己經營的商鋪賺不了錢，最後沒臉的還是自己。

看那伴當要走，忙又叫住。「就說我不在。」

「大管事不在？」周榮臉色一下變得通紅。明明親眼看到周發從車上下來進去鋪子的，這會兒又說不在，不是睜著眼睛說瞎話嗎？

可又沒有辦法，只得垂頭喪氣地回了鋪子。

注：伴當，跟隨作伴的僕從或朋友。

屁股還沒坐穩呢，簾子一挑，周榮看了下來人，差點想轉身就跑。

卻是姊夫的貼身長隨武員又來了。

這段時間有周家照拂著，生意向來還好，可再好也擱不住姊夫這樣淌流水一樣往外扔錢啊！

這才多長時間，帳上的錢讓姊夫支走了差不多有五千兩。

自己沒辦法，就想著跑到武府，求姊姊從旁勸說一下姊夫。哪知姊姊卻是一門心思要和那容氏爭寵，對姊夫千依百順不說，還把自己狠狠訓斥了一頓。

現在鋪子裡不只沒有餘錢，更是連貨物都要告罄了。

「周管事，」還來不及閃身躲出去，武員已經發現了他，笑咪咪道：「趕緊的，老爺說讓他支一千兩銀子，中午有應酬。」

「一千兩？」周榮險些哭出來。「好武員，你去幫我跟我姊夫說一聲好不好？這會兒別說一千兩，就是一百兩我也拿不出來啊！」

武員愣了下，神情便有些不好看。實在是平日裡周榮以正經舅爺自居，在這些下人面前拿喬得很，這會兒又做出這般模樣，武員哪有心思理他，只繃了臉一逕催道：「我只是奉了老爺的命令來取錢，其他的可是作不了主。老爺在等著呢，你還是快些吧！」

周榮無法，只得取出本是準備往府裡送、貼補家用的七百兩銀子，很是肉痛地遞給武員。「店裡就這些了，你幫著周某美言幾句，就說差的銀子，等店裡進來貨物，很快就可以湊上。」

武員狐疑地打量了周榮幾眼，只得接過銀票，上馬而去。

想到自家還有幾十口的人等著嚼吃呢，要是不能趕緊把貨物盤過來，姊夫責備不說，難道一大家子跟著喝西北風？

周榮急得在屋裡不停轉圈，又跑去謝家商鋪，再次吃了閉門羹，氣得直罵娘。走得急了，差點和幾輛拉著貨物、一字排開的大車撞到一起。

周榮吃了一嚇，忙往路邊讓開，這才定睛看去，不由眼都直了。車上的人已經開始往下卸貨，竟都是目前最走俏的，比起周發讓給自己的貨物好了不只一點半點。

眼看張才出來，指揮著眾人熱火朝天地往倉庫裡搬著，周榮看得直流口水，也明白了，這些個好東西全是容家的貨物。

罷了，兩家可是親戚，自己就不信那容家真就如此絕情，非要眼睜睜看著武家鋪子關門不成。

這樣想著下了車子，磨磨蹭蹭來到張才身邊，努力擠出一個大大的笑容。

「哎喲，我說是誰呢？原來是張管事。」

哪知張才卻閃身退開，就像沒看見他一樣，呵斥道：「幹什麼的？沒看見我們正忙著呢！這些東西可都是金貴得緊，真是碰著了，你賠得起嗎？」

周榮愣了下，氣得就想拂袖離開，可又實在眼饞那貨物，只得繼續陪了笑臉道：「張管事，是我，周榮啊。」

張才這才微微轉頭，瞥了周榮一眼，冷笑道：「喲，周大管事啊，你們如今發達了，聽說你和謝府的周管事可是一家子的，什麼時候有什麼好生意可千萬要照顧我們一下。」

正好一條狗跑了過來，張才撿起個磚頭就扔了過去。

「這畜生最不講良心，前些時日我還扔給牠個肉包子，沒想到隔天牠就開始對著我汪汪叫，果然畜生就是畜生！這狗日的，今兒個還有臉往我跟前湊。」

那些搬貨物的夥計們頓時看著周榮哄堂大笑。

周榮臊得恨不得找個地縫鑽進去，憋得一張臉都紫了，卻又拿張才沒辦法，終於氣咻咻地鑽進車子，逃一樣地回了商鋪。

到了商鋪才發現，外面停了一輛車，上面有武府的標記，心知是姊姊派人來拿銀子了，兩眼頓時通紅。

聽到動靜，周蕙從鋪子裡迎了出來，看到周榮鐵青的臉色，不由一驚。「弟弟，你這是怎麼了？是誰給了你氣受？」

周榮雙眼通紅，渾身都是哆嗦的。「姊姊，這鋪子我是沒法子開了！」

周蕙一愣，看看店裡不算少的客人。「什麼叫沒法子開了，這不挺好的嗎？」

周榮也不說話，領著周蕙就往庫房而去，一打開，裡面空空如也，連老鼠都沒有一隻。

「姊姊，存貨都搬出去了，明兒個櫃檯上也剩沒多少東西了，啥都沒有，這鋪子還是關門算了！」

「這是怎麼著了？」周蕙也是大吃一驚。「你前兒不是還說，鋪子裡的貨物，謝家鋪子都包了嗎？」

「本來周發是這麼說的。」周榮也是欲哭無淚。「可今兒個卻是根本連見我都不肯。我偷偷去打聽了下，妳猜怎麼著？原來他們的鋪子裡也斷貨了！我就想著去求求容府的人吧，哪裡想到，卻被人羞辱了一通……」

說到張才罵他是畜生，周榮已是咬牙切齒。

沒想到容家人這樣欺負自己兄弟，周蕙也是氣了個倒仰，當即表示一定會為兄弟出這口惡氣。至於說補貼家用的銀子，周蕙冷笑一聲道：「那容氏才是府裡的管家太太，老爺的俸祿也是她經管著，吃什麼、用什麼，有她調理就是，與咱們這鋪子有什麼相干？」

反正容氏手裡嫁妝多著呢，這次容氏倒學得精刁了，那些漂亮首飾管得嚴嚴實實的。

「你們要找我拿銀子？」容清蓮看著圍在自己周圍的幾個管事和內宅僕婦，神情很是慌張。

雖然她是名義上的管事奶奶，可府裡銀子向來不是自己經管，便是老爺的俸祿，自己也沒有見過一分。這些人明明都是知道的啊，怎麼這會兒又都跑來找自己要銀子？

「大膽！」武香蘭正好走過來，雖是氣怒母親的懦弱，卻也不能袖手旁觀，當即柳眉倒豎。「你們這些刁奴，想要討打不是？府中錢糧往來，自來都有一定的規矩，怎麼今日裡都跑來母親這裡胡鬧？」

那些下人雖從不把容氏放在眼裡，也知道府裡這位大小姐是個厲害的，從來不敢小覷，而且心裡也明白，姨奶奶手裡其實是攥著銀子的，不過是想他們難為一下夫人罷了，心虛之下，只得訕訕地離開。

聽說這些下人被武香蘭罵了回來，周蕙神情更加難看，當即裝模作樣道：「夫人既是這樣說，豈不是擺明了不管我們的死活嗎？這偌大的府邸，我一個做姨娘的又能做些什麼？罷了，既然如此，就各人自掃門前雪吧。你們放心，再窮再苦，有我一口吃的，也必然會分與諸位即是。」

那些下人當即心領神會，喏喏著離開。

一連三天，周蕙領著三個兒女都躲在自己小院裡，稱病不出，武世仁又經常不回府上，偌大的飯桌上不過容清蓮母子三人罷了。

第一天好歹還有碗乾飯，第二日就是米湯了，第三天，飯稀得更是能照見人影。

容清蓮自從嫁到武府便受盡委屈，甚至隨武世仁外任時，曾經被關在小黑屋裡幾天不給一口飯吃。至於武香蘭，年齡好歹大些，雖是怒火中燒，好歹還能忍。

武雲昭畢竟小小年紀，這般吃不飽的情況下，免不了哭哭啼啼。容清蓮心疼之下，忙把自己碗裡的水喝了，也不過碗底處留了幾粒米罷了，盡數都給了武雲昭。可饒是如此，又怎麼能填飽肚子？

容清蓮心疼之下，不覺哀哀哭泣，卻又沒有一點辦法。

恰在此時，一個僕婦端著托盤的身影在門口一閃而過。僕婦行處，便有陣陣烤雞的焦香味兒傳來，武雲昭頓時直流口水，眼巴巴地瞧著那僕婦，模樣當真可憐至極。

武香蘭氣怒交加，快步走出房間，衝那僕婦厲聲道：「站住！」

那僕婦嚇了一跳，回頭看是武香蘭，眼中閃過一絲蔑視。

「大小姐，您要是有事，待會兒再說，夫人可還等著用餐呢！」

武香蘭也不理她，快步上前，一把掀開上面蓋著的白布，竟是豐盛無比的六菜一湯，雞鴨魚肉樣樣俱全。

武香蘭伸手就奪了過來，那僕婦愣了一下，忙要上前來搶，卻被武香蘭一巴掌搧過去，嘴角頓時滲出血絲來。

「好個牙尖嘴利的刁奴！這府裡除了我母親，哪還有第二個夫人？讓我們母子三人連口米飯都吃不上，你們倒好，竟敢背著主子吃這些金貴東西，真以為本小姐治不了你們嗎？」

說著端起托盤便往正房而去。

那僕婦第一次見著武香蘭這般凶悍的模樣，也有些被嚇呆了，等回過神來，轉身便往周蕙院裡跑。

「夫人啊，可不得了了！您說您身子骨不好，好不容易得了點吃食，現在倒好，竟是被那不知羞的搶了去！」

沒想到周蕙院裡的一個僕婦也敢這麼編排自己，武香蘭直氣得肺都要炸了，筷子往桌上一放，扭身就往外走。

今天就是跪死在容府門外，也要求得表姊出面！

霽雲剛回府不久，便有丫鬟在外回稟，說是武家的香蘭小姐來了，想要見自己。

武香蘭？霽雲沈吟片刻。「讓她進來吧。」

「姊姊。」武香蘭一進來，甫一張口，便淚流不止。「蘭兒懇請姊姊，想個法子救救我母親和弟弟吧！」

自從表姊因鋪子的事和母親日益疏離，父親眼看很難再占到容家的便宜，看母親就日益厭憎，雖是看在舅舅面上，不敢再明目張膽地苛虐娘親，但是待母親越發不堪，好像府裡根本就沒有母親這個人一般。

甚至母親若是有事尋去，也總會被臭罵一頓，直說母親這般沒用，靠著那麼厲害的娘家，竟是對丈夫仕途毫無幫助，無能至極。

那周氏則在旁邊冷言冷語，只假惺惺說什麼大戶人家的庶女，自來就和奴才沒什麼差別，也就爹實誠，當初才會信了別人的鬼話……

可即便自己還小也明白，若不是依了舅舅的蔭庇，父親何嘗能坐到如今的位置？

前一段時間，因府衙事務不順，正好有一個衙門主官出缺，便想求舅舅幫忙去那裡任職，就逼著娘親回娘家來說這件事。只是娘親性子雖弱，卻也明白，已經出閣的女子，怎麼能再插手兄長的公務？更不要說，即便自己回了娘家，舅舅的性子也絕不會聽任擺布，說不得，還會惹了舅舅生氣……

聽得娘親拒絕，父親竟然當著一眾下人的面狠狠踹了母親一腳，使得母親當場吐血，在床上足足躺了半個月之久……

說起過往前情，武香蘭早已是淚如雨下，忽地站起朝霽雲就跪了下去。

「姊姊，蘭兒知道娘親糊塗，傷了姊姊的心，但無論如何，姊姊也是娘親僅有的依靠了，求姊姊想法子幫幫娘親吧！」

讓侍立的丫鬟扶起武香蘭，霽雲沈吟半晌，終於開口。

「蘭妹妹，妳想要我怎樣幫姑姑呢？姑姑的性子，妳不是不知道，至於妳父親如何，妳也是比我更清楚……」

武香蘭頓時語塞。是啊，讓表姊怎麼幫娘親呢？爹爹深愛的是周氏及她生育的子女，眼裡從來沒有母親和自己姊弟，可這樣下去，娘親不知什麼時候就會撐不住，離開人世，而沒了親娘的照拂，自己倒是無妨，只可憐弟弟尚且年幼……

她神情逐漸堅定。

「姊姊，我聽娘親說，您曾想要讓她和離？」

那次娘親被打得吐血，昏昏沈沈中，曾經說過這件事。當時爹恰好也在，從那以後便嚴令，沒有他的允許，母親或自己、弟弟都不許再踏入容府一步。

想到這幾日來，周氏幾個大魚大肉，而母親和自己三人則是連肚子都吃不飽，竟是連家中下人都比不上，這樣的地方，還有什麼可留戀之處？

霽雲一怔，想不到武香蘭小小年紀便有此決斷，終於正色道：「妳一個小孩家，可作得了姑母的主？」

「姊姊放心。」武香蘭毅然點頭。「娘親那裡，我會去說。」

雖然勸父母和離不是為人子女之道，甚至可說是大逆不道的。可娘親懦弱，弟弟幼小，自己這般決定，老天也會可憐自己的吧？

「既然妳如此說，」霽雲點頭。「那妳準備下，現在就回去，把姑母和昭兒接過來，以後你們只需要安心在府中住下便是。妳先回去安排，我隨後就到。」

又叫來容五、容六，低聲吩咐了句什麼。

姊姊這是答應自己了？武香蘭愣了半晌，頓時喜極而泣。

又聽霽雲說待會兒會親自去接，心知是怕自己和母親受為難，不由更是感激。

第八十一章

武香蘭坐了車很快往家中而去，一路悲傷之餘，又覺得也算是個解脫，雖垂淚不止，倒也有一絲輕鬆。

只是到了府門外，卻見青天白日的，家裡竟是大門緊閉。

武香蘭愣了下，只得讓丫鬟去叫門。

好半晌，門才從裡面拉開，家丁探頭往外看了下，見除了武香蘭外，並沒有旁人，這才打開門放了主僕二人進去。

「好好的，門關得這麼緊做甚？」武香蘭邊往裡走邊道。

那家丁有些晃神的樣子，搪塞道：「夫人說外面有些嘈雜，太吵了些。」

「夫人？」武香蘭皺了下眉頭，冷笑道：「我娘可不是一次說過太吵，你們今日裡倒是聽話。」

家丁也不說話，只管又把門關了個嚴實。

武香蘭也不理他，徑直往母親房中而去，哪知剛踏上臺階，就被突然出現的周蕙和武香玉給攔住。

「那個香蘭呀，妳妹子正尋妳呢，說是昨兒個那花樣還想央妳再教教她。」

武香玉更是上前，親親熱熱地去挽武香蘭的胳膊。

「姊姊，妹妹特意使人買了稻香宅的點心，姊姊一塊兒嚐嚐去。」

武香玉的意思本是想著，武香蘭好幾日未好好吃一口飯了，說有好東西吃，武香蘭必不會再抗拒。

卻不知恰是這樣說，使得武香蘭更加憤怒。

周姨娘一方面說家中沒了錢財，故意為難母親，偏是自己山珍海味不說，還有閒銀子買那麼多精美的吃食，不是明擺著欺負自己幾個嗎？

當下狠狠一把推開武香玉，冷笑道：「什麼好點心，妳們自藏在房間裡吃就好，又何必特意來我面前顯擺！」

武香玉猝不及防，身子一個趔趄，一下滾落臺階。周氏大驚，忙上前扶住，氣得指著香蘭罵道：「好妳個心腸歹毒的，怎麼這般對我的玉兒！當真是狼心狗肺，成心想害死我的玉兒不是？」

還要再罵，卻見武香蘭也不理她，徑直要推門而入，頓時一個激靈，也顧不得看武香玉傷到哪裡，只大聲道：「老爺、老爺，香蘭那個死丫頭回來了。」

爹？爹這些時日可是從不到娘的房間裡來的……

武香蘭忽然覺得不妙，用力一把推開門，正碰見臉色鐵青的武世仁。

只是奇怪的是，武世仁額頭上竟然有塊尚未乾涸的血痕。

看到武香蘭，武世仁不覺呆了一下，半晌別過頭去。

「妳回來了也好，妳娘和兄弟，怕是……不行了。」

武香蘭只覺嗡的一聲，差點昏過去。

明明自己離開時，母親和弟弟不過受些委屈，怎麼這片刻工夫，爹爹竟說不行了？而且還是兩個人一起！

武香蘭瘋了一樣地推開武世仁，朝著房間裡狂奔而去，完全沒注意武世仁已經快步走出房門，那周氏眼疾手快，哼噠一聲就把房門鎖上了。

武香蘭跑到床前，只見檀木雕花的大床上，母親和兄弟並排躺著。母親身體蜷成蝦米狀，一張臉早已腫脹不堪，弟弟則是無聲無息，嘴角還有一絲殘存的血跡，手裡還緊緊抓著雞腿……

「娘親，弟弟！」武香蘭頓時五雷轟頂，撲了過去，顫抖著用手探了探兩人的鼻息，俱是微弱得很，可好歹還活著！

「開門，快開門！」武香蘭撲到門邊，這才發現門竟是被鎖上了，抓著門框狠命搖晃。「爹、爹，求求你，快開門，快去請大夫來啊！娘和弟弟還活著，他們還有救啊，快去請大夫，爹，求你了！」

可是無論武香蘭如何哀求，外面的武世仁都是無動於衷。

許是武香蘭的哭叫聲實在太過慘烈，武世仁終於也有些動容。

「蘭兒，妳莫要哭了。妳弟弟還有娘親這個樣子，爹心裡就不難過了嗎？只是他們已經這個樣子了，妳也不想再瞧著爹因為這件事就丟官去職吧？」

「什麼狗屁官位！是你殺了我娘和弟弟的，對不對？」武香蘭用力捶門。「你快放我出去，放我出去！不然，我一定告訴舅舅，讓他治你的罪！」

聽武香蘭如此說，武世仁神情一下難看至極，周蕙也變了臉，罵道：「香蘭，妳怎麼同妳爹說話的呢？這般忤逆，也不怕天打雷劈！是妳娘親和弟弟不懂事，關妳爹什麼事！他們出了事，妳爹也是難受得不得了，這會兒還要仗著外家的權勢欺負妳爹爹，當真是可惡。」

說著忙去扶武世仁。

「老爺莫氣，妾身扶你去休息，你先躺會兒，這裡交給我就好。」

「爹、爹，你別走，你回來！」看武世仁真的轉身要走，武香蘭更加用力地撞門。「爹，求求你，別走！讓人救救我娘，救救弟弟，爹，求你……」

武世仁腳下頓了頓，卻還是由周蕙扶著進了臥室。

「啊！」武香蘭發出一聲慘烈至極的痛呼，周蕙嚇得一哆嗦，安置武世仁躺下，轉身就疾步往外走。「這樣發瘋也不是辦法，沒得擾了四鄰不安。」

出得院落，叫了幾個凶悍的僕婦，徑直往容清蓮的房間而去，邊走邊吩咐道：「小姐已是瘋了的，待會兒打開門，妳們就一起上去把小姐按住，塞上毛巾，先捆了扔到柴房去。」

那幾個悍婦忙應下了。

待房門打開，武香蘭一下從裡面衝了出來，那幾個僕婦猝不及防之下，竟來不及阻攔，等反應過來，武香蘭已經跑出一段距離。

倒是周氏離得近些，忙追上前一把抱住武香蘭。

卻不知武香蘭這一會兒竟是力大無窮，對著周氏又打又罵、拳打腳踢，待那幾個僕婦趕過來把人摁住，周氏的髮飾早就亂了，臉上被抓了幾道血淋淋的傷口不說，頭髮也被香蘭揪掉了一綹，疼得眼淚都快出來了。

看武香蘭已經被制住，抬手朝著武香蘭就狠狠搧了過去。

「小賤蹄子，果然是發了瘋，力氣倒不小，竟連長輩也敢忤逆！」

「大膽！妳算什麼長輩，竟敢對府裡堂堂嫡小姐動手，還真是反了天了！」身後忽然傳來一個威嚴的女子聲音。

周蕙正在氣頭上，也沒回頭，當即啐了一口。

「哪裡來的混帳東西，也敢對我說教？還嫡小姐，我呸！今兒個我就讓她瞧瞧，到底這府裡是誰作——啊！」

卻是臉上狠狠挨了一巴掌，直打得周蕙眼冒金星，在地上連轉了幾個圈，最後撲通一聲趴在地上，待吃力地抬頭看清上面的人，更是嚇得魂兒都飛了。

正是容家那個小魔女，容霽雲！

「夫人。」那些僕婦顧不得再摁住香蘭，咋呼著就跑了過來。「哪裡來的強盜，竟敢對我們夫人無禮！」

霽雲大怒。若不是自己來得晚了，這起子賤人還不知道要怎麼為難香蘭呢！

「大膽奴才，竟敢以下犯上、助紂為虐，和那個上不得檯面的姨娘沆瀣一氣對主子動起手來，當真是反了天了！」

容府的僕婦之強悍，又不是這幾個人所能比的，方才看武香蘭受辱，早憋了一肚子的氣，這會兒見霽雲發火，當即一擁而上，摁住那幾個僕婦和周蕙就開始掌嘴。

武香蘭也回過神來，瞧著霽雲，神情慘烈。

「姊姊，快，救救我娘親和弟弟！」

「姑母和昭兒怎麼了？」霽雲一愣，剛要跟著武香蘭上前，正房的門卻忽然打開，武世仁鐵青著臉從裡面走了出來。

「雲兒，妳莫要聽蘭兒胡說，她有些魔障了，我正要尋大夫幫她診治。」說著，衝聞訊趕來的家丁道：「還不快把小姐給扶下去，沒得驚擾了貴客。」

那些家丁聞聲便要撲上來。

武香蘭死死揪住霽雲衣衫，仇恨地盯著武世仁。「爹爹，你好狠的心！你對我娘親無情也就罷了，可好歹我弟弟也是你的親骨肉啊！」

霽雲卻是冷笑道：「蘭兒，妳莫怕，妳娘也姓容，有我們容家在，我看有哪個敢欺負你們？香蘭，妳帶我去看姑母和昭兒。」

說著，扔下臉色發白的武世仁，和香蘭徑直往房間而去。

容五等眾侍衛，早已拔出寶劍，森然的殺氣直嚇得那些家丁腿一軟，再不敢上前一步。

武世仁身子晃了一下。

自己的仕途，怕是就要到頭了……

「老爺。」臉被打得和豬頭差不多的周蕙哆嗦著走了過來。「你可要為妾身……」

一句話未完，卻被武世仁狠狠推開，一下跌坐地上。

「滾開！若不是因為妳這賤人，我又怎麼會……」

武世仁也是懊喪不已。

今日裡，因為手頭銀兩不寬綽，自己不開心之餘就多喝了點酒，哪知回來後，周蕙就領著三個兒女來自己面前哭訴，說是容家人弄得鋪子都快開不下去了，又說當了頭上首飾貼補家用，恰好兒子病了，就給他買了些好吃的，哪知半路卻被武香蘭和容清蓮劫走，不但不許他們吃，還狠狠推倒了病中的兒子……

自己本就因容氏太過無用而惱了她，擺不平自己哥哥不說，竟連姪女兒那麼個黃毛丫頭都收拾不了，才使得那丫頭一次又一次給自己沒臉！

自己好不容易把那鋪子要回來，就是為了花錢滋潤些，哪裡想到容家竟是想要斷了自己的財路。

新仇舊恨之下，就氣沖沖地去找容氏算帳，正好看到昭兒狼吞虎嚥地啃雞腿。那幾輩子沒吃過飯的餓死鬼投胎樣，哪裡有一點武家嫡少爺的氣度？

自己氣怒之下，奪過那雞腿就扔了出去。

哪知昭兒竟是連滾帶爬就去撿了起來，還要往嘴裡塞。

自己一氣之下，就踢了他一腳。

沒想到這個兒子竟這麼不禁踢，不過一腳，人就飛了出去，然後就倒地不動了。

看自己揍兒子，容氏竟然和瘋了一般，抓起個碟子就向自己砸了過來。許是那額頭上的血刺激了自己，許是喝多了酒，神志有些不清，等自己好不容易住了手時才發現，容氏和昭兒已經都氣息奄奄……
自己的酒終於醒了，卻也明白若是這事讓容家知道了，恐怕絕不會善罷甘休，說不好，容文翰會就此和自己翻臉……
霽雲進了房間時，看到躺在床上的容清蓮和武雲昭，雙眼也一下睜大。
明明離開容府時，姑姑已經養得精神多了，便是昭兒也是圓滾滾的模樣，怎麼這些許時日不見，竟是這般骨瘦如柴的樣子？
「娘，昭兒……」武香蘭跪爬至床前，險些哭暈過去。
看著兩人氣息奄奄的樣子，霽雲只覺口腔裡都是一股腥兒。
這個武世仁，當真該死！
當下也不說話，從懷裡取出金針，先護住兩人的心脈，然後便讓人小心地把兩人抬起來，吩咐容五道：「快去府裡，讓李伯伯準備好相關的藥物。」
武世仁呆呆看著霽雲一行人快速離開，終於無力地跌坐在冰冷的臺階上。
看來是真的完了！
霽雲等人匆匆回返府中，李奇已經在候著了，看到容清蓮母子的傷勢，也不由大為驚駭。
「怎麼下手這般狠毒！小少爺這一腳正中心窩，又這麼大的力道，別說這麼個小孩子，就是大人也決計受不了！」

看這傷勢，竟是擺明了要置人於死地啊！

至於容清蓮的傷也是慘不忍睹，不只左胳膊骨折，便是胸前肋骨也斷了好幾根……

容文翰正好回府，聽了下人回稟，也匆匆趕來，又因容清蓮傷勢太重，派人通知了容清韻之餘，又著人去太醫院請了好幾位御醫。

容清韻聽說後，很快趕來，看到自己妹子生死未卜的模樣，幾乎哭暈過去，對武世仁更是恨得咬牙。

「這個武世仁，好狠的心！這不明擺著想要置我妹子和甥兒於死地嗎？幸好咱們雲兒趕了過去，不然這會兒，我妹子說不定已經……」哭著又瞧著容文翰道：「阿弟，這事你一定要拿個辦法，難不成就這樣讓他欺負我妹子不成？」

容文翰狠狠拍了下桌子。

「這個畜生，竟敢這樣對待蓮兒，真當我們容家沒人了不成？」

「舅舅。」一直哭泣的武香蘭忽然跪倒，對著容文翰連磕了三個響頭。「求舅舅收留娘親和我們姊弟。」

容文翰心裡一酸，忙伸手去扶武香蘭。

「蘭兒說哪裡話，什麼收留不收留？這容府，你們盡可以住的，想要住多久都行。」

「一輩子也可以嗎？」武香蘭卻是不肯起來。

「一輩子？」容文翰愣了下，不懂武香蘭這樣說是什麼意思。

「舅舅，蘭兒並非要賴在這容府，只是爹爹那裡，我們怕是不能再回去了。這次僥倖雲姊姊及時趕到，娘親和弟弟還能有一條命在，若是再有這樣的事發生，老天還會這樣可憐我們嗎？」香蘭神情決然。「蘭兒是想，請舅舅幫著娘親，和我那狠心的爹爹和離了吧！」

「和離？」容清韻愣了下，神情頓時有些張皇。

看到妹妹受這般苦楚，容清韻自然是心疼無比，可自古哪家夫妻不是床頭打架床尾和，真因為此事和離的話，怕是會受人非議，不只對阿弟官聲有礙，更重要的是雲兒還未出閣，身為世女本就難覓良緣，家裡再出個和離的姑姑，怕是雪上加霜。

容文翰也是面有難色。倒不是怕於自己仕途有礙，卻是擔心女兒的姻緣受阻……

霽雲看懂父親和姑母眼中的焦慮，知道他們心疼姑姑之餘，更為自己擔心，頓了下，緩緩道：「爹爹、姑母，雲兒知道你們所想，只是雲兒的身分不只是容家女，更是容家世女。身為世女，雲兒知道，整個容家都是我的責任。有雲兒在，便絕不允許有任何人欺辱了我們容氏，所以爹爹，女兒的意思是，和離！」

第八十二章

「雲兒。」

沒想到雲兒竟是把世女的責任看得這般重，有雲兒守護容家，自己還有什麼不放心？虧自己當日還質疑阿弟為何要立一個女孩做世女。容清韻邊拭淚邊道：「可就是太委屈我的姪女兒了呀……」

「爹爹，您放心，若是有人看重那些外在的虛名更勝過雲兒，那這個人一定不會是真正珍惜雲兒的人。」霽雲瞧著容文翰，言詞懇切。「所以，女兒不怕外人會說什麼，咱們就幫了姑姑和離吧！」

「好，既然雲兒也說要和離，那就和離。」容文翰也是心神激盪。

一行人剛商議完畢，便有家丁回報，說是武府姑爺在府門外求見。

容文翰氣得狠狠一拍桌子。

「這個畜生，竟然還敢來？吩咐下去，只要他敢來容府，你們見一次就打一次，絕不許他踏進容府府門半步！」

「是。」那家丁領命退了下去。

很快，外面響起一陣驚呼聲，那聲音越來越小，終至完全沒了聲息。

只是過了片刻後，那家丁神情古怪地再次回返。

「啟稟各位主子，武府的姑爺跪在咱們府門前的十字路口那兒……」

「想用苦肉計嗎？」容文翰冷笑一聲。「他想跪，就讓他跪著吧。」

第二日，容文翰離開府邸時，經過十字路口，武世仁竟還在那兒跪著，旁邊還圍滿了人。

看容文翰的車子出來，武世仁忽然起身衝過來，一把拉住容文翰的馬轡繩。

「姊夫，求你把我妻子和兒女都還回來，求你！」

「你休得如此惺惺作態！」容文翰一掌推開武世仁。「三日後，咱們京兆尹府衙見！」

府裡的霽雲很快知道了發生在府門口的一幕，直氣得渾身哆嗦。這個武世仁果然奸詐，竟是要往爹爹身上潑髒水啊！

欺負了姑姑，現在又把算盤打到了爹爹身上嗎？看來這個混帳東西，果然是不見棺材不掉淚。

剛打發人下去安排一應事宜，容五卻匆匆而來，說是有急事回稟。

「周榮忽然得了一大筆銀子？什麼時候？」聽了容五的回稟，霽雲一下坐直身體。

「就在兩天前。」容五道。「那送銀子的人很是神秘，無法查探出他的來歷。」

兩天前，不正是三哥失蹤的那天嗎？好巧不巧，周榮就得了這許多銀子……

「把那個周榮給抓過來。」霽雲森然道。

武家鋪子早關門了，周榮這幾日倒是清閒。姊姊那兒的事他也聽說了，只是大楚世情，憑他容家再是勢大，那容清蓮最後還不得乖乖回家？姊姊的手段，又何須自己操心？

倒是自己，趁空閒工夫尋兩間上好的鋪子是正經。

恰好今日有人來，說是街北角那處鋪子的主人這幾日正尋買主，那個地方周榮知道，位置也不錯，但因主子懶怠，生意並不好。周榮卻有自信，若是自己得了，憑自己的手段，絕對可以讓它成為旺鋪。

周榮大模大樣地進了店鋪，很是挑剔地打量著店裡。倒還乾淨、亮堂，唔……這幅字畫倒好，待會兒要和店家說，可是要留下來……

正思量間，一個小二殷勤地過來。

「客官，您想要些什麼？」

「你們店鋪不是要賣嗎？」周榮老神在在地道：「把你們店主人叫來，就說這鋪子我要了。」

「是嗎？」小二很是驚喜，直往後跑，很快又跑回來，對著周榮點頭哈腰。「啊呀，貴人快後面請，您不知道，我家主子病得都起不來了，還要勞您的駕……」

周榮很享受這種被高高捧著的感覺。

「這樣啊？那好吧，你前面帶路。」

兩人一前一後往後院而去。

後院和前面相比，又是另一番風景，種了很多奇花異樹，便是這般時節，竟還有花兒絢爛開放。

周榮看得高興，越發堅定了要把鋪子買下來的念頭。只是都半晌了，也不見店主人出來應酬，便有些不太高興。自己這樣的大主顧上門了，那人便是再如何，也該出來迎候了，當即涼涼道：「我說小二，你們掌櫃的架子還真是大呀。」

影牆那兒卻忽然轉出一個人來，站在臺階上，居高臨下地看著周榮。「是嗎？周大掌櫃的好難請啊。」

望著那一身華衣的美麗女孩，周榮渾身的冷汗一下就下來了，不由自主地跪倒在地。

「容、小姐。」

忽然意識到不妙，倉皇起身就想往外面跑，卻被兩柄鋒利的寶劍指住咽喉。

「怎麼，不跑了？」霽雲終於出聲。「既然不跑了，那就請進來吧。」

房間呼啦一聲打開，周榮只看了一眼裡面的情景，就嚇得魂飛魄散。

地上還橫七豎八地躺著幾個人，可不正是前兩天和自己一塊兒喝酒的太子府的人？他們的旁邊，還扔著些斷腿殘肢。

看侍衛上前，如同扔破布娃娃一般把那些人堆到角落裡，周榮頓時癱在地上嗚咽出聲。

「小姐、小姐饒命啊！是我、是我姊姊不好，跟小的、跟小的……無關啊！」

「是嗎？」霽雲眼中全是寒冰一樣的冷厲。「那我三哥傅青軒呢？」

「啊？」周榮視線開始亂轉，哀聲道：「小的、小的聽不懂小姐說什麼……」

「是嗎？」霽雲的聲音沒有半點溫度。「既然如此……」

她忽然掏出一根金針，極快地戳入周榮的腰間。周榮只覺一陣奇癢傳來，剛呵呵笑了幾聲，那奇癢卻又變成奇痛，那痛真是滲入骨髓，恍若一萬把刀正在一點點地刮去血肉……

「啊！」周榮聲音恍若鬼號，痛到極致，下身早已大小便失禁，一個侍衛忙快步過來，想要把周榮拖開，卻被霽雲攔住。「我要親眼看著他受盡折磨。」

只要想想三哥會承受什麼，便覺得怎樣折磨眼前人都不夠！

眼看霽雲又拿了根金針，彷彿索命閻羅般一步步走來，周榮終於崩潰。

「我說、我說！是太子、是太子讓我做的！」

霽雲幾乎目眥盡裂。果然是太子嗎？

「主子。」一個侍衛忽然跑了進來，神情有些緊張。

「什麼事？」

「有官兵圍住了店鋪。」那侍衛壓低聲音道：「領頭的是巡城將軍凌孝。」

「凌家的人？」竟是皇后的娘家人嗎？

「主子。」又有一個侍衛跑進來，臉色難看。「後面也被包圍了。而且那些人俱是高手。」

看對方的身手，必是太子鐵衛，攻勢之凌厲比他們猶有過之，竟是把鋪子圍得和鐵桶相仿，怕是連隻蠅子都飛不出去。

怪不得自己這麼容易就抓到周榮，原來是太子的陰謀嗎？當真是歹毒！

淩孝大馬金刀地高踞在櫃檯之上，神情難測。

世人都說容家世女是天上的善財童子下凡，自己看著卻是蠢材一個，都說頭髮長見識短，這容霽雲就是一個。

容家世女說簡單點是單純，竟然對自己的一個下人都這麼掏心掏肺，說難聽點就是愚蠢，居然為了個傅青軒，就把自己置於這般進退維谷的險境。

不過也幸好容霽雲關心則亂，不然這事若是讓容文翰處理，必會發現周榮這條線索委實太過明顯。

今天一早就收到太子府傳信，說是昨夜忽然有人夜探太子府，還有往日和周榮聯繫的大管事突然失蹤，而方才，自己更是親眼看著周榮進了這間鋪面，再也沒有出來。

即便那大管事已遭不測，只要周榮出面指證，也勢必要容霽雲身敗名裂！

太子府不過折了一個管事，能毀了一個容府世女，是占了大便宜。

聽說那容文翰是極疼這個女兒的，再加上武世仁也去鬧一下，到時候就有得熱鬧看了！

正自想得入神，忽聽有人厲聲道：「哪裡來的無恥匪類，竟敢堵住我鋪子的門，當真可惡！」

淩孝愣了一下，半天才意識到，來人口裡的匪類指的就是自己，這才發現不知什麼時候，一個一身貴氣的美麗女子昂然立於店鋪中。

「哪裡來的小女子?見到本官為何不跪?」淩孝卻裝作不認識霽雲，黑著臉道。

早有侍衛掇了張椅子來，霽雲穩穩當當坐下，斜了淩孝一眼。

「本官？就憑你這從四品武將，也敢讓本郡君跪拜？是誰教得你這般狂妄自大、無法無天，還是家教使然？」

「妳！」沒想到霽雲這般毒舌，淩孝氣得飛身而下，拔出寶劍就指向霽雲。

哪知他剛一動作，霽雲身邊的侍衛便如鬼魅般貼近，劍尖同樣直指淩孝咽喉。

淩孝一下僵住，半晌冷笑道：「大膽！」

淩孝話音剛落，那些兵丁同樣抽出武器，逼向霽雲身邊的侍衛。

「大膽的是你們吧？」一片刀光劍影中，霽雲卻是穩坐如山。「你不妨試試，是你手下的刀快，還是我手下的劍快。」

淩孝又驚又怒。沒想到明明看著對方不過是個妙齡小姑娘罷了，竟有這般心狠手辣的一面，目前卻也無可奈何。「妳待要怎樣？」

「我能怎樣？」霽雲一哂。「方才不是已經說了嗎？論官秩，我是四品郡君，你一個從四品官不該跟我見禮，然後再好好地給我一個交代嗎？」

「妳說妳是容家世女、四品郡君，可有憑證？」情勢所逼，淩孝只得道。

本以為自己這般已經是紆尊降貴了，哪知對方卻似是打定了主意要和自己槓上，竟是冷笑一聲。

「就憑你，想跟我要憑證，你還不配！」

看霽雲這般，淩孝忽然覺得有些不對勁，聽得外邊忽然傳來一陣嘈雜聲，淩孝馬上意識到不妙。

這容霽雲怕是故意拖延時間吧？

當此情形下，只得給手下使了個眼色，讓他們全都退下，然後擠出一絲難看的笑容。

「既是世女在此，是末將唐突了。末將見過世女。」

「你承認我是世女了？」霽雲斜了凌孝一眼。「那還不滾出去？」

「將軍，找到了！」一個一身黑衣蒙面的男子忽然出現，手裡還提了個人。

霽雲和凌孝同時看去，頓時一怒一喜。那人正是周榮！

「凌將軍。」周榮看到凌孝，連滾帶爬地撲了過來，身子不停簌簌發抖，瘋一樣地不停道：「就是這個妖女，殺了太子府的大管事！」

「你胡說什麼?!」霽雲臉色一下變得很是難看。「敢這般誣陷本世女，周榮，你果然嫌命太長了嗎？」

周榮哆嗦了一下，卻還是咬牙道：「將軍，小人、小人方才親眼見到，大管事被大卸八塊……」因為過於驚恐，眾人清楚聽見周榮上下牙齒打顫的聲音。

「好一個天潢貴胄、容家世女！」看對面霽雲越發慘白的臉色，凌孝只覺一陣快意，雖然方才被羞辱了一番，但自己要這女人馬上跪在腳下求饒。

「一個狗奴才的話你也信？我和太子無冤無仇，為什麼要害他府上的大管事？」霽雲似是強撐著道。

「那可不好說，這世上多的是圖謀不軌的人。據本將軍所知，這周榮可是貴府親戚，怎麼會憑空誣陷於妳？」凌孝冷笑道，一揮手，便命士兵去後院搜。

那黑衣鐵衛臉色變了下，神情有些沮喪。

「啟稟將軍，方才有人挾了一包東西和周榮一同離開，我等只是截住了周榮，那人卻是跑了。屬下懷疑，那人包裹裡的應該就是……」

「你說是就是嗎？」霽雲似是又有了些力氣。「所謂活要見人、死要見屍，我可是堂堂容府世女，豈是你說我殺人就是殺了人的？」

凌孝也知道，這時候要馬上帶走容霽雲，根本不可能。不過，好在有周榮這個人證。看容霽雲現在的樣子，明顯是色厲內荏，當下冷笑道：「容霽雲，妳便是再出身顯貴，可所謂王子犯法與庶民同罪，本將軍這就去稟明太子，到時一切自有公斷！」

說著，耀武揚威地帶了周榮離開。

霽雲站在堂上，良久，耳旁有呼吸聲傳來，她忙回身。果然是阿遜，正站在她身後。

「阿遜。」

霽雲剛要說話，忽然皺了一下眉頭。

「怎麼了？」阿遜笑容依然溫和。

霽雲也不說話，伸手探入阿遜的衣襟，輕輕往外翻開。裡面白色的內衣果然有點點血跡滲出，她臉色頓時大變。

「你受傷了？」

「無妨。」阿遜搖頭。「是昨晚夜探太子府留下的。」

雖然在他心裡，傅青軒並不怎麼重要，可是，雲兒卻視那人如兄長……雖然他明白，傅青軒要是真落入太子手中，這會兒怕也不知被送去哪裡，卻還是願意為了霽雲冒險一試。

可惜，果如自己所料，即使搜遍了整座太子府，也沒找到傅青軒的半點影子。

「你不是說沒傷到嗎？」霽雲心疼不已，推了阿遜道：「你坐下，我幫你療傷。」

「還是不用吧。」阿遜卻不願意。「妳忘了，妳的醫術還是我教的呢，妳放心，我回去一定再包紮。」

身上卻忽然一涼，卻是霽雲解開了他的袍服。

裸露出來的胸膛上面，縱橫交錯的舊傷上，一道斜劃至小腹的傷口形狀可怖，還有鮮血滴滴滲出。

「阿遜……」霽雲一下嗚咽出聲，邊包紮邊哽咽道：「都是我不好，才累得你這般。」

便如今日，若不是阿遜一早看出事情不對頭，怕是定然會稱了那淩孝以及他背後主子的心意。

「傻丫頭，」阿遜擁住霽雲。「和妳有什麼關係？是我自己技不如人。」

沒有人比自己更明白，雲兒有多聰慧，而今日之所以差點落入別人的圈套，卻是關心則亂。

「什麼技不如人！」霽雲狠狠擦了下眼淚不依道：「明明是他們人多欺負你一個！」

第八十三章

「你確信看到了梁同的屍首？」

楚晗瞥了跪伏在地的周榮一眼。

周榮哆嗦了下，回憶起那房間裡看到的可怖情景，豆大的冷汗不住往下淌。

「啟稟太子殿下，小人被抓進去後，確然親眼見到大管事的屍首，還有被砍掉的胳膊和大腿……若不是淩將軍及時趕到，小人怕是也會被大卸八塊啊……」

說到最後，周榮幾乎哭了出來。

楚晗擺擺手，命人帶了周榮下去，又特意囑咐道：「著人好好看護，不許任何陌生人近前。」

如今，這周榮就是處治容霽雲的最大依仗，再加上武世仁……

待周榮離開，又轉向淩孝。

「你怎麼看？」

「那房間裡確實有刑求痕跡，地上也是遍布血痕。」淩孝也是信心滿滿。「太子放心，除非那容霽雲成了精，才會做這樣一個局算計我們。」

楚晗神情終於略略舒展了些，和旁邊的謝明揚相視而笑。只要能毀了容霽雲，以容文翰那般疼愛女兒的性子，不難想像會受到多大的打擊。

若是能讓容家名譽掃地，便是折了一個大管事，也委實不算什麼……

京兆尹府衙。

吳桓膽戰心驚地坐在中間，卻是半蹲半踞、如坐針氈的模樣。

太子家大管事梁同忽然失蹤，而將軍淩孝巡城時，意外發現一處鋪子裡有人被綁架，救出被綁架的人時，那人竟說親眼見到梁同被人亂刃分屍，而整個事件的主謀，竟然是容府世女容霽雲……

而容家則是以已出嫁的小姐容清蓮的名義，說夫君寵妾滅妻，差點打殺自己和兒子，請求准予和離。

卻不想在那狀子裡據說「心狠手辣的武世仁」也遞了一張狀子，倒說容家世女想要貪占自家鋪子，不知拿了妻子什麼把柄，竟是逼得妻子兒子自殘不說，還反過來倒打一耙，硬要逼兩人和離。想他夫妻本是年少時的姻緣，自來琴瑟和諧、恩愛無比，現在卻被分拆兩處，夫妻不得相見，父子父女骨肉分離，情狀委實淒慘之至，求京兆尹幫他主持公道，讓他們一家得以團聚。

消息一出，頓時輿論譁然。

也因此，今日一早，便有各方看客蜂擁而至，竟是將京兆尹衙門堵了個水泄不通。

「容卿，情形到底如何？」

下了早朝，楚琮留下容文翰，皺眉問道。

「皇上。」容文翰跪倒在地。「太子府大管事一事，微臣委實不知，只是清者自清，想來京兆尹府衙定會秉公辦理。至於那武世仁，當初是下官糊塗，害了妹妹……」

楚琮沈吟了片刻，忽然起身。

「正好朕今日有空，不若咱們一塊兒去瞧瞧。」

容文翰愣了下，忙跟了上去，走沒幾步，遠遠瞧見意氣風發的太子，楚琮招手讓侍衛叫了過來，竟是一併往京兆尹府衙而去。

一路上，遇見其他朝臣，看見三人突然連袂而出，神情頓時古怪又訝異。

眼看天色不早了，涉案之人已悉數到齊，因霽雲乃容家世女的貴重身分，得以坐在堂上，淩孝也有一把椅子，位在霽雲的左下首。

因容清蓮過於虛弱，站都站不穩的模樣，霽雲求得吳桓的首肯，又尋了個繡墩來，自己恰坐在淩孝的對面，黑亮的眼眸不屑地打量了淩孝一眼便收回，氣得淩孝差點又跳起來。

前日裡，自己就被迫向這個小丫頭低頭，沒想到都到今日這般境地了，這容霽雲還是傲慢得緊，絲毫沒把自己放在眼裡的樣子。

最後進來的是武世仁和周榮。

周榮直接跪在地上，武世仁一眼見到容清蓮憔悴的模樣，竟是拖長聲調叫了聲：「娘子。」

容清蓮彷彿看到那日這男人如何對著自己和幼子拳打腳踢，直到自己眼中完全是血色，昭兒則是沒了聲息，太過驚嚇之下，瞧著一步步逼近的武世仁，說不出一句話來。

「你做什麼？」霽雲冷聲道，一方面小聲撫慰容清蓮。「姑姑莫怕，有雲兒在，必不讓任何人再傷了妳。」

「雲兒。」武世仁神情悽愴。「即便妳是容家世女，身分高貴，可也不能為所欲為不是？姑丈知道武家窮苦，不能送妳些珍器玩物，討妳開心，那些鋪子妳要便拿去，又何須用這般伎倆，一定要拆散我們一家？雲兒，算姑丈求妳了，把我娘子和兒子女兒還來可好？」

武世仁長相也算中上，今日來時又特意打扮得落魄了些，再配上這般情深意重的模樣，使得堂下眾人同情無比，一時間議論紛紛。

「早聽說這容家世女愛財若命，竟到了這般瘋魔的地步嗎？」

「俗話說寧拆十座廟，不拆一樁婚，這容家世女怎麼這般惡毒，竟是連親姑母的東西都要侵占不說，還這般壞人姻緣？」

「容相爺那般神仙似的人，怎麼會養出這麼個不成器的女兒？」

「什麼光風霽月，說不得那容相的人品也不如往常所言……」

武世仁眼睛中閃過一絲得意，卻是故作悲痛地以袖掩面，在自己的位子上坐了下來。

吳桓看看這邊瞧瞧那邊，只覺得頭都要炸了，思量了半天，只得道：「大家稍安勿躁，咱們一件件地來。」

清了清嗓子道：「下跪者何人？又有何冤屈？」

周榮看終於輪到了自己，忙跪下磕頭道：「小人周榮，是武老爺家商鋪的管事。」

說著很是恐懼地瞧了霽雲一眼。周榮的恐懼可不是假裝的，實在是那日的苦楚到現在還記憶猶新，更不要說親眼見到這個女子對著滿地斷肢談笑自若的樣子……

凌孝站起身來，示威似的瞧了霽雲一眼。「吳大人，這周榮乃是下官巡城時，在一個店鋪意外救出，當時他被人五花大綁，並且據他所言，他親眼見到有人把梁同亂刃分屍。而那個抓了他又做出那般殘忍分屍行徑的不是旁人，正是——」

說著，揚手一指霽雲。「這位容小姐。」

「是啊。」周榮也忙不住磕頭。「小人所言句句屬實，絕不敢有半句謊言！」

吳桓看向霽雲。

「容小姐，對周榮的指認，妳有何話說？」

「大人。」霽雲卻是並不慌張。「我這裡有幾句話想要問這周榮，不知可否？」

看吳桓允了，霽雲這才瞧著周榮道：「周榮，你說我分屍梁同在先，劫持你在後。那麼我倒想知道，我和你們有何天大的仇怨，要做出這般喪心病狂的舉動？」

「還不是為了那幾間鋪子！」周榮神情憤怒。「當初妳把持著武家的幾間鋪子，所得收入盡皆中飽私囊。因無力維持府中生計，老爺和夫人商議後，便請妳把鋪子交還，沒想到妳表面上故作大方，卻是想盡千方百計要斷了鋪子的財路，以期達到強占鋪子的目的；至於說梁同大管事，都是我害了他。

「梁大管事自來跟著太子查訪民情，最是同情百姓疾苦，那日看我走投無路，問清了是和容府交惡，便只嘆息說是容府勢大，別說是他，便是太子怕也拿容府沒有辦法。只是他雖不敢明著對上容府，卻可以幫我們尋覓貨源、度過難關，卻再沒想到，就因為如此……」

說著已是伏地痛哭出聲。「梁管事，是周榮對不起你，周榮今日便是拚了這條命，也要為你報仇雪恨！」

一直隱身後堂的三人把周榮的話聽了清楚。楚琮不覺皺緊眉頭，容文翰明顯有些怒意，至於楚晗則仍是鼻觀口、口觀心，一副老實不過的樣子。

外面的百姓則沒有這般冷靜，有那衝動些的，當即就開罵了。

「世上怎麼會有這般惡毒的女人！」

「有這樣的世女，容家焉能不倒！」

「容文翰有女若此，還有何顏面高踞相位！」

一時物議沸騰、罵聲一片。

霽雲的神情忽然凌厲無比，上一世的情形，瞬間無比清晰地在眼前閃現。

武世仁高踞公堂之上，神情得意而充滿蔑視；自己和老父親卻是身陷絕境之中，那般的孤立無援，到處是咒罵、唾棄，無論自己逃向何方，都有詛咒，他們衝過來，推搡著、掐擰著，那模樣，恨不得把自己和爹爹一口口撕吃了才解恨……

霽雲此時的神情太過淒厲，周榮嚇得縮了縮脖子，便是凌孝也暗暗納罕。

按說容霽雲小小年紀，縱使有過顛沛流離的日子，可這般暗黑凌厲的眼神，也委實瞧得人心裡發怵。

「雲兒，」後堂處傳來一陣腳步聲，一個熟悉的聲音隨之傳來。「妳莫怕，爹相信妳，我的雲兒從來都是宅心仁厚，最是心善的一個。」

霽雲慢慢回頭，正是爹爹容文翰緩緩朝自己而來，神情和煦，眼神堅定，彷彿這不是公堂，不過是在自家書房，父女兩人喝茶小憩。

那般維護並全身心疼愛的眼神，一如上一世。

霽雲起身握住父親的手，眼神終於清明。

若不是有爹爹，前世今生一路走來，自己早就變身惡魔、萬劫不復了吧？幸好有爹爹在，幸好……

只是爹爹，相信雲兒，今日再不會如上一世般，再讓你同女兒一起承受那般侮辱！

霽雲重重點了下頭，看向周榮。

「周榮，我且問你，你和武大人是何關係，竟讓他對你如此信任，要把商鋪要回去，然後再全權交予你打理？」

前世今生，都是厭極了這武世仁，能叫一聲武大人已是極限，那聲「姑丈」是萬萬叫不出口的。

「這……」周榮臉色沈了沈。「妳這是什麼意思？難不成世上除了妳容小姐，就沒有能接手那鋪子的人了嗎？」

「怎麼會？」霽雲神情更顯輕鬆。「姑母交給我打理，是因為那些鋪子本就是姑母的陪嫁，是姑母想著留給兒女的；武大人卻堅持收回，轉手就交給了你，他最寵愛的妾室周蕙的親弟弟。」

說著看了一眼逐漸安靜下來的百姓，提高聲音道：「敢問大家，可有聽說過這世上有人把正室的嫁妝交予妾室兄弟打理的事情？」

武世仁的冷汗一下流下來了。實在是這會兒才突然意識到，因占得久了，竟然忘了，方才自己口中一直所說的鋪子，其實是容清蓮的陪嫁！

「我姑姑自幼失母，又生來性子柔弱，當日議親時，爹爹和祖母唯恐她嫁入高門會受委屈，便想著給她選個寒門士子，不求他如何富貴顯達，只求姑母有個好的歸宿，可結果呢？」

霽雲冰冷的眼神直刺向武世仁。

「這位武大人前腳榮歸故里，後腳就娶了青梅竹馬的戀人過門，甚至那周氏所出的女兒比之我那表妹，不過相差兩月罷了。試問武大人，這就是你所說的夫妻恩愛、鶼鰈情深？」

武世仁頓時語塞。

容文翰神情依舊平靜，後堂的楚晗卻是有些惱火。虧這個武世仁還在自己面前誇下海口，定可讓那容霽雲百口莫辯，怎麼現在他自己倒成了個鋸嘴葫蘆？豈有此理！

看到姪女兒和兄長都在自己身邊，容清蓮也終於克服了恐懼，忽然起身，先給吳桓磕了個頭，然後轉向武世仁，神情絕望而悲憤。

「武世仁，你這衣冠禽獸！你想要拿商鋪，我那雲兒馬上拱手奉還，你要交給周榮打理，便也任由你去，你說我笨手笨腳，家事一例交給周氏即可，我也都允了。只是為何即便如此，你仍是不願給我和孩子一條活路？那周榮貪了你的銀子也罷，你自己揮霍了銀子也好，也都與我們不相干，可你不該……都說虎毒不食子，你竟然為了那個賤人，連昭兒也差點打死……」

多年的委屈，容清蓮嗚咽著說不下去。

「夫人。」武世仁搖搖晃晃，似是受到了巨大打擊的樣子。「妳到底有何難言之隱，今日裡這般對我？妳只管說出來，為夫便是拚死也會護著妳。」

那周榮更是叫起了屈。

「夫人，妳冤枉周榮了啊！周榮何曾貪過鋪子裡的銀子——」

卻被霽雲打斷。

「你沒有貪過嗎？那這筆鉅款又是從哪裡來？」

說著，她衝吳桓道：「煩請大人允准祥豐錢莊掌櫃和小二前來作證。」

有容文翰在一邊一眨不眨地盯著，吳桓哪敢不允，忙應下了。

那祥豐掌櫃和小二很快被人帶過來，周榮一看到兩人，頓時面色如土。

「掌櫃的，這周榮你們可識得？」霽雲淡淡道。

那掌櫃的突然被官差喚來此處，神情明顯有些茫然，聽霽雲這般問，看了一眼拚命低頭的周榮，愣了下道：「啟稟這位小姐，這人小的倒是認識。前幾天，他在我錢莊存了一大筆銀兩，足足有一萬兩之多，因這樣的大主顧不多，又時日也過得不久，是以小人倒還記得。」

「你胡說！」周榮面色煞白。「我什麼時候去過你們錢莊？」

「難道不是你？」那掌櫃的似是嚇了一跳，又仔細看了眼周榮，咕噥道：「明明長得一模一樣啊！」

又看向旁邊的小二。「福貴，當時你也在，你且瞧一下，是不是眼前這位客官？」

那福貴一瞧就是個伶俐的，細細打量了下周榮。

「就是這位客官沒錯啊，特別是他嘴角的這顆痣，我可是記得清清楚楚。這年頭怎麼有人自己的銀子都不想要的？只是鋪子裡有憑證，不然小的可就發財了。」

聽見福貴說到「憑證」，周榮一下癱在了地上。實在想不通，這上京的錢莊多了去，怎麼自己隨便去個錢莊，容霽雲會知道？

霽雲神情冷然。周榮怕是絕沒有想到，這祥豐錢莊也是自己開的吧？

她一字一字道：「周榮，你方才不是說盡心盡力為武家打理商鋪嗎，那我倒想知道，這萬兩白銀又是從哪裡來？」

「那不是我從鋪子裡貪的……」忽然看到自己姊夫恍然大悟、恨得要死的眼神，周榮下意識道。

「不是從鋪子裡貪的，那是哪來的呢？」霽雲如魔鬼一般的聲音再次在耳邊響起。

後堂的楚晗，臉色頓時難看至極。

第八十四章

「我……」周榮張口結舌，無言以對。

旁邊的武世仁，心頭的無名火頓時燒了起來。

怪不得自己每次著人去鋪子裡拿錢，這個混帳東西都是推三阻四，原來賺得的銀子全被他拿去肥了自家。這些時日，自己拿了不過幾千兩罷了，他倒好，竟生生得了上萬兩！

越想越怒，竟是捋起袖子朝著周榮就是一陣拳打腳踢，周榮被打得抱住頭不住哀求。

「姊夫，哎喲！你別聽別人胡說，你是我姊夫，我是你小舅子啊！咱們本就是一家人啊……我真沒貪帳上的銀子，您別打了……哎喲！」

「小舅子？」下面的人頓時大譁，便是吳桓也不禁皺了下眉頭。

明明武世仁的正經大舅子容文翰就坐在這裡，這小子竟敢自稱是武世仁的小舅子，而且那般脫口而出的樣子，明顯是習以為常。

周榮一直以武世仁的正宗小舅子自覺，武世仁因寵愛周蕙，一直也都是默認的，現在看大家驚異的眼神，頓時著慌，抬腳狠狠朝周榮胸口踹了過去，大罵道：「混帳王八蛋！你姊姊不過是我的妾室罷了，你一個奴才也敢自稱本官的小舅子，當真該死！」

這一腳用的力氣太大了，竟是生生把周榮給踢暈了過去。

武世仁緊跟著跪倒在地，滿面愧色地衝著容文翰道：「大哥，我知道錯了，現在才知道，那賤人竟然如此膽大包天，背著我這麼作踐夫人，請大哥原諒，可是……」

說著，看向容清蓮。

「夫人，世仁對妳一片赤誠之心，天地可鑑，若是因了那賤人惹得夫人生氣，世仁這裡給夫人賠罪了。千錯萬錯，都是為夫一個人的錯，只可憐咱們那一對孩兒，女兒還未及笄，需人守護，兒子尚在稚齡，更需教養，若是夫人一意和離，咱們孩兒沒了娘親，該是何等可憐可憫？還請夫人看在兩個孩兒的面上，收回和離之意吧……」

武世仁一番話說得情深意切，配上那悲愴的模樣，當真是聞者傷心、見者落淚。

大楚世情，自來便是男尊女卑，女人提出和離本是大逆不道，何況武世仁不只生得儒雅，更是四品京官，如此委曲求全，著實令圍觀百姓感動，紛紛道：「是啊，幾歲的娃兒沒了娘，該是何等的可憐！」

「所謂殺人不過頭點地，這位大人即便有天大的錯，也該諒解了，更別說不過是個小妾興風作浪罷了！」

「那位夫人，也莫要太過狠心，竟是連兒女也捨得拋了……」

一番椎心之語，使得容清蓮頓時臉色煞白。

武世仁的意思，竟是要把蘭兒和昭兒留下嗎？自己在時勉強還能護得一二，倘若留了一雙兒女在那狠心的男人身旁，怕是命不久矣！

瞧著霽雲和容文翰頓時淚流滿面。「大哥，雲兒……」

若是孩兒要留下，那自己即便是死，也絕不能拋下他們！

武世仁的神情閃過一絲陰冷。

想要和自己和離，作夢去吧！憑他容文翰是丞相又如何，也不能大過法理，只要那對孩兒在自己手裡，就不愁容清蓮不乖乖回到自己身邊；只要攏了這三人在手裡，容家勢必還要想法子維護自己。

容文翰也有些頭疼。妹子的心思他自然懂，可大楚律例寫得明白，若是和離，女兒還則罷了，兒子卻是勢必要留給男方，一時竟是束手無策。

以武香蘭的意思，本是要帶著弟弟來府衙上狀告爹爹，只要把爹爹的惡行昭告世人，想來官府法外施仁，說不得會把自己姊弟判給母親。

她卻被霽雲攔住。

姑母雖是為保一雙兒女的性命，不得不提出和離一事，只是於香蘭姊弟而言，這輩子，父母和離都是一座壓在頭上的大山，若是再來狀告生父，儘管武世仁確是罪大惡極，仍逃不了一個大逆不道的不孝罪名，即便逃離武世仁的魔爪，這輩子也算毀了。

看霽雲和容文翰久久未說話，容清蓮內心絕望至極。難道說，最終還要如了那狠心賊的意，帶著兒女回到他身邊嗎？

「大哥、雲兒。」容清蓮忽然起身，朝著容文翰和霽雲拜了三拜。

「蓮兒。」容文翰心頭一酸。

「姑母。」霽雲忙側身避過，伸手要去扶容清蓮，卻被容清蓮讓開。

「大哥、雲兒，蓮兒有一件事相求。」

「起來說吧。」容文翰神情逐漸堅定。「大哥知道妳心裡苦，妳放心，有大哥在，絕不教妳和兩個孩子再受委屈。」

心裡已是拿定主意，今日裡，自己就仗勢欺人一次，無論如何也不會讓武世仁陰謀得逞！

「大哥，蘭兒性子強些，卻是個好孩子，想來不會讓大哥和雲兒太過操心。倒是昭兒，畢竟年幼，更兼這次遭他父親毒打差點致死，怕是會落下病根，大哥千萬要多顧著些。大哥和雲兒的恩情，妹子來世再報。」

容文翰和霽雲都是一愣，剛要撫慰，容清蓮卻忽然站起身，拔下頭上的簪子朝著武世仁就衝了過去。

「惡人，你休想再毒打我那孩兒，也不要妄想可以藉由我們脅迫我兄長和雲兒，我今日就和你一同歸了地府吧！」

武世仁還沒反應過來，容清蓮已撲至跟前，朝著武世仁臉上就胡亂扎去。武世仁猝不及防之下，被扎了個正著，慘呼一聲，一下捂住眼睛，一手揪住容清蓮的頭髮，又抬起腳來狠狠朝容清蓮踹了過去。

只是任他如何用力踢打，容清蓮竟是死死抱住不肯撒手。

眾人再想不到會有此變故，頓時目瞪口呆。

「姑姑！」霽雲最先反應過來，疾步上前，一把抽出旁邊衙役腰間的利刃，架在武世仁脖子上。「快放開我姑姑，不然，我現在就殺了你！」

四周頓時響起一陣抽氣聲，竟是被容清蓮和霽雲的標悍給嚇呆了。

武世仁嚇得一哆嗦，鬆了手，容清蓮明顯已是處於昏厥，仍是死死抱著武世仁的腿不放。

這般公堂之上與女人廝打，武世仁已是斯文掃地，氣得臉都變了形，想要大罵，又畏懼旁邊坐著的容文翰和架在脖子上的刀，六神無主之間，下面又是一陣喧譁。

一個姿容豔麗的女子，正分開人群往大堂上跑，卻是周蕙看武世仁身處險境，再也顧不得，就想衝上公堂去救武世仁。

哪知她跑得快，後面還有人比她更快。

一個姿容更勝一籌的粉衣女子，用力一把推開擋在前面的周蕙，悲聲道：「你們這群強盜，快放開我的夫君！」

周蕙被推得一個踉蹌，一下栽在地上，疼得不住抽氣，勉強爬起身，卻見那粉衣女子已經緊緊抱住武世仁，衝著霽雲怒聲道：「兀那刁蠻女子，我夫君雖性子溫和，妳也不該如此欺負作踐於他，妳若再不放手，奴家就和妳拚了！」

「妳夫君？」霽雲神情古怪。「妳說他是妳什麼人？」

武世仁臉色頓時變得難看至極，低聲道：「嬌娘。」

還想再說，女子已是朗聲道：「奴家方才已經說過，他是奴的夫君，奴是他的娘子。我們兩人成婚已有月餘，夫妻自來恩愛，自問也從不曾得罪姑娘，姑娘為何要這般對我夫君？嬌娘今日有一句話撂在這裡，倘若姑娘要殺了我夫君，嬌娘必要為夫報仇，然後追隨夫君於地下……」

「咦？」人群中忽然有人道：「那不是綠雲閣的頭牌嬌娘姑娘嗎？不是說嬌娘姑娘被某個權貴贖出，娶為正室了嗎？怎麼會出現在這裡？」

「嬌娘？」又有男子也認出來。「還真是她！咦，等等，難不成那贖走嬌娘的人便是這武世仁？可他明明不是已經有妻子了嗎？或者，嬌娘姑娘其實是嫁他為妾？」

「不可能。」卻被其他人否決。「你們忘了，當初有位世子殿下對嬌娘一見鍾情，曾說必稟了父母，納嬌娘為貴妾，卻被嬌娘斷然拒絕。嬌娘當時的話擲地有聲：這一世，絕不與人為妾。這武世仁偌大的年紀，和那世子相比，無疑有天淵之別，嬌娘怎會嫁他為妾？」

「賤人！」周蕙已經衝了過來，顫抖著衝那似是深情依偎在武世仁身邊的嬌娘道：「是誰讓妳來這裡胡說八道，我夫君什麼時候認識妳這賤人！」

哪知話剛出口，那嬌娘上前一巴掌搧在周蕙臉上，周蕙左臉頓時腫脹起來。

「妳就是那個死纏著我夫君不放的賤人吧？」嬌娘語氣不屑。「夫君曾說，他家裡妻子早逝，他因感念亡妻，本不願續娶，哪知碰上了奴……」

武世仁本想阻止嬌娘繼續說下去，怎知身體突然不能動，便是口裡也無法發出半點聲音。

說到兩人恩愛，嬌娘臉上神情頓時嬌羞無比，旋即抬頭狠狠剜了周蕙一眼。

「我只問妳，妳是否姓周名蕙？」

周蕙愣了下，怒聲道：「是又怎樣？妳這賤人還能怎地？」

哪知一語未了，嬌娘又是一巴掌搧了過去。周蕙沒想到她又會出手，卻是忘了躲閃，又結結實實挨了一下。

「果然是妳這賤人！」嬌娘氣呼呼地道，凝視武世仁。「夫君父母雙亡，我二人大婚之日，夫君本說要帶奴家回本宅拜見早逝的公婆和逝去的姊姊，最終未能成行。那日，夫君默默垂淚，奴家再三詢問才得知，卻是家中有一狐狸精，名喚周蕙，早在夫君未及第時，兩人曾有白頭之約，哪知妳家嫌貧愛富，生生把武郎趕出了家門。所幸夫君有貴人相助，娶了個賢慧的女子為妻，又狀元及第。榮歸故里之時，妳卻藉由先前舊情灌醉夫君，做出了那等苟且之事。夫君酒醒，後悔不已，深覺對不起姊姊，好在姊姊賢慧，得知情由，便出面敦請夫君納了妳進門，卻哪裡知道……」

嬌娘聲音本就好聽，又說得抑揚頓挫，故事更是一波三折，眾人聽得入神，彷彿看到那賢慧的妻子、深情的夫君，卻因橫插入一個包藏禍心的狐狸精而憂心不已……

「妳竟趁夫君不在，每日為難姊姊。姊姊性子貞嫻，從不會與人爭吵，更做不來小人之事，日日鬱積於胸，終至撒手西去……夫君本想把妳打殺，卻奈何夫人臨終之時要夫君為她少造殺孽，以期來世兩人再會，因此夫君才容妳在府中待了下去，卻也再不願回那傷心地。只是，夫君是夫君，奴家雖是出身青樓，卻也知禮義廉恥，對妳這般無恥淫賤之人，卻是要見一次打一次！」

「打得好！」下面百姓聽得入神，竟是已把自己完全代入了故事，一片轟然叫好。

周蕙直氣得渾身哆嗦，待要不信，那嬌娘所言卻又大半和過往相合，待要信了，卻也不能接受自己最愛的男人，竟然這般在別人面前編排自己，只覺傷心至極，怒氣攻心之下，衝著武世仁哭叫道：「阿仁，你怎麼能這般待我？當日洞房夜，你告訴我說，你根本絲毫不喜容清蓮，之所以娶了她，不過是想要借她娘家的勢力。你說你心裡只有我一個，這一生再不會對任何女人心動，你還說，看容氏面相絕不是長壽之人，待容氏歸西，便扶了我為正……你說的這些話，難道全都忘了嗎？」

「怎麼可能？」嬌娘神情大變。「妳所言有何人為證？」

周蕙冷笑一聲。「有天地為證，我若有一字是假，教我天打五雷轟，生生墮入阿鼻地獄，永世不得超生！」

「武世仁，你還有何話可說？」霽雲怒道。「先是寵妾滅妻，又假言妻逝，停妻再娶。明明我姑姑尚在人世，你先咒她離世不說，更為了娶一個娼門女說她離世，似你這般斯文敗類、衣冠禽獸、忘恩負義的偽君子，還有何面目苟活於世？」

武世仁似是終於清醒過來，衝著容清蓮哀求道：「夫人，為夫只是一時糊塗……」

「你說什麼？」旁邊的嬌娘頓時恍若雷劈，不敢相信地瞧著武世仁。「你方才叫她什麼？」

「叫她什麼？」周蕙心知身敗名裂已是在所難免，索性破罐子破摔（注）。「還能叫她什麼？當然是夫人了。我好歹還算是妾，妳又算什麼東西？」

嬌娘身子晃了一下，揚起手來朝著武世仁左右開弓連打了十多個耳光，悲聲道：「你這禽獸不如的東西！竟敢這般……咱們從此恩斷義絕……」說著掩面而去。

「混帳東西！」
「真是禽獸不如！」
下面的人群靜了一下，早已對容清蓮的控訴深信不疑，頓時罵成一片，不知是誰，拾了塊磚頭朝著武世仁就砸了過去，其他百姓也紛紛仿效，離得近的竟是揪了武世仁的頭髮就打，還有人拿了臭雞蛋、壞掉的瓜果，朝著武世仁就是一通亂砸，若不是那些衙役機靈，怕是武世仁當場就要被打死。
「真是混帳東西！」楚琮狠狠捶了一下桌子。「這等禽獸不如的東西，委實是我大楚之恥！」
怪不得以文翰之儒雅，竟會那般憤怒難抑。
周蕙被圍觀百姓的瘋狂嚇到了，竟是呆呆站在原地，完全忘了反應。
不知誰喊了一聲：「這個狐狸精也不是東西！自己不要臉爬上男人的床不說，竟然不感念主母恩情，還對主母百般為難，當真是該死！」
當即有人附和。「對，打死她！」
「拉她浸豬籠！」
周蕙嚇得打了個冷戰，慌忙就往武世仁身邊跑，身上卻是狠狠挨了幾下，等跑到武世仁身邊時，早已是鼻青臉腫，狼狽至極。
武世仁正好醒過來，一眼看見周蕙，想到這女人竟是當眾說出自己對她的承諾，使得自己和容清蓮之間再沒有轉圜的餘地，本還想著無論如何也要挨過這一關，好歹頂著個容府嬌

注：破罐子破摔，比喻有了缺點、錯誤不改正，反而有意向更壞的方向發展。

客的名頭，便是投奔太子也有些分量，現在倒好，別說太子，這大楚朝堂怕是沒自己容身之地了！

他又是痛恨又是絕望，掙扎著罵了聲「賤人」，急火攻心之下，又昏了過去。

後堂的楚琮冷冷瞟了一眼強自鎮定的楚晗。

「武世仁這般行徑，和你可是有關？」

楚琮性子本就多疑得緊，今日一聽說這事便覺得蹊蹺。

這麼多年相交，雖是處處防備著三大家族，卻也對三位家主的性子最是瞭解，特別是容文翰。

方才容清蓮那個訴和離的狀子，楚琮聽了後，馬上就信了。實在是容文翰的性子，絕不是那種為非作歹、仗勢欺人的，而且這段時間自己也算看透了，文翰還有一個最大的缺點，那就是愛女若命，可即便不考慮到女兒的將來，也堅決主張容清蓮和離，可見武世仁做了多天怒人怨的事情。

本來是一件再簡單不過的和離案子，偏又牽扯到太子府大管事失蹤，而出來指證容霽雲害了大管事的，竟是武世仁所謂的小舅子周榮。

要說這一切沒有關聯，自己是怎麼也不肯相信的。

「父皇！」看楚琮臉沈了下來，楚晗嚇得撲通一聲跪倒。「容相是國之重臣，兒臣怎麼會做出這種自斷股肱的糊塗事？委實是淩孝巡城時救下那周榮，方知道了大管事被容霽雲虐殺這件事。」

「諒你也不敢騙我。」楚琮冷聲道。

方才見識了霽雲的「慓悍」和「有勇無謀」，楚琮益發相信，容文翰確實沒有不臣之心。

選了這樣一個繼承人，早就注定了容家只能走下坡路。世上還有什麼比一隻自願把牙齒給拔了的老虎更讓人放心的？

更何況，這頭老虎一旦拔了牙，對大楚只會有利，再不會有半分害處。這樣有能力又聽話的臣子，但凡是有些腦子的，就應該想辦法拉攏，而不是為一己之私怨百般打擊。

楚晗膽戰心驚地爬起來，抹了下額頭上的虛汗，也不敢再坐，只小心翼翼地垂首侍立在楚琮身旁，心裡卻是暗自禱告，只希望周榮那裡不再出紕漏，不然，自己這次就真是偷雞不著蝕把米了！

第八十五章

吳桓擦了擦汗，小小鬆了一口氣，厭惡地瞧了一眼躺在地上裝死的武世仁。從前覺得這位武大人是一表人才，倒也算個人物，今兒個才知道，私底下的行徑竟是如此令人不齒。不用說，這和離案定是容府勝了，武世仁不只要淨身出戶，怕是皇上知道了他這般醜行，也會從心底厭了他，最不濟也會貶出京城。

只是這件案子清了，可還有另一件更頭疼的呢……

旁邊的淩孝卻已是等不及了。

明明準備得那麼充分，拍了胸脯打包票的武世仁竟然這麼快一敗塗地，說什麼定要讓容家名譽掃地，可是……竟是他自己身敗名裂。

要是自己這邊再有個閃失，那太子怕會……

他不覺打了個冷戰，衝吳桓道：「吳大人，容家的和離案既然已經了了，還請大人速速處理太子府大管事被殺一事。」

說著傲然轉向容文翰。「容相，所謂王子犯法庶民同罪，實在是末將職責所在，還望容相海涵。」

那語氣，儼然已是把霽雲當成了殺人犯。

霽雲冷笑一聲，冷冷地對上淩孝的眼睛。「怎麼？淩將軍的意思，是認定本小姐殺人了？」
凌孝心裡越發不舒服。
「不是我認定，是周榮親眼所見，還有妳方才拔刀動作的熟練……哼哼，或者殺人於容小姐而言並非什麼難事。」
「凌孝。」容文翰突然出聲，竟是直呼凌孝的名字。凌孝嚇得一哆嗦，居然不由自主起身應了聲「是」。
「就憑武世仁那個混帳東西的小妾兄弟一番話，你就敢把這殺人的大罪扣在我容府頭上，明日上朝，本相倒要問一下凌太師，是否當真以為容家無人，便可以任由你凌家欺負了嗎？」
是啊，人們也恍然。怎麼忘了，那周榮可是周蕙那個狐狸精的兄弟，那麼個人渣的話，又有多少可信度？
方才容清蓮的苦情戲已經打動了所有人，容文翰又自來在百姓心中有極好的清譽，人們看凌孝的眼神便有些異樣；又聽說凌孝竟然是凌太師家的人，那可是有名得很啊，慣會欺男霸女、飛揚跋扈，比起清貴自律的容家，可是差了不止一點半點，頓時就議論紛紛。
「原來這將軍是凌家的人啊！」
「凌家人就了不起嗎？再是皇親國戚也不能不講理！」
也有人怪聲怪氣道：「那可不一定，人家可是太子的外家，在他們眼裡，這大楚的王法算狗屁！」

「可不，前兒淩家的一位管家打人時還說，什麼王法都是狗屁，他們淩家的話就是王法！」

聲音太大了，便是後堂的楚琮也聽得清清楚楚。

楚晗暗叫糟糕。再沒人比他更清楚父皇的疑心病有多重，聽到這樣的話，怕是母后也罷、外公淩家也罷，都會吃不了兜著走。

淩孝氣得渾身哆嗦，有心想要懲辦那些百姓，卻又懾於容文翰的威勢，憋了半天，把所有的氣都撒在周榮的身上，竟是大步上前，狠狠地一腳朝仍昏暈不醒的周榮踹了過去。

「混帳東西，還不快把那日的情形講給吳大人聽！」

周榮一下被踹飛了出去，好巧不巧，竟是一下撞在官衙的石墩上，登時腦漿迸裂，血流滿地。

「啊！」眼前突然出現這般血腥的場面，有那膽小的頓時嚇得慘叫出聲，堂上的衙役也是亂作一團。

有人快步上前探了探周榮的鼻息，驚得差點蹲坐在地上。

周榮早沒了一點氣息，竟是當場氣絕身亡。

那縮在武世仁身旁嚶嚶哭泣的周蕙終於反應過來，跌跌撞撞地跑過去，發現弟弟竟然真的死了，怔了半晌，瘋一樣地朝同樣嚇呆的淩孝撞了過去。「你個殺千刀的，你還我弟弟的命來！」

淩孝猝不及防，一下被撞倒在地上，待要起來，周蕙卻不要命地撲上去又撕又撓又咬，一下把淩孝抓了個滿臉開花。

淩孝好不容易甩開周蕙，卻是官帽掉了，臉上也花了，甚至一隻鞋子也掉了，真是要多狼狽就有多狼狽，但無論如何也不相信，自己那一腳怎麼就能把人給踹死呢？自己功夫什麼時候這麼好了？能一腳把人踹到那麼遠的石墩上？真是見鬼了！

人群中，一個俊逸的身形一晃，很快消失無蹤。

「好一招殺人滅口。」霽雲冷笑一聲。「所謂死無對證，淩孝，你這麼急於置周榮於死地，到底是何居心？還是你怕周榮會說出誣陷本小姐的幕後主使？」

「妳血口噴人！」淩孝已是氣急敗壞。只是周榮確實已經死翹翹了，這會兒竟是百口莫辯。

吳桓也傻眼了。這淩孝也太膽大了些吧？竟敢在這公堂之上、眾目睽睽之下動手殺人？若是誤殺，當真是點兒背（注）了些。那什麼太子府大管事的案子也不用審了，還是先把這位抓起來吧。

揮了揮手，兩邊的衙役上前摁住淩孝，先強行扒去了淩孝的官服，又拿起鐐銬把淩孝鎖了起來。

霽雲悄悄靠近淩孝，以只有兩人能聽見的聲音道：「淩孝，你這次死定了——」

淩孝哆嗦了一下，以為容家已經鐵了心要置自己於死地，頓時什麼也顧不得了。

「容霽雲，是妳殺了周榮對不對？妳想讓我死，沒那麼容易！」又怒目瞪著吳桓。「混帳！你不知道我是淩府人嗎？你想要巴結容家，可也別忘了太子可是我表哥，我們淩家也不是好惹的。」

本想威脅吳桓先把自己放了，再回去央爺爺想轍，不料這句話一出，後堂忽然傳來一陣腳步聲，緊接著，一個氣急敗壞的人從裡面疾步而出，朝著淩孝就是狠狠的一巴掌。

「好你個淩孝，竟敢背著本殿在外面這般為非作歹！先是冤枉容小姐不說，還敢當堂殺人，當真該死！」

淩孝被打得一陣頭暈目眩，一頭就撞了過去。

「你敢打爺，爺現在就——」

忽然覺得不對勁，那聲音怎麼如此耳熟，好像是……太子?!

淩孝只看了一眼，嚇得魂都快飛了，卻是自己方才還滿嘴誇耀的太子表哥，正以一種極為狼狽的姿勢趴坐在地上，被撞到的鼻子還有鮮血汩汩流出。

好像，自己方才是撞到了一個人的鼻子……

「太子殿下。」楚晗跌倒的地方恰好就在霽雲旁邊，霽雲忙去攙扶，手中的金針極快扎出，楚晗只覺腰間麻了一下，已經被緊跟著的侍衛扶了起來。

「吾皇萬歲萬萬歲。」容文翰忽然跪倒在地，卻是後堂又繞出一個人，不是大楚皇上楚琮又是哪個？

剛剛站起來的楚晗忙又跟著跪倒，淩孝卻是已經面無人色。這容霽雲當真可惡，竟是故意激了自己說出那樣一番話，她定然早就知道皇上就在後面！

其他人也反應過來，跟著呼啦啦跪了一地，府衙內外，頓時一片大呼萬歲之聲。

注：點兒背，比喻運氣不好，遇到倒楣的事。

「容卿，快快起來。」又看了看霽雲。「妳就是容霽雲吧？也快快平身，方才委屈妳了。妳放心，有朕在，定不讓任何人欺負了妳去。」

一句話出口，楚晗的冷汗再一次唰地下來了，淩孝則是無力地癱在了地上。欺負容霽雲？一直是自己被欺負好不好？

可既然皇上這麼說了，自己這案子怕是翻不了了！

武府。

武世仁坐在一片狼藉的院子裡，神情呆滯。

和離的文書已經送達，容清蓮的嫁妝也被搬了個一乾二淨，那些首飾、陪嫁的商鋪地契，也都盡數被帶走。

周蕙這會兒也清醒過來，第一次無比深刻地意識到，容府小姐是嫡母之於這個家的意義。

現在才明白，原來這個家真正的頂梁柱不是武世仁，而是自己一直不放在眼裡、那個懦弱無用的庶女。

一夜之間，武家就從大富之家變成了一窮二白。

武香玉也傻眼了。家裡亂成這個樣子，甚至一大早爹爹就攆走好幾個下人，照這樣下去，豈不是意味著不只自己那些好看的首飾、漂亮的衣服，以後全都成為泡影不說，說不定再過些時日，還得自己操持家務？

這般想著，她捂著臉嚶嚶哭泣起來。

「嚎什麼喪！妳老子還沒死呢！」武世仁被武香玉的哭聲驚了一下，等反應過來，頓時厭煩無比。「還不滾回屋去！」

武香玉自出生以來，一直是武世仁的掌上明珠，什麼時候被這樣罵過？臉色白了一下，轉身衝進房間，趴在床上嚎啕大哭起來。

武世仁怒氣沖沖地起身。

這幾日因怕皇上怪罪，便以染病為由告假在家，想著等皇上的怒氣平息下來，再回朝堂，正好騰出時間再去求求太子。

哪知到了太子府，剛一報出名便被轟了出來，便是自己好不容易湊了銀兩置辦的貴重禮品也被扔得滿地都是，踩了個一塌糊塗。

武世仁嚇得屁滾尿流地回了府。

也是巧了，剛到家，皇上的聖旨隨之到了。

那聖旨的內容只說既然武世仁病了，那就索性病休歸鄉吧。

武世仁臉色慘白。本想著頂多京城待不下去，被放到外面任職，卻哪裡想到皇上竟是一開口直接就擼去了所有官職，直接打發自己回老家了，剛想塞給傳旨太監些銀兩，打聽一下可還有再起復的機會。

哪知太監收了聖旨，忽然就變了臉色，指著武世仁罵道：「你這斯文敗類無恥匹夫，枉披了一張人皮，朕就當那麼多年的朝廷俸祿全都餵了狗！現在馬上滾出京城，但凡你和那周氏賤人所出，無論男女，終生只准操賤業，再不得踏進京城一步！」

說完又上前當著武世仁就是狠狠兩個耳光，然後才站定，後退一步，神情莊嚴道：「以上是皇上口諭，還不謝恩領旨。」

武世仁早被皇上的雷霆之怒嚇傻了，強撐著呆呆地磕頭謝了恩，兩眼一翻就昏了過去，那太監才揚長而去。

關閉的府門裡，頓時傳來一片絕望的哭聲。

「該死！」聽下人回稟了武世仁家的慘狀，楚晗連聲冷笑。「成事不足敗事有餘的混帳，還敢來本殿這裡！」

這幾日，自己在朝堂上真是如坐針氈，凡是自己的奏摺，父皇無一例外全部當場駁回，自己的臉都丟光了！以致這幾日，自己根本不敢開口說話。即便如此，還是動輒得咎。

很明顯，父皇除了心裡惱了自己之外，更是要藉打自己的臉幫容家出氣。

自己可是堂堂太子、國之儲君，真是丟不起這個人！

更讓他整個人都覺得不好的還有另外一件事。許是心情太過煩躁的緣故，這幾日滿府姬妾，竟是都無法勾起他的興趣。

因楚昭得了嫡子的緣故，他本是一門心思想著也要趕緊和太子妃造人的，這幾日被父皇嫌棄，索性躲在房間裡和太子妃享受魚水之歡吧。哪知，甚至太子妃學那娼門中人擺出各種勾人的姿勢，自己竟然就是不舉。

太子妃又羞又氣又傷心之下，日日哭泣。

楚晗卻是不信邪，晚上喝了好大一碗新鮮的鹿血，又讓人熬了鹿鞭湯，去了最寵愛的一個妃子那裡。那女人看太子駕臨，本是欣喜若狂，忙洗得乾乾淨淨，張開雙腿在床上等著，沒想到楚晗趴在上面鼓搗了半天，剛進去一點便洩了……

「太子。」新上任的大總管梁用倒是個識情知趣的，看太子一嘴的泡，且兩眼赤紅，明顯是慾求不滿的樣子，暗暗感慨自家主子果然厲害，竟是闔府的女人都滿足不了太子。好的奴才就應該想盡一切方法替主子分憂。這樣想著，便上前小聲道：「聽說倚翠樓裡有個勾人的頭牌，不然，奴才安排太子去鬆散鬆散？」

滿府的女人都是愁雲慘霧，楚晗也看得心煩，當下點頭，換了便裝和梁用出了府。

「太子去了倚翠樓？」霽雲聽了回稟，嘴角微微翹了下。「好，繼續跟著。安排車子，我要出去一下。」

車駕很快出了城，來到一個僻靜的茶寮。阿遜已經等著了，讓隨行的侍衛留在此處，兩人緩步往山上而去。

拐了一個彎，一陣清靈的琴聲從山巔飄了過來，一棵高大的銀杏樹下，一張信箋被一塊石頭壓著，在山風中呼啦啦作響。

嬌娘走了？

阿遜彎腰拿起信箋。

「山高水遠，珍重珍重。若然有緣，他日再見。」

隨手遞給霽雲。

「看來，嬌娘已和心上人離開。」

霽雲接過，神情中滿是佩服之意。果然是一個奇女子。

嬌娘之父曾在武世仁手下做小吏，因生性正直為武世仁所不容，被安上了個罪名扔到獄中，終至抑鬱而亡。

倒是容清蓮知曉後大為不忍，悄悄讓人送了些銀兩周濟孤兒寡母，卻不想那嬌娘最終還是淪落青樓……

「想什麼？」看霽雲始終默默不語，阿遜攬了霽雲的腰。

霽雲怔了下。「只是覺得，這段時間太委屈嬌娘了……」

這麼好的嬌娘，卻陪了武世仁那個人渣這麼久……

「放心。」阿遜溫和一笑。「不會讓那個混帳占到便宜。」

自己配的藥倒是好使，那武世仁每次都是欲仙欲死，卻不知道其實不過是自己玩自己罷了。

只是這話不能說給雲兒聽的，沒得髒了雲兒的耳朵。至於自己，早年在謝家或是混跡於那些壞小子間，什麼骯髒事沒見過、聽過？

對嬌娘而言，能報得畢生大恨，又回報了容清蓮當日的恩情，也算是得償所願，更不要說自己還付了大筆銀子還她自由之身。

「雲兒，等三哥的事了了，我便央了爺爺去相府提親如何？」阿遜抵著霽雲的額頭，入神地瞧著她黑亮的眸子。

沒想到阿遜忽然說起提親之事，霽雲一下紅了臉，不自在地垂下眼，半天才哼了聲。

「什麼？」阿遜貼得更近，著迷地瞧著霽雲因低頭而遮住眼眸、那排羽扇似的睫毛，終於忍不住在霽雲眼皮上輕輕親了一下。

霽雲嚇了一跳。這可是野外，唯恐什麼人瞧到，忙把頭埋在阿遜懷裡。

「雲兒、雲兒，妳應一聲好不好？」阿遜無奈，只得一下一下輕拍著霽雲的背。

好半天，霽雲終於動了下，細聲細氣道：「都、依你……」

阿遜的胸腔震動了一下，旋即，那震動聲越來越響，一陣清亮又開心至極的笑聲隨即在耳旁響起。

自己這就趕去倚翠樓，不出意外，三哥的事今天就可以有個結果了，也就是說，明日自己就可派媒人去相府提親……

倚翠樓一個雅致的房間內，饒是門窗緊閉，裡面仍不時傳出一陣粗重、愉悅的呻吟聲。很明顯，裡面的人情事正熱。

阿遜推開門，毫不避忌地抬腳就進了房間。

一張裝飾俗豔的雕花大床上，大楚王朝當朝儲君、堂堂太子殿下赤條條仰躺在大床上，兩條大腿間全是噴出的精液，也不知洩了多少次，整張大床上，由裡到外都透著一股糜爛的氣息。

可詭異的是，這張床上除了他自己，沒有其他什麼人。

楚晗卻是毫無所知的樣子，不只神情迷醉，嘴裡還不時發出暢快的呵呵聲。「唉喲，賤人，果然夠爽！看爺不幹死妳。」

阿遜一步步上前，一把箝住楚晗不停舞動的雙手。

楚晗神情明顯有些迷茫。「美、美人兒，怎麼，不叫了？」

「傅青軒，青公子的弟弟，你把他藏到哪裡去了？」許是阿遜的聲音太過冷酷，楚晗不覺抖了一下，愣怔片刻，臉上忽然充滿怒意。「那個賤人！差點把本宮的命根子給剪了！等本宮再抓到他，一定要把他五馬分屍！」

再抓到他？

阿遜愣了一下，頓時大喜。難道三哥其實早已經逃出來了？可不對呀，為什麼逃出來卻不來找雲兒？

「他逃去了哪裡？」

哪知楚晗突然翻臉。「我怎知？賤人，問這麼多做什麼？還不快過來服侍本殿？」

阿遜鬆開手，楚晗十指旋即開始忙碌起來，神情之沈醉更勝先前。

一直到兩個時辰後，楚晗才帶了大管事，無比饜足地離開了倚翠樓。

哪知剛上車，一個丫鬟打扮的婢子又從裡面追了出來。

「何事？」洩了火，也確定自己並沒有萎掉，楚晗這會兒倒是神清氣爽。

那婢子抿嘴一笑。「官人怎麼忘了？這是您吩咐準備的。」
說著，把一瓶紅豔豔的小藥丸遞了過去。
楚晗心知這定然是窯子裡助興的秘藥，隱約記得事前，自己好像確是吃了這東西，忙珍而重之地收了起來。

第八十六章

阿遜坐在後面的一輛馬車上，目送太子的車駕逐漸遠去，嘴角浮現出一絲冰冷的笑意。

雖然三哥已經逃脫，可雲兒這些時日的擔驚受怕，還是要有人擔責任的。眼下雖是還無法殺了楚晗，可讓他從此不舉，倒也能讓自己心裡痛快些。

正自出神，容五忽然飛馬而至，說是小姐有事請安公子速去。

兩人快馬加鞭來至店鋪，霽雲已經在等著了，看見阿遜到來，忙迎了上來，手裡還有一枚玉珮，和一張信箋上張牙舞爪的兩個大字「無恙」。

阿遜愣了一下。這玉珮他認得，正是傅青軒慣常所佩，至於那字體，也是一眼可辨識出來，就是傅青軒親筆所書。

別看傅青軒長相柔美，寫的字卻是和其人相去甚遠，好聽點是慓悍強勢，不好聽點，真的和那什麼爬的一樣啊！

也因此，他是輕易不會把「墨寶」示人的，而眼前這張信箋，毫無疑問是傅青軒親筆，甚至包含了太多其他意味的東西……

「看三哥的字還是滿遒勁有力的。」聽了阿遜的話，知道三哥果然已經逃了出來，霽雲臉上神情也是一鬆，而且光看這字，三哥好像精氣神挺好的樣子。

春闈如期結束。

經過數日的折磨，那些本是意氣風發的舉子們走出考場時，都是搖搖晃晃，和失了魂魄的野鬼差不多。

霽雲也帶了容五幾個，一早就來到考場外等候傅青川。

等了兩個多時辰，傅青川的身影終於在一眾舉子中出現。

和其他人的滿臉菜色相比，傅青川雖是清瘦了些，精神卻明顯好得多。

自然，要歸功於霽雲準備的飯盒。

傅青川也看到了踮著腳尖往這邊張望的霽雲，嘴角不覺綻開一絲笑意，卻又暗暗詫異，進考場時就沒見三哥，怎麼出考場時仍是不見人影？

剛要舉步往霽雲身邊而去，卻被人用力推了一下，手中的飯盒一下摔在地上。

傅青川皺了下眉頭，顧不得發火，忙搶步上前，一把推開那即將踏在飯盒上的腳，心疼無比地彎腰拾起飯盒。這飯盒可是雲兒花了重金給自己做的，錢是其次，關鍵是裡面的心意。

那飯盒倒是結實，被這麼狠狠摔了一下，竟是連個裂紋都沒有，只是沾了些泥土罷了。

傅青川忙掏出手帕小心擦拭著，完全沒注意到周圍的詭異情形。

「傅青川，你好大的膽子，竟敢推本公子？」有些憤怒的聲音在耳邊響起。

青川抬頭，這才發現是安鈞之怒氣沖沖地瞧著自己，他的身旁無一例外，圍繞著太學中的那批狐朋狗友。

「果然窮酸，一個破飯盒也當寶貝似的。」一個瘦如竹竿的舉子哼了聲道。

「傅青川，發什麼呆，還不快滾過來給安公子賠罪？」另一個出身小世家的胖子也道，明顯是這幾日餓的了，說話都有些飄，卻還是強撐著做出頤指氣使的樣子。

傅青川抬頭盯了眼抱著胳膊站在中間，高昂著下巴，一臉鄙視的安鈞之。

安鈞之忽然覺得身上有些寒意，竟是不自在地移開眼，不敢對上傅青川。

傅青川已經大踏步向前，撞得擋在面前的胖子猛一趔趄，一個站不穩，一下踩在安鈞之的腳上，直踩得安鈞之的臉都變了形。

再回想起方才傅青川不屑的樣子，頓時氣沖斗牛。雖然很早以前，他也不過是絲毫不受人重視的安家旁支罷了，可做了這許多年的安府公子，安鈞之心裡早以勛貴名門自居，怎麼能受得了被一個出身低賤的庶民這般輕視？

氣怒之下追上前罵道：「混帳東西！不過參加個秋試，還真就敢以狀元郎自居了？這般橫衝直撞，果然是沒有教養的賤民罷了！」

「果然混帳！」又有人插了進來，接了安鈞之的話道：「考場內禮義廉恥，考場外卻是滿嘴噴糞、臭不可聞，當真是斯文敗類！」

安鈞之剛想附和，卻忽然覺得不對勁。傅青川又沒開口，方才明明是自己在罵人好不好？

剛要大聲斥責，卻在看清來人時叫苦不迭，生生把到了嘴邊的惡言又嚥了回去。怎麼竟是容家那個小魔女？

卻是霽雲帶了容五幾個站在傅青川身邊，看著安鈞之等人，眉梢眼角全是鄙視。

只是傅青川敢不在乎安鈞之，安鈞之卻是不敢不在乎容霽雲。誰讓人家的爹是當朝丞相，更是大比的主考官呢？

「哪裡來的臭小子？」

那胖子還想再罵，卻被安鈞之喝住。「張向，走了。」

說完，逃也似的從霽雲身邊離開，身後還傳來霽雲涼涼的聲音。「這還沒當狀元郎呢，就拎不清自己幾斤幾兩了。可惜，就你那倒楣模樣，我瞧著啊，這狀元郎，這輩子都別想了。」

安鈞之臉一陣紅又一陣白，幾乎想找兩團棉花把耳朵塞起來。

「安公子，那小子是什麼人啊？」好不容易站住腳，胖子氣喘吁吁地道。

「什麼人？」安鈞之厭惡極了霽雲，當下狠狠吐了口唾沫。「容霽雲這個名字你聽說過嗎？」

胖子搖了搖頭。

「那容家世女呢？」安鈞之惡意地道。這麼潑辣的模樣，足可以讓容家世女的名聲更臭些。

「容家世女？」胖子終於轉過彎來，嚇得忙閉了嘴，再不敢多說一個字。如果說安鈞之不過是運氣好才會被過繼到安家，容霽雲可是實打實的天潢貴胄。

而且，容相的女兒，容家下一任家主，不論哪一個身分，都是自己絕對惹不起的。

直到進了府門，安鈞之的心情才恢復過來。

此次大比，安鈞之自認幾篇文章寫得花團錦簇，再結合安家的顯赫背景，安鈞之幾乎可以想像，自己被皇上欽點為狀元郎時的情景。

到那時，自己就可以受眾人擁戴，再不用仰人鼻息，活得戰戰兢兢了；還有那安家下一任家主的資格，若安彌遜那個混帳真要入贅那個小魔女，自己就會重新成為安家下任家主的唯一繼承人。

再加上這幾次偶然遇過幾次謝玉，對方的模樣竟似是對自己頗有好感，說不好等大比揭曉，自己就可以和老傢伙商量去謝府求親的事了。

至於安彌遜那個混帳，最好被那個小魔女娶走後，狠狠折磨到生不如死……

霽雲完全不知道，在安鈞之的心目中，自己竟是已經上升至惡魔這般神聖的地位，只忙著和傅青川不停說話，以致傅青川好幾次想要問傅青軒的情況都被岔開，心裡不禁有些疑惑。

數日不見，雲兒怎麼瘦了這麼多？還有神情間顯而易見的慌張……

卻不點破，讓霽雲忙裡忙外地張羅著。

好不容易沐浴完，又吃了飯，霽雲又緊催著傅青川趕緊去房間裡補一覺，自己則轉身就想走。

傅青川終於嘆了口氣。

「雲兒，相信四哥，四哥挺得住，是不是三哥他……」

雖說自己是挺得住，傅青川下顎卻仍不自覺收緊，雙手也用力攥在一起。這個傻雲兒，以為真瞞得過自己嗎？三哥那般護短的一個人，怎麼可能如此冷漠地對自己這唯一的弟弟不管不問？

霽雲本已到了門邊，聽了傅青川的話不由一僵。雖然自己拚命掩飾，還是被四哥發現了？

霽雲慢慢轉身，卻是不敢看傅青川的眼睛，半晌，才低聲道：「四哥，對不起，是雲兒該死，把三哥給弄丟了……」

「弄丟了？」傅青川一愣，不敢置信地瞧著霽雲。「什麼叫弄丟了？」

一個活生生的人，怎麼可能弄丟了？

聽傅青川這樣問，霽雲眼裡的淚一滴滴落了下來。雖然已經確知三哥無恙，可他那般體弱，自己讓人小心看著還免不了三災兩病，現在也不知淪落到了哪裡，那些人是不是會善待於他？

傅青川怔怔地捏著霽雲遞過來的那張信箋，想笑，鼻子卻是酸楚得不得了。還真是三哥的字呢……

記得小時候，二哥牽著三哥的手第一次來書房，自己看到他那筆醜到不行的字，笑得直打跌，三哥氣極，鬆了二哥的手，狠狠把自己推倒在地，更揚言他就喜歡這樣的字，偏要寫這樣的字。也因此，這筆醜字也就數十年如一日，成了俊美無儔的二哥的標誌……

那時大哥已經很有長兄的模樣，溫和地笑著，瞧著打鬧成一團的自己和三哥，二哥則很是緊張地勸了這個又勸那個。

好像一切還盡在眼前，可當日的兄弟四人，現在卻只剩下三哥和自己罷了，要是三哥再……

楚晗，楚晗！

霽雲正哭得不住打嗝，身體卻忽然被人擁住。

卻是傅青川環住霽雲。「傻雲兒，怎麼就哭成了個淚人兒？這麼多年了，雲兒還不瞭解三哥嗎？三哥身體弱，性子卻是一點也不弱的，論起玩心眼，誰也不是三哥的對手，所以他不會有事的，他一定會回來的……」

最後一句話，不知道他是說給霽雲聽，還是，說給自己聽？

良久，傅青川輕輕道：「雲兒，妳說我這次能考中狀元？」

「嗯。」霽雲重重點頭，因為剛哭過，眼睛格外黑亮動人。

「好，那四哥就給雲兒拿個狀元回來。瞧妳這些日子竟然瘦了這麼多，回去多吃些飯，養得胖胖的，三哥回來，看到了一定會很開心。快去吧，阿遜說不得已經等急了。」傅青川拍了拍霽雲的頭，鬆開手。

所謂一舉成名天下知，自己要是考中狀元了，遠方的三哥一定會知道吧？說不定，就會自己回來了。

霽雲來至外面，一眼看到倚在馬車外的阿遜，眼淚又要流下來。

「怎麼又哭了？四哥罵妳了？」阿遜有些著慌，手忙腳亂地幫霽雲擦眼淚。

「沒有。」霽雲把頭埋在阿遜懷裡。「就是因為他不罵我……」
一句不怪自己，還囑咐自己多吃飯。
「我想讓他罵我一頓，或者，打我一頓也行啊……」
要不是自己礙了楚晗的眼，三哥怎麼會出事？
「四哥不怪妳，三哥也不會怪妳的。」阿遜邊幫霽雲擦眼淚邊道。「而且，妳怎麼就知道三哥一定是受苦？說不定再過些日子，三哥會領個漂亮的三嫂，再帶一窩孩子，突然出現在我們眼前了。」
「什麼一窩孩子？」霽雲終於被逗樂了。
看霽雲露出笑容，阿遜一顆心終於放回了原位。
送了霽雲回家，阿遜便打馬回了安府。
一進府門就覺得有些不對勁，卻是好多下人正抬了一箱箱的東西進府。
阿遜正摸不著頭腦，安志跑了過來，看阿遜疑惑的神情，忙小聲道：「是二爺，說是等殿試後要去謝府求親，老夫人聽了很高興，竟然急火火地就讓人開始置辦東西。」
求親？阿遜心裡一動。自己也正好要說這事，忙加快腳步往老爺子房間而去。
進了房間才發現，安鈞之竟然也在座。
看到阿遜進來，他明顯不高興的樣子。自己正和老東西商量婚姻大事，這混帳東西闖進來幹什麼？眼珠一轉，故作和氣道：「遜兒，你也到了議婚的年紀，可有了心儀的人家？」
阿遜最是看不起安鈞之這般虛偽的作派，根本不想搭理他，只是對著安雲烈道：「祖父，前些時日遜兒說的去容府議親一事，祖父考慮得怎麼樣了？若是祖父以為可行，遜兒也該著手準備禮物了。」

「禮物？」安鈞之一怔，下意識看向阿遜。這小子想幹什麼，自己去容府不說，竟然還想把安家的財產帶去容家嗎？若是自己當了下一任家主，財產卻要被他帶走一半，那可不行！當即道：「容霽雲可是世女，要聘也是她家來聘，你準備什麼禮物？」

此言一出，安雲烈不由皺了下眉頭，雖是不得不承認安鈞之說的，心裡卻怎麼就覺得很不舒服呢？而且鈞之這般作為，也明顯太小家子氣了！

阿遜慢吞吞抬頭，盯得安鈞之直發毛，半晌道：「我總要帶份豐厚的嫁妝啊，不然，豈不丟了安府和你這個未來家主的臉面？」

——未完，待續，請看文創風286《掌上明珠》4完結篇

為流浪貓狗加油 和貓寶貝 狗寶貝

廝守終生(一定要終生喔！)的幸福機會

對人來說，貓寶貝狗寶貝只是生活的一部分，但妳（你）對牠們來說，卻是生活的全部，領養前請一定要考慮清楚——

▲ 溫厚純真的步步

性　　別：小女孩
品　　種：米克斯
年　　紀：約5個月大
個　　性：活潑親人
健康狀況：已驅蟲，已施打第一劑十合一疫苗
目前住所：嘉義縣

本期資料來源：台灣認養地圖

『步步』的故事：

寒冷的冬天，不滿一歲的小步步被媽媽遺棄在路旁。冷風呼呼地吹，空氣冰涼，我們南華大學狗狗GOGO志工隊的成員們就見步步瑟縮在路邊，顫抖著身體，一副徬徨無助的模樣，不忍心之下，於是把牠帶回學校照顧。

步步有著淺褐和白色的斑紋，看起來便是很乖巧樸實的孩子，而實際上牠也十分可愛。圓圓的眼睛水汪汪的，當牠注視著你時，你完全能從單純的目光看到牠對你全然的信賴；而且步步表達愛也不遺餘力，一旦喜歡了就會黏著人不放，乖乖地、憨厚地跟在你後頭到處趴趴走。

除了親人的個性之外，步步更是個活潑的女孩。牠喜歡和人一起運動，小跑步追著人，歡快地邁動四肢，甚至牠還有一招很強的爬牆功。這個厲害的特殊技能，每次看到牠展現，總會讓人忍不住為牠的可愛好動笑出聲來。

目前住在校園裡的步步，因為志工隊成員畢竟都還是學生，沒有足夠的經濟能力可以長久照顧牠，所以希望牠能找到愛牠的主人，擁有一個溫暖幸福的家庭。步步還沒結紮，但結紮費志工隊願意支付，如果你想給這個可愛女孩一個家，歡迎聯絡0952125676、supersmilebubi@gmail.com (洪小姐)，0923589117、cherry84820@yahoo.com.tw (王小姐)、0986382922、recluse0713@yahoo.com.tw (官小姐)。謝謝！

認養資格：

1. 認養者須年滿20歲，有獨立經濟能力，並獲得家人與同住室友的同意。
2. 非學生情侶或單獨在外租屋的學生，須能提出絕不棄養的保證。
3. 須同意送養人日後之追蹤探訪。
4. 領養者需有自信對步步不離不棄，把牠當家人，愛護牠一輩子。

來信請說明：

a. 個人基本資料：姓名、性別、年齡、家庭狀況、職業與經濟來源等。
b. 想認養「步步」的理由。
c. 過去養寵物的經驗，及簡介一下您的飼養環境。
d. 若未來有當兵、結婚、懷孕、畢業、出國或搬家等計劃，將如何安置「步步」？

文創風 285

掌上明珠 3

國家圖書館出版品預行編目資料

掌上明珠 / 月半彎著. --
初版. -- 臺北市 : 狗屋, 2015.04
冊 ; 公分. --（文創風）
ISBN 978-986-328-442-0（第3冊 : 平裝）. --

857.7　　　104002901

著作者	月半彎
編輯	張蕙芸
校對	黃薇霓　周貝桂
發行所	狗屋出版社有限公司
地址	台北市104中山區龍江路71巷15號1樓
電話	02-2776-5889～0
發行字號	局版台業字845號
法律顧問	蕭雄淋律師
總經銷	知遠文化事業有限公司
電話	02-2664-8800
初版	2015年4月
國際書碼	ISBN-13　978-986-328-442-0
原著書名	**《重生之掌上明珠》**，由北京晉江原創網絡科技有限公司授權出版

定價250元

狗屋劃撥帳號：19001626

網址：love.doghouse.com.tw　E-mail：love@doghouse.com.tw